小说纯属虚构，切勿对号入座，如有雷同，纯属巧合。

珍爱

中国第一部反映会计师事务所和注册会计师生涯的长篇小说

王志气 著

中国文联出版社

图书在版编目（CIP）数据

珍爱/王志气著.-北京：中国文联出版社，2006.6

ISBN 7-5059-5255-2

Ⅰ.珍… Ⅱ.王… Ⅲ.长篇小说-中国-当代 Ⅳ.I247.5

中国版本图书馆CIP数据核字(2006)第045711号

书　　名	珍　爱
作　　者	王志气
出　　版	中国文联出版社
发　　行	中国文联出版社 发行部（010-65389152）
地　　址	北京农展馆南里10号(100026)
经　　销	全国新华书店
责任编辑	李　木
责任校对	萨　蕾
责任印制	彭旭东
印　　刷	北京东君印刷有限公司
开　　本	850×1168　1/32
印　　张	6.625
插　　页	2页
版　　次	2006年5月第1版第1次印刷
书　　号	ISBN 7-5059-5255-2
定　　价	14.00元

关于小说《珍爱》的序

郭晋龙

记得是2005年10月中旬，应上海国家会计学院夏大慰院长的邀请，我为该院主办的一期会计师事务所主任会计师培训班作一个关于注册会计师法律诉讼与内部纠纷处理方面的专题讲座。课间休息时，与时在湖南湘潭精诚会计师事务所任主任会计师的王志气老师相识。在简短的交流中，王志气老师告诉我：他的一部反映注册会计师工作和生活的长篇小说《珍爱》已经脱稿，小说中的许多观点与看法与我讲课中对注册会计师行业现状与未来发展趋势的分析很相似，他很认同我的观点与分析，希望我能为他的小说提点修改意见，如果可以的话，并希望我能为其写个序言。

当初，我将王志气老师希望我为其小说《珍爱》提点修改意见和写个序言的话，并没有放在心上，一是自己认为这多半属于陌生人之间见面时的客套或谦虚，不过是找个谈话的话题而已；更重要的是王志气老师给我留下的是那种比较传统、刻板而又认真、敬业的会计师专业人士形象。自己私下想：像这样一个如此刻板而又敬业的会计师，是否能写出具有较强艺术性与可读性的小说来？是否写出的小说也像社会公众阅读会计师专业报告那样，让人感到枯燥和无味呢？

过了不久，王志气老师给我邮寄来作家出版社出版的武侠小说《山庄遗梦》，一看作者名字，让我大为吃惊，原来这本小说的作者就是他本人！出于一种好奇，自己利用周末的休息时间，一口气读完了这本四十多万字的长篇小说，书中大胆惊人的曲折情节描写和栩栩如生的武侠人物形象刻画，给我留下了深刻印象，让从来不读武侠小说的我有了一种全新的阅读体验和感受，同时也改变了我对时下武侠小说难登大雅之堂的错误看法。自己禁不住想，王志气老师反映注册会计师工作与生活的现代小说《珍爱》，是否也会像他写的武侠小说一样，让人爱不释手呢?

今年 3 月的一个夜晚，我正与中国注册会计师协会副会长、信永中和会计师事务所董事长张克先生在深圳的一个酒店交谈，王志气老师从湘潭打来了电话，他喜形于色地告诉我：一家北京的出版社已经答应出版长篇小说《珍爱》，他已经将该小说的样稿发到我的电子邮箱里，希望我能尽快阅读并写个序言发给他。我当即将这一消息告诉张克副会长，向他征求我应如何为该书写序言的意见。张克副会长也为一个主任会计师能写出一部反映注册会计师自身工作与生活的长篇小说感到欣喜，同时，他也对一个繁忙的主任会计师能写出真实性与艺术性兼备的小说有少许的疑虑，他建议我一定要认真阅读小说后，再决定是否写以及如何写。

按照张克副会长的建议，我利用整整两个夜晚，认真阅读了王志气老师的小说《珍爱》，深深为王志气老师对注册会计师工作与生活的文学提炼和艺术描写所折服，自己原来的担心与疑虑也一扫而空，我甚至有点为王志气老师没有专职从事文学写作而从事注册会计师职业而感到遗憾！小说中对注册会计师严酷执业环境的描写，正是国内注册会计师行业迫切需要解决的现实问题；小说中对注册会计师业务报告产生的社会功用与法律后果的故事情节叙述，也是国内乃至全球注册会计师行业需要破解的法律难题；小说中对黎明会计师事务所欧阳明所长正直不阿、客观公正执业的人物形象刻画，正是全国广大注册会计师勤勉执业的缩影；小说中对某些会计师事务所及其注册会计师惟利是图、诋毁同行、压价竞争以及故意违反执业规则出具失实业务报告的情况叙述，正是对现实生活中某些会计师事务所和注册会计师违法、违规执业的严厉批评和针砭；小说中对黎明会计师事务所内部纠纷和矛盾的客观叙述，也会引起不少会计师事务所主任会计师与合伙人的共鸣。

总之，我对小说《珍爱》的感受是：故事情节具有真实性、语言表达具有艺术性！尽管我不能保证书中的每一个人、每一件事、每一个故事情节都可以从现实生活中找到原型，但凭我近20年从事会计师业务工作的经历与体会，我绝对可以保证书中的每一个人、每一件事、每一个情节，在注册会计师的现实工作与生活中都有可能存在和发生！我乐意将该部小说，真诚地推荐给社会各界的读者，特别是推荐给全国注册会计师行业的朋友们。我相信，凡是读过这部小说的读者，都将会得到像我一样的感受与体会。

2006年3月27日于深圳

（该序言作者曾任深圳市注册会计师协会副秘书长，广东省注册会计师协会常务理事，现任信永中和会计师事务所合伙人、中山大学管理学院兼职副教授、华南理工大学经济学院客座教授、深圳市民营企业家商会顾问。）

秋光烂漫好收成(代序)

——《珍爱》读后

曹振怡

刚刚进入秋天的那个上午,电话的另一端从湘潭传来志气"下达"的硬任务——看看他准备出版的第二部长篇小说《珍爱》的书稿,并写个序言。我哪能作序啊!但我难违其命,只得一口气将他的文稿看完,将读后所感记录于下。

我在2000年完成《儿女前程》三部曲的写作和出版任务之后,一直在家乡的土地上特别是老同学中寻找文学朋友。去年秋天,志气突然专程来到岳麓山下,送我一册他在作家出版社出版的第一部长达四十万言的长篇小说《山庄遗梦》。我如获至宝,紧紧抱住他,连连祝贺说:笔耕辛苦好收成,叶、周(指叶紫和周立波)事业有传人!如今又是个喜出望外,他不声不响,才过一年,又一部书稿出来了!而且,经中国文联出版社审定,快要付梓成书了!

其实,此前,志气的文学艺术创作已是硕果累累,只是我因迟至20世纪90年代后期,才懵懵懂懂闯入那片圣地,这才得到知悉的机会。早在20世纪60年代,他就写了《沉冤》、《农奴戟》、《罪孽》等三部电影剧本,70年代创作的舞剧《蝶恋花》,曾在长沙湘潭等地演出,80年代创作的古装舞台戏《五毒酒》,列为湖南各地巡回演出的保留节目。进入90年代，志气生发了把自己积淀了半个世纪的人生感悟和大量的宝贵素材提炼、凝聚、升华为文学作品的责任感和紧迫感，且选定了长篇小说这种不易驾驭却容量巨大的文学样式，于是，《山庄遗梦》和《珍爱》的诞生，就可谓水到渠成了！日前，利用国庆长假，我和志气一道回到益阳乡下，看到乡村遍地金黄稻谷飘香的丰收景象，我说：志气，农民兄弟有自己的丰收，你更有自己特殊的丰收。也好比农民兄弟收割了庄稼又在谋求来年的丰收一样，志气也是马不停蹄，连续苦斗，《珍爱》才送到出版社，旋即又编了个中篇集，中篇集刚刚敲定，眼下，新的长篇《走出死亡》又在紧锣密鼓的创作之中！这正如一个水库，经过长年的汇集，已是春水盈盈，如今闸门打开，能不飞流直下！

行文至此，我终于忍不住要高喊一声：志气，你是我的老乡，是我的同学，更是我的老师！

尊之为师，志气至少有下列几个方面值得我学习，也值得推荐给亲爱的读者。

首先是志气从小就有雄心壮志——弄文学的雄心，当作家的壮志。细细考究，这与30年代著名作家叶紫和曾获得斯大林文学奖的周立波有关。志气与叶和周同是益阳人，周立波的老家距他的老家兰溪镇仅三十里，叶紫更是地地道道的兰溪人。这两个光芒闪烁的名字，在他看来，就是春天的风，指路的灯。他为家乡出了两位名作家而自豪，且振奋。少年时代就细细地品读他们的书，甜甜地做着文学的梦。当年，他的父母或许就是深怀这样的热望，给他取了个好名字。为了生计，多年来，志气担负着一份沉重的会计工作，近年来更是创设了和主持着湘潭精诚会计师事务所，手下有一班人马，每一个白天都是公务公务公务，创作只能是业余业余业余。试问，如果没有雄心壮志，能拿得动笔、成得了文、出得了书吗？

其次是志气情趣的高雅，精神的超迈。转型时代，物欲横流，牌赌遍地，极尽奢华，金钱第一。看看周围，读文学尤其读严肃文学的又有几人？环顾左右，创作文学尤其创作严肃文学的不是凤毛麟角吗？志气却独树高标，矢志不渝，闹中求静，污而不染！或许有人认为这是迂气，是自找苦吃。我却以为，迂得可爱，苦得其所，就是在这种迂苦之中，精神得到了升华，生命得到了永恒，人生价值得到了体现！

三是志气有股吃苦拼搏的倔劲。在我们人世间，哪行哪业不辛苦？哪个成功不靠拼搏？但是，文学创作，特别是大部头的文学创作，最苦最苦，要拼要搏。自古瓜儿苦后甜。志气的小说，是苦的结晶，拼的硕果。就在我们这次结束益阳家乡之行回到长沙，离开我家时，已是晚上九点多，我留他住下来，他却高低不肯，说回去再爬一千个格格。已经劳累了一整天，仍要再干，苦不苦？真苦！倔不倔？真倔！看来，世上的事同一个理——每一枚成熟的果子都是挂在凭实干用汗水培育而成的绿树梢头。歌德在晚年曾经叹息：我活了七十五岁，没有哪一个月过的是真正舒适的生活。我估量着，志气的每一个白天和夜晚，仅仅因为写作就并不轻松。

四是志气对于现实的关注，对于生活的热爱，对于美的赞赏，对于丑的鞭挞，对于创新的追求。看完《珍爱》，我有种印象：这部17万字的小说，也许是我国反映注册会计师现实生活的第一部长篇，是人们大都并不熟悉的社会审计领域诸种矛盾纠葛、错综复杂局面的首次艺术再现。时代进入21世纪，新旧体制正在转换之中，社会经济生活中大大小小的事件，形形色色的人物，长长短短的故事，为了求得公平和秩序，需要国家政权的审计，同时也需要社会中介机构的审计。志气本人就是在这样的大背景下，抓住机遇，创办了中介审计机构湘潭精诚会计师事务所，运用自己娴熟的专业技能为国家的现代化建设贡献力量。但他决不满足于工作机器的正常运转，他要两种思维同时迸发，那个植根于骨髓的文学情结在缤纷的现实生活中越泡越大，这不，那一个又一个生动的故事，一群又一群鲜活的人物，便一一走进了他的笔端。志气说过，他要借助文学的翅膀，让小说中忠诚正直的主人公连同他的审计生活走进人们的心田，让笔下的小丑人物警示人们：在忙忙碌碌的经济生活和明明暗暗的人际纠葛中，千万提高警惕，努力加强防范！这种内心炽烈情怀的宣泄和张扬，这种对外部世界的关怀和尽责，不正是一个人民作家应有的道德和良心嘛！

就在这篇短文行将打上句号的时候，窗外送来一阵桂花香。是的，时序已进入仲秋。秋天，正是收获的季节。按照世界卫生组织的规定，人到65岁才开始进入老年。如此说来，我和志气这辈人都仍处在人生的秋天。相比之下，志气的秋天色彩更加烂漫，果实更加丰盈。秋天一到，冬天便不再遥远。为了冬天也能播种，也能耕耘，也能收获，我要借用志气小说的题目向志气进言：珍爱身体，珍爱健康！手头的笔，悠着点，悠着点，毕竟年近深秋，冬天的大门在渐渐敞开，渐渐敞开……

好了，不再啰嗦了。归纳起来，吟成了四句话，作为结语，与志气和有共同喜好使命的同龄人共勉吧：

壮心不减当年勇，秋光烂漫好收成。
笔头倔劲倍珍爱，分予梅香细耕耘。

2005年10月长沙岳麓山南清风窗下

内容提要

一个刚直不阿、精诚敬业的会计师事务所所长遭到不公正待遇;

一个纯情少女竭力护卫着自己的珍爱;

一个有权有势的独身女人却得不到自己追求的初恋情人,因爱成恨;

一文不名的流浪汉变成腰缠万贯的亿万富翁;

一个艰苦创业的下海者最终功成名就却过着贫穷的精神生活;

一群"人心不足蛇吞象"的贪婪者肆意侵吞国家财产;

小说对他们进行了形形色色的描写。

我们的工作如履薄冰，如临深渊，处处都埋伏着陷阱，时时都可能踏中地雷。

——一位注册会计师的话

第一章

飞机在一万米以上的高空飞行。

白云在蓝天上堆砌，时而变幻成一座座雄踞的山峰，时而变幻成一望无垠的层层叠叠的棉海，时而又变幻成一排排分崩离析的冰山。冰山崩溃，白云又变幻成海豹、奔马、群鹿……真是惟妙惟肖，妙不可言。那白的，白到了绝处，晶莹剔透，明净得没有一丝的尘埃；那蓝的，蓝得是那么灿烂，那么真真切切，柔和锃亮得使人从心底里喜爱，即使有时出现灰色，那灰色也是如同用水洗过般明澈干净，不带丝毫的尘世污染。这是在一万米以上的高处，身居云层之上才看得到的奇景。

坐在舷窗旁的黎明会计师事务所所长欧阳明是一位资深的注册会计师。他五十上下的年纪，身材较高，微微有点佝偻；一头乌黑的头发，鬓边已显出了灰白，黝黑的皮肤显得比常人要黑；一张匀称的很富表情的脸微显有些发福；一双水汪汪的发亮的眼睛透着聪颖的很富洞察力的光芒，却又带着几分忧郁的神情；两道浓眉和高耸的鼻梁使他满脸透着俊气，使人感受到他年轻时一定很帅。此时，他深深地被这天上奇景吸引，他对坐在身旁的朴雪惊叹道："啊！这真是只应天上有，人间无处寻啊！"

坐在欧阳明身边的朴雪是一位十足的美人。她三十左右的年纪，白皙的皮肤，乌黑的短发，笔直高耸的鼻梁两边是一对鲜活精明的眼睛，薄薄的嘴唇像红珊瑚似的透着美色，洁白的牙齿像是用珍珠镶就，樱桃小嘴边总带着一种意味深长的具有挑逗性的微笑，国字形的脸上却又透着一种少有的端庄。她两肩平直，胸部高耸，如果将她塑造成一尊雕像，那一定是优美与和谐的化身，智慧与聪颖的结合。不施粉黛，无需雕琢，从形体到灵魂都透出一种难以言表的神韵。从外形上就可看出这是一位性格开朗豁达、办事精明干练且善于交际的女性。她听到欧阳明的感叹后亦有同感，但她没有像欧阳明那般善感，她抿着嘴笑了笑问："阳所，是不是又有佳句了？"

欧阳明说："早已没那兴致了。俗事缠身，哪来什么佳句？"

说到俗事，欧阳明的心境马上变了。金阳棉纺厂的那件烦心事立刻涌上了心头。

金阳棉纺厂是一家大型纺织企业，在八十年代曾经红极一时，效益不断攀升，成为万众瞩目的一家明星企业。企业效益好，职工的工资也高，当时一般企业为升半级工资费尽九牛二虎之力，而金阳棉纺厂的职工工资一升再升，有时一次可升三级四级，令金阳全市人民羡慕。而到九十年代中期，金阳棉纺厂便从它的高峰跌落到了低谷，经济效益一落千丈，企业一下变得资不抵债，以至无力偿还银行贷款而破产。金阳棉纺厂变化为什么这么大？是外因还是内因？是固有的经济规律还是人为因素所致？这个问题一直是人们心中的一个谜。金阳棉纺厂的破产清算工作由黎明会计师事务所担任。由于这是一家大型企业的破产，而且众目所瞩，欧阳明亲自担任该项目的项目负责人。通过破产清算，欧阳明发现金阳棉纺厂的破产并不那么简单，其中蕴含着深厚的、复杂的权钱交易，甚至有犯罪活动。欧阳明发现这些问题后，曾向市政府写出专题报告，并且亲手将报告递交给市政府的水副市长。意想不到的是，他的这份报告竟石沉大海，泥牛入海无消息。当时欧阳明想，市政府处不处理我管不了，作为中介机构，我只能如实反映情况，我已将报告呈上去了，并且留了底稿，我该做的已经做了，万一今后追查起来，我有报告作证。他认为自己做得万无一失，办得十分妥当。不想最近金阳棉纺厂几千名职工竟聚众闹事，打出了“誓死保卫国有财产”的口号。他们封厂门，堵大桥，上街游行，成为金阳市一件惊天动地的大事，也成为令金阳市政府领导十分头痛的心病。可令欧阳明担心的是，职工们不但把矛头指向厂里的几个头头，还把矛头指向担任破产清算工作的黎明会计师事务所。他们认为是黎明会计师事务所与几个头头一起出卖了职工利益，一起侵吞了国有资产。这不能不给欧阳明心中造成一层沉重的阴影，也给黎明会计师事务所蒙上了一层阴沉的迷雾。为了一扫阴霾，欧阳明组织了这次香港之游。

在香港，他们上了太平山，观看了香港的全景；到了深水湾、浅水湾，看到了富人的天堂；游了维多利亚港，观赏了岸边的紫荆花，又乘船观赏了灯火辉煌、千奇百怪的夜香港。香港令人印象最深的是楼高地小，贫富悬殊。在内地有一辆私家车就了不得了，在香港，富裕的标志是游艇。你看深水湾停满了白色的游艇，那才是富人们的标志。而在贫民窟中，二十几层高的楼房像鸽子笼似的矗立路旁，显得是那样的衰败与破落，与那高耸入云的高楼大厦、富丽堂皇的独立别墅形成鲜明对照。然而给欧阳明留下深刻印象的却还是他在王大仙那儿抽的三支签。第一支是“挑沙填海，劳而无功”；第二支是“水中之月，镜中之花，只能看见不能拿它”；第三支则更奇怪而又形象，是“有鬼有鬼，拖的拖脚，扯的扯腿”。欧阳明本不信签道，只是好玩，随大家一块儿抽了这三支签。不想皆是下下签，使他不信也不得不有点相信，他感到有种前途未卜的危机感。

下午五点半钟，飞机降落在金阳菊花机场。旅游公司的大巴在机场口等候，将大家接到金阳市，然后各自回家。

“哒哒哒……”激烈的枪声不绝于耳，战斗进行得十分残酷、惨烈。

只见残壁断垣，尸横累累，敌我双方都伤亡惨重。

在血与火、生与死的搏斗中，郭安娜和欧阳明侥幸活了下来。

他们俩一块儿进入一家地主庄园，接着进入一间密室。

密室里摆满了各种各样名贵字画，还有许许多多的古董。更醒目的是遍地的黄金。欧阳明捡起一块金子咬了一口，发现果真是金子。他望着郭安娜，示意该怎么办？郭安娜递给欧阳明一个小巧玲珑十分精致的铁筒，急切地说：“这是化金筒，快把这些金子化成水！”

欧阳明依言捡起一块金子放进筒里，金子立即化成了水。

“哎呀！金子真变成了水！”欧阳明惊讶地叫道。立即将那些金子一块块依次放进筒中化成水。欧阳明大喊：“郭安娜！郭安娜！金子全化成了水！”

欧阳明喊着，不觉醒来，原来是南柯一梦。

欧阳明苦苦思索着，梦中情景历历在目，仿佛就是刚刚发生的事。金子都化成了水！这到底是好事？还是坏事？如果像梦中一样，金子化成水，这可是个不祥之兆，也许又要罚什么款了？欧阳明心中不觉又蒙上了一层阴影。

上个月，C局已将机电厂的验资报告底稿全部复印去了，不知又为何事？听说机电厂的那几个股东想甩掉全厂几百个股东，将全部破产后作为安置职工的财产占为已有。真是“人心不足蛇吞象”，明明是作为安置职工的财产，一千多万啊！你几个人就吞得下？就不怕卡喉咙？如今这些人胆大妄为，只要有利可图，什么事都做得出来。这件事与我们验资单位有什么瓜葛？！我们的验资报告明确了是杜亮等九个人代表职工共同出资。虽然我们没有把全厂几百个工人都列为股东，可那是受《公司法》的限制呀！《公司法》明文规定，有限责任公司的股东是2至50人。我们的验资报告上多一个股东，这份验资报告就是无效报告。我们当然不能坑害客户，将一份无效报告给客户。我们当然只能搞委托投资，由全体职工委托九个人投资。这九个人真正可恶，本是委托你们投资，结果变成你九个人的投资。我们的工作底稿中说得很明白，我们有股东代表大会的纪要，有股东代表的名单，还有中华人民共和国金阳市公证处的公证书，你赖到哪儿去？一切证据都证明当时是委托投资。听说工人们已经闹到市政府去了。赵市长亲自责令有关部门调查。但愿不要调查来调查去，调查到我们会计师事务所的头上来。我们注册会计师是弱势群体，谁都可以拿我们开刀，谁都可以叫我们上公堂。像上次九龙娱乐城的事，完全是别人有意欺诈我们，我们已经向C局报告，这是虚假出资，叫他们停发执照，他们不但不行停发执照，反过来说我们验资不实，罚款一万元，一顿板子打在我们屁股上，闹得沸沸扬扬，各种媒体曝光，真正气煞人。欧阳明想到这儿，不由又想起金阳棉纺厂的破产清算。金阳棉纺厂的破产清算与机电厂的破产清算有些相类似，可金阳棉纺厂更为明目张胆，性质更为恶劣，他们是在破产前就将国有财产转到了个人名下，成立了一个金蝉脱壳的新公司，这边搞破产，那边轰轰烈烈搞生产。这本身就是一种违法的假破产，可是市里省里都要破，作为一个中介机构有什么本领螳臂挡车？虽说从法律上讲会计师事务所应该独立执业，但在当前这种执业环境下独立得了吗？明明是政府要办的事，可算起账来就算到你注册会计师头上。欧阳明不由想起了一位厂长说过的话："当厂长的不是人，厂长不是人当的。"他在心里暗暗叹道："唉！注册会计师何尝不是如此啊！"

"吃饭啦！"老伴阿美叫道，欧阳明这才缓过神来，赶紧穿衣洗脸刷牙。他几乎是在五分钟内完成这一系列动作，因为时针已经指到了七点半。加上吃饭开车，到所恐怕要过八点了。他最不愿意下属们说他搞特殊，可以上自由班。

欧阳明刚刚拿起筷子，"吱……吱……"手机振动了。他只得放下筷子去接电话。手机里立即传来朱胖子的声音："喂！阳所长吗？你快告诉我，你的金卡是多少号！"

欧阳明问："怎么？遇麻烦了？"

朱胖子急切地说："没什么，昨晚我在这儿过了一夜，他们……”

欧阳明带着责备口吻说：“你呀，尽干好事！125，金卡号是125！”

欧阳明放下电话，阿美凑上来问：“谁呀？问你金卡号干什么？”

“是朱胖子。他妈的，嫖娼还要老子买单！”欧阳明没好气地说。朱胖子是飞跃房地产开发公司的财务老总，黎明会计师事务所的重要客户，欧阳明不敢得罪。

“哟！你有金卡嫖娼，大概你也常去吧！”阿美不无醋意地问。

“看你说的，这金卡可以洗脚，可以按摩，我常伺候这些爷们，有金卡可以打折，不备行吗？”

阿美没有吱声。她深信自己的丈夫，也深知如今办事的难处。如今这社会有许多不可思议的事情。

欧阳明一看时针，已经来不及了！他赶紧抓起一个馒头，拿上皮包就出门了。老伴追在后面喊：“怎么，你连汤也不喝一口？”

“算啦！”欧阳明已下楼了。

欧阳明到办公室，虽然没有迟到，可已有好几拨人在等他了。

首先是办公室的朴雪送来市注协一叠表格，要事务所自查，不日省市就要登门检查。欧阳明看了一眼表格，对朴雪说：“你放心去填吧！把这些表填好就是，不知道的再问我。”

朴雪刚走，注册会计师老成送来一份报告：“阳所长，这份报告摆两天了，客户今天下午就要，无论如何你要审查签发。”

欧阳明接过报告，翻开第一页看了一下，对老成说：“老成，这份报告我看过了，恐怕发不得呢！”

老成苦着一副脸说：“我也知道有风险，可这是我们的老客户，这份报告不发，我们的关系就断了，以后别再上门了。”

欧阳明犯难了，拿着报告迟疑着下不了决心。最后他问了一句：“他们同意披露么？”

老成回答说：“不太清楚。听说只要是保留意见，刘科长不接受。”

欧阳明满腹牢骚地说:“他妈的,刘科长也太不像话了,他要我们审,不合他的口味反过来又要我们改报告。我们还有个屁‘独立’性!”沉吟良久,欧阳明说:“这样吧!你先把问题披露一下发出去,看反应如何再定,大不了不做这笔业务。”

老成说:“好啰,有你这话我就好做主。”

把老成打发走,接着上来一个年轻人,他问:“您是阳所长吗?”

“我是。”欧阳明没有望他,手上拿着一份文件在看。

“是这样,我是金阳日报的,听说你们事务所办得不错,我们想帮你们宣传宣传。你能给我一点时间吗?”

听说是媒体来了,欧阳明不敢怠慢,忙放下文件,对小朴叫道:“小朴,沏杯茶。”

那青年递过一张名片,他瞄了一眼,见是金阳日报记者,便说:“啊!是蔡记者,失敬失敬。如今你们记者吃香,无冕之王,到哪里都敬畏三分。”

蔡记者忙说:“哪里哪里!不过我们到哪里都比较客气。”

欧阳明说:“但是我看有些记者就没职业道德,也无职业良心。去年我们那事,开始报道一篇我还没放在眼里,我跟那记者打了电话,指出他报道失实,他在电话里说到此为止,决不再炒作。可是他说话不算数,后来一连搞了我们六七篇,许多问题说得太离谱了,张冠李戴,无中生有。我找他们主编,要和他们打官司,他们又怕了,反过来说好话,以和为贵,不要上法庭,打官司对谁都不好。你们写个材料来,我们给你们报道一篇好的。后来我写了个材料,他们果真报道了一篇好的。笔头子掌握在他手上,他说你好你就好,他说你坏你就坏。你说这叫什么职业道德?有什么职业良心?有什么客观标准?他只图自己捞稿费、得奖金,他不知道自己笔头子下面可以杀人。一篇报道出来,要给别人造成多大麻烦,多大损失。有时甚至一篇文章就可把一个企业搞垮。我倒不怕,他一宣传,反倒把本所的知名度搞大了,我们成了知名的会计师事务所,我们的业务收入反而大大增加了。”

蔡记者有几分尴尬，他说："你说的这种情况我相信，任何地方都良莠不齐，都会有害群之马。"

说到这儿，欧阳明转过话题问蔡记者："你说要宣传我们，不是揽广告吧？"

蔡记者说："不完全如此。我们报纸最近开辟了一个新版面，专门介绍中介机构，我们想首先介绍你们所。"

"要钱吗？"欧阳明问。

蔡记者说："要收点版面费。"

欧阳明是个直性子，他反问道："如今不是三令五申不准搞有偿新闻吗？"

蔡记者说："唉！如今官样文章多得很，如果真不准我们搞有偿新闻，我们早就喝西北风了。我们这个版面介于广告与有偿新闻之间，我们是介绍，搞广告是企业用自己的嘴巴说自己，介绍是我们记者来说你们，比广告更具宣传性，收费比广告要便宜得多。"

欧阳明问："要多少？"

蔡记者说："一千字就那么两千块钱。"

欧阳明十分惊讶地说："哟，这么多！"

蔡记者说："若是一千字的广告，恐怕一万块钱还拿不下来。"

欧阳明迟疑了，他说："这个……你容我们研究研究，你把名片留下，如果搞，我们再联系。"

蔡记者知道他这是婉言谢绝，便使出了杀手锏："阳所，这可是赵市长亲自批示要搞的，你看着办吧！"

欧阳明听说是赵市长要办的，心中便有所顾忌，沉吟一会儿没奈何地说："好吧！一千元行不行？"

蔡记者说："阳所，您别开玩笑了，我们可不是菜市场卖小菜的。"

欧阳明说："好吧！两千就两千。具体情况你去找办公室的朴雪吧。小朴！你和蔡记者策划一下。"

欧阳明打发走蔡记者，审计二部的部主任谭建业拿着一份报告来了。他将报告放在桌上，气愤地说："阳所，新兴房地产要退钱！"

欧阳明问："还是行不通？"

谭建业说："我亲自去C局找了那位科长，那家伙不讲理，我拿《注册会计师法》给他看，说会计师事务所执业不受行政区划限制。他把《注册会计师法》往桌上一丢，看都不看，说《注册会计师法》顶屁用，我们对你们所不了解，怎么能用你们所的报告？"

欧阳明说："明天我去省注协汇报，看他们有没有办法。你给客户多说几句好话，叫他们不要退报告，我们保证负责到底。暂时不要退款。"

谭建业刚走，桌上电话铃响了。欧阳明拿起电话，电话里传出金阳市监管会计师事务所的郭科长的声音："喂！阳所吗？"

欧阳明说："郭科长，是我，你好吗？"

郭科长叫郭安娜，是欧阳明大学同班同学，而且有过一段不同寻常的关系，说起话来很亲热随便，可今天郭安娜的态度大不相同。她在电话中说："阳所！你们要注意呢！C局已告到我这儿，建议对你们进行处罚。我爱莫能助，想挡也挡不住。你要做好思想准备呵！"

欧阳明问："什么事啊?"

郭安娜说："是机电厂的验资嘛！你们怎么把全厂破产财产验到九个人的名下呢？"

欧阳明没奈何地说："哪有这种事！电话里说不清，我们当面谈好不好？"

郭安娜说："只怕太晚了。"

欧阳明不觉心往下一沉，难道又是一道迈不过的坎?想起自己辛辛苦苦办了这个所，是想干一番事业，只求图一个心怀坦荡，洁身自好，为什么会有这么多的坎坷，这么多的凶险。他不由想起他前些日子写的那首劝世歌来：

劝世歌

人生好比一出戏，一生只有几十年。
劝君过好每一天，活就活它个心高尚。

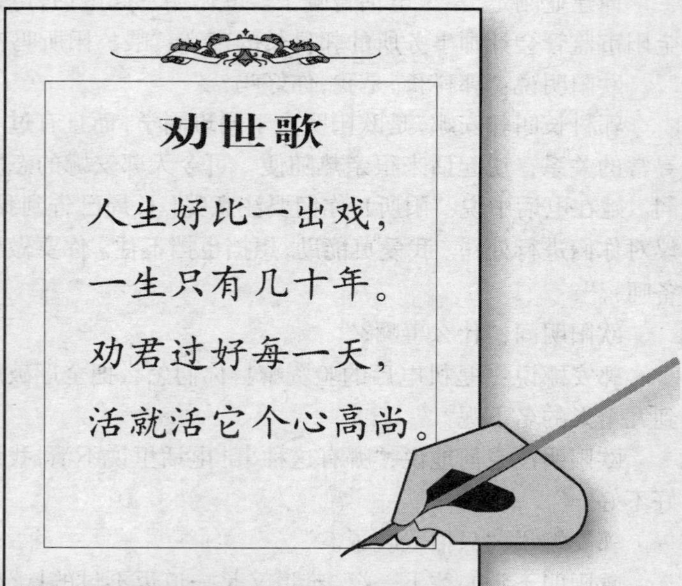

一位伟人说：

人的一半是畜牲，一半是天使。

第二章

第二天，欧阳明到了省注册会计师协会，没有想到跨市执业的问题未得解决，郭安娜告诉他的那件事果然发生了。

省注协秘书长告诉欧阳明："你们市里已向省注协打了报告，要求给你们停止执业一年的惩罚。"

"什么？"欧阳明闻言大吃一惊，不服地说："凭什么给我们这么严重的处罚？！"

"是金阳机电厂的事。报告中说你们将本来用于安置全厂职工的财产验到了九个人的名下。"

欧阳明真是有苦难言。他痛苦地说："真是天大冤枉！我阳某人再糊涂也不至糊涂如此，胆子再大也大不到如此，我怎么会干出这种事呢？他们是搞委托投资，有委托投资协议，有股东代表大会纪要，还有公证处的公证书。只不过我们没有把这些内容写进报告，可这是受《公司法》的限制哟！"

秘书长倒是通情达理，他说："这样吧！你先写个申辩材料来，我们会秉公而断。"

"好！请秘书长主持公道！"

回家路上，欧阳明坐在车里烦透了。自己满腔热血，满心希望办一个大所，想不到事与愿违，时乖命蹇，处处都是门坎，时时都有险滩。停业一年,这不等于是要我们关门吗?他感觉到背后有只黑手要将黎明会计师事务所扼杀。

欧阳明的直感没有错。

一个星期前,在一间宽敞明亮、装饰豪华的办公室里坐着三个人,两男一女。女的便是前面给欧阳明打电话的郭安娜。只见她四十七八的年纪,蓄着一头中长头发,乌黑的头发整齐别致地披散脑后,在后脑勺上,扎着一只白色蝴蝶特别醒目,整个发型给人一种舒服和谐精细别致的感觉,使人一看就觉得她不同凡响。她椭圆形的脸上略施粉黛,虽然年近半百,却是徐娘半老,风韵犹存,眉宇间仍保留着几分俊气,长得很有几分姿色。她的打扮也十分入时,穿一件无领紧身内衣,显露出高耸的胸部,外面披一件薄如蝉翼的罩衣,整个人都显得半透明似的,很性感,根本看不出她有四十七八的年纪,倒像个深闺守阁的少女。男的是个矮胖子,另一个则是一个瘦高个,两人都是三十出头的年纪。年纪不大,却显得十分老成,看来两人都是官场老手,耍权的专家。矮胖子是陈科长,瘦高个是张科长,这三人都是市里A局和C局的显赫人物,掌握着注册会计师和会计师事务所的生杀大权(至少他们是这样认为)。

“欧阳明这家伙太狂了,他不知道他的会计师事务所是在我手里批的,水可载舟,也可覆舟,我能批它,照样可以将它注销。”矮胖子陈科长说。

“这几年他的确有点不像话,根本不把我们放在眼里。”郭安娜接着跟进。

“难道他也不将你这位老同学放在眼里?”张科长戏谑地说。

郭安娜说:“你别提了!如今他发财了,哪认得我们这些穷公务员。”她似乎怨气冲天,说了句脱离实际的话。

“听说你和他有过一段不同寻常的经历哟!”陈科长嘻皮笑脸插进来说。

“呸!你不要狗嘴里吐不出象牙喏!”郭安娜佯装发怒。

“别闹了!我们还是研究研究怎么惩治惩治他吧!”张科长对欧

阳明似乎特别恨。

“这个容易，明天去两个人到他所里查一查，他一年做那么多业务，不怕他没辫子可抓。听说金阳机电厂是他验的资，现在那里群众反映强烈，难道与他没有半点瓜葛?！”陈科长到底老谋深算，是官场老手，一句话就说到了点子上。

第二天，他们到黎明会计师事务所调阅了金阳机电厂的验资报告的工作底稿。

他们这一抓，就抓出了“停业整顿一年的惩罚”。

这一场幕后密谋欧阳明自然不得而知。他坐在汽车里冥思苦想不得其解。他想不通郭安娜为什么不能帮他一下，相反却在落井下石。从那个电话看，似乎这就是她的主意，难道她真由爱成恨了吗?

欧阳明和郭安娜的确有过一段不同寻常的关系。

欧阳明和郭安娜是大学的同班同学，他们是文化大革命后恢复高考的第一批大学生。他和郭安娜是小同乡，自然在校时接触就多。当时欧阳明刚三十出头，尚未婚配，长得风流倜傥，英俊潇洒，有美男子之称。当时他是学校学生会的文体部长，班上的班长。郭安娜当时已二十七八，尚未出阁，这个年龄，可是女孩子熟透之际，她浑身上下，无处不透出一种青春气息。加之她本人一米六二的苗条身材，风姿绰约，超凡脱俗，真是鹤立鸡群，与众不同，有着一种特有的气质与风韵。她为人落落大方，与什么人都谈得来，尤其在男同学中，她态度暧昧朦胧，挥洒自如，逗得痴情者追之若鹜。由于她在男同学中如此飘忽不定，于是有人便给她取了个“花蝴蝶”的美称。其实郭安娜对欧阳明是情有独钟。她不但爱欧阳明潇洒英俊，更爱他的才能，爱他温良和蔼的性格。在同学中，也都认为他们俩是天设地造的一对伉俪。由于他们是小同乡，接触比别人要多，每当假日来临，他们总是在一块逛公园、看电影。就是在学习紧张之际，他们也常在一块温习功课。他们之间，的确也曾有过温情款款，情致殷殷，真情切切。在一个风和日丽的夜晚，他们相约看了一场电影后一块儿到了岳山公园。就在那银杏树下，他们望着明月，相拥在一块儿，欧阳明忍不住将嘴唇凑向郭安娜，郭安娜盈盈娇羞，宛转相就，两唇长吻。虽然当时未曾海誓山盟，立下婚约，但两人却已心心相印，互有你我。可是欧阳明在婚姻上曾受过一次重大挫折，真要谈婚论嫁，他却十分谨慎。尤其是对郭安娜的为人他尚有顾忌，故虽经常玩在一块儿，但并未达到生米煮成熟饭的境地，也未在口头上立下什么婚约。此时另有一位求爱者胆子却大得出奇，他对郭安娜爱慕倾心已久，见欧阳明对郭安娜有所犹豫，他便向郭安娜发动了猛烈攻击。这位求爱者叫谭德光，是欧阳明最要好的朋友。谭德光正是利用这种朋友关系接近了朋友的同乡郭安娜而演绎成一场恋爱关系。欧阳明看到这种情形，出于君子之心，朋友之情，不便与之争锋，相反主动退避三舍成全他们。郭安娜虽然倾心欧阳明，但她受不了谭德光那火一般热情的包围，她的心慢慢被这种热情所熔化。尤其她看到欧阳明有意相让成全，她误以为欧阳明对她无心，于是在毕业前夕她答应了谭德光的求爱，决定了她的一生命运。在毕业晚会的舞会上，欧阳明和郭安娜搂在一块儿跳舞，郭安娜问欧阳明："怎么闷闷不乐？有什么心事？"

欧阳明说："明天大家都各奔东西，谁知什么时候才能相见，你叫我心里能好过吗？"

郭安娜说："那也是，想到同学一场，一朝就要分手，的确心如蚂蚁在咬。"

过了一会儿，郭安娜又问："难道你心里就只有全班同学，没有一点特别的吗？"

"……"

郭安娜见欧阳明没有回答，便直率地问道："我问你，你不准撒谎，银杏树下的事你就忘得干干净净？"

欧阳明说："过去了的事情还提它干吗！"

郭安娜说："我是好奇，别无他意，你老实告诉我。"

欧阳明说："我老实告诉你什么呢？这只能说我们是有缘无

分。”他有意在郭安娜腰上捏了一下。

郭安娜责怪说:“你这家伙,心里有我,怎不早说?你真傻。你要是早说,我就是你的了。”

欧阳明有点气馁地说:“现在说这些干吗!这是命运。别胡思乱想,这样会影响你和德光的关系,你好好跟德光过吧!”

郭安娜不无遗憾地叹了口气说:“唉!老天爷总是不遂人愿,你下决心回家乡了?”

欧阳明说:“嗯!大概你会和德光一块儿留在省城吧!”

郭安娜说:“你说这是命运,我相信。现在已无办法,只好认命了。”

毕业后,郭安娜和谭德光分到了省财政厅,欧阳明回到了金阳,开始在红都机电厂财务科工作,后来调金阳市财政局,一九八九年才干会计师事务所。虽然金阳离省城不远,但见面的机会少了。有时欧阳明到省厅开会,少不了要去郭安娜办公室坐坐,但说的都是一些套话。不久,郭安娜和谭德光结了婚,欧阳明也和阿美成了家,两人的来往就更少了。

白驹过隙,很快十年过去。郭安娜和谭德光一起生活十年却没有生育。不幸的是,后来谭德光患了前列腺癌症,只过了半年就一命呜呼。郭安娜在省城孤身一人,十分寂寞,正好遇上省厅压编,于是她便主动要求调回了金阳。郭安娜调回金阳之后,她首先想到的自然是她的老同学欧阳明。当她第一次打电话给欧阳明时,欧阳明简直有点吃惊。

郭安娜:“喂,阳明吗?我是郭安娜。”

欧阳明:“你是在厅里还是在家里?”

郭安娜:“我早不在省厅了,你不知道吗?德光他死了。”

欧阳明:“我听同学说了,当时我正在去北京的火车上,真该死,老天爷让我悼念他的机会都不给。”

郭安娜:“唉!命运,真是命运作弄人啊!你看我现在是孤苦伶仃一个人。”

欧阳明:“你现在在哪儿?”

郭安娜:“我在家里,我已经调回金阳了。”

欧阳明:“你为什么这么傻?好好的省厅不待,回金阳干吗?”

郭安娜:“别人不理解犹可,难道你还不理解?”

欧阳明:“我不理解。是不是出什么事了?”

郭安娜连忙解释说:“绝对没有,你怎么还是那么傻?难道你还不知道我的心?”

欧阳明心里不禁“咯噔”一下,惊讶得说不出话来。没想到她仍存着这种念头,而且会这么赤裸裸地说出来。

郭安娜问:“怎么,不说话了,你怕我会吃了你?”

欧阳明慢慢撂上电话,不由心里抹上了一层阴影。糟了!只怕平静的生活从此要不平静了。郭安娜这人他太了解了,她办事干练,敢作敢为,敢爱敢恨,在校时要不是自己心灵上伤痛未灭,和她保持一段距离,他们早就结合了。

按常理,老同学调回家乡本应该前去探望,甚至摆酒接风。可是有郭安娜那句话,欧阳明在郭安娜调回金阳一个月内都不敢去找她。后来有一条消息使欧阳明更为不安。郭安娜调回金阳A局后,负责金阳市会计师事务所的监管工作,这等于是欧阳明的顶头上司。欧阳明这才不得不去拜访她。

这是一间两居室的房子,面积不大,但收拾得十分干净整齐,装修也颇具匠心,带有很浓的艺术色彩。只见左面墙上挂了一张壁挂,上面有青山绿水,还有闪烁着的彩灯。进门对面墙上嵌了一块硕大壁镜,占了整整一个墙面,壁镜下摆放着一盆蝴蝶兰,与壁镜中的蝴蝶兰相映成趣。另一面墙上挂了一把张开的硕大的折扇,朱红色的折扇上用黑白色颜料画了一幅红梅闹春图。整个屋子既简单明快,又具有较高的艺术品位。

欧阳明进屋后在一张精致小巧的沙发上坐下。可能是因为房子小不便摆设大沙发,所以其他摆设都显大而沙发独显精致小巧。郭安娜端来一盆水果放在欧阳明面前,刚洗的水果上还湿润滴水。郭安娜冲欧阳明的第一句话就很不客气:“真是稀客呀!我回来这么久都不来看我,是在那温柔乡里出不来吧!”

欧阳明抱歉地说:“对不起,实在太忙了。我心里早就打算来看你,可总抽不出时间。”

郭安娜问:“你们所怎么样?还过得去吧?”郭安娜摆开一副领导架式打起了官腔。

欧阳明说:“唉!年年难过年年过嘛,现在的会计师事务所真难搞呢!”

郭安娜一听便来了兴趣,她正想了解下面的情况,便又问道:“说说,怎么个难法?往后你可得多向我说说情况。”郭安娜也许觉得不能太装腔作势,没有用“汇报”二字。

欧阳明说:“如今是僧多粥少,一份活大家都抢着干,不顾信誉,不顾职业道德,甚至不顾廉耻,滥价竞争,出卖注册会计师的身价,搞回扣,不顾执业质量,什么都有。你说不难吗?尤其是搞部门垄断,靠政府部门行政手段承揽业务,互设门坎,互筑间墙,更使执业难上加难。”

郭安娜说:“听说有些部门还发文件要分成,要回扣,有没有这回事?”

欧阳明说:“怎么没有!”

郭安娜说:“嗯!你说说!”

欧阳明说:“例如X行要会计师事务所跟他们签订合同,凡是他们范围内的验资、评估、审计业务,他们都要按收入收取百分之四十的分成,否则就不用你的报告。T和G两个部门将事务所作为他们的摇钱树、小金库,脱钩搞明脱暗不脱。”

郭安娜说:“这些情况你们向上面反映过没有?”

欧阳明说:“怎么没反映,我是逢会必说。可是没用,清理整顿搞了几次,好是好了点,但没从根本上解决问题,尤其是会计师事务所以外的中介机构,脱钩更不彻底,靠行政手段与会计师事务所争饭吃。像E和W干脆就是搞行业垄断,对会计师事务所的报告一概不认。希望郭科长来后，这种局面能好一点。”

郭安娜说：“你不要挤兑我，我有几斤几两你还不知道。你可要注意点，报上曝了你们几次光了，你不要使我为难啊！”

欧阳明闻言愤愤不平，气愤地说：“那是报纸胡说八道，本来我要和他们打官司，后来他们说和为贵，替我们报道几篇好的，你看到没有？真是秀才们笔下生花，说好的，可以把你说得锦上添花，天花乱坠。说坏的，可以将你打入十八层地狱，叫你永世不得翻身。”

郭安娜说：“别说这些了。那些记者们也有难处，他们要完成采编任务，他们要得奖金。来！吃一个！”郭安娜将一只削好的苹果送到欧阳明面前，欧阳明接过来咬了一口。郭安娜问：“甜不甜？”

欧阳明据实回答：“甜！这是什么品种？”

郭安娜说：“言不由衷吧！从我手里出来的哪会有阿美的甜？”

欧阳明说：“你知道我是个老实人，是甜就是甜，不甜我决不会说甜的。”欧阳明装着没有听懂郭安娜的弦外之音。

郭安娜说：“你还是那么傻。喂，你今后可要常来看我，你知道德光死后我很寂寞的。”

欧阳明问：“你怎么不找一个？找一个吧！什么条件？我给你物色。”

郭安娜起身去洗手，边走边骂了一句：“傻瓜！”

走出郭安娜家之后，一路上欧阳明还在回味着郭安娜那傻瓜二字。他知道郭安娜这二字的深刻含意，其中最主要的自然是抱怨他在学校时为什么不主动向她求爱，以致让谭德光捷足先登。可是她哪知道我的心呢？我是“一朝被蛇咬，三年怕草绳”啊！

三十五年前，欧阳明还是花季少年的时候就与同班同学汪明珠相恋。当时正读初中，虽然只是情窦初开，但也曾有过山盟海誓，有过肌肤相接。欧阳明对汪明珠倾心相爱，汪明珠也将自己的终生幸福托付给欧阳明。虽然当时遭到学校的干预，同学的非议，家长的反对，但他们仍然坚贞不渝，我行我素，誓死相爱。可是一场政治变革却破灭了他们的美梦，改变了他们的命运。

汪明珠的父亲是北京下来的高干，在毛主席逝世后不久，便召回到了北京，汪明珠自然也随父亲到了北京。谁知她一去便杳无音信。欧阳明找没法找，问无处问。他苦苦地等候了三年，最后从北京飞来了四个字："忘了我吧！"欧阳明接到信后痛苦欲绝，从此他对爱情十分谨慎，故对郭安娜也心有余悸。后来谭德光对郭安娜进行轰炸式的进攻，他又从仁义道德、朋友友情出发，不与谭德光争锋，反而去撮合他们，以致失去良机，让谭德光捷足先登。所以郭安娜骂他是傻瓜，这是恰如其分。

后来郭安娜到黎明事务所去了一趟，看到事务所的工作环境，办公设施都很不错，她很说了几句好话。欧阳明邀她上家去玩，她拒绝了，她害怕看见阿美，她只问了一句："听说你家阿美长得挺漂亮，是吗？"

欧阳明说："还对得住观众。"

郭安娜又问："是贤妻良母？还是河东狮吼？"

欧阳明说："典型的贤妻良母，她性格温存，从不发火。"

郭安娜说："这么说你们从没吵过架？"

欧阳明说："结婚这么多年，我俩从没红过脸。说句你不相信的话，我和阿美结婚后，还未打过一次洗脸水，没泼过一次洗脚水。"

郭安娜说："她是个日本女人？你小子不要太欺侮我们女性了。看来你们家还得来场人权运动。"

欧阳明说："不是我虐待她，我叫她不要这样，她总不听，到时候洗脸水自然就上来了。"欧阳明实话实说。

郭安娜说："你小子艳福不浅，可要知道夭夭者易折啊！"郭安娜言不由衷，心中充满醋意。

这一次郭安娜没有上欧阳明家，欧阳明在酒店叫了一桌酒席招待她。

以后郭安娜约欧阳明出来跳过几次舞。他们是老舞伴了，自然跳起来配合默契，得心应手。

有一次，郭安娜在舞池中用她那高耸的胸部在欧阳明胸前蹭了一下，她问欧阳明："难道你真把我忘得干干净净？"

"……"欧阳明用沉默回答了她。

"你知道我现在多寂寞啊！我只要走进我那个家心里就烦，难道你不能来陪陪我吗？"郭安娜完全显露出女人的柔弱，没有了领导者的架子。

在欧阳明心中，有一种强烈的道德感与责任心。尽管他过去爱过郭安娜，但他不能背叛阿美。阿美爱他爱得那样真，那样深，如果她知道他背叛了她，不知她会多么伤心，甚至还会要了她的命。所以他对郭安娜决不能越雷池半步。再说，他是个有责任心的人，他既要对阿美负责，也要对郭安娜负责，他不是那种见异思迁，风流成性的浪荡子，也不是如今那种"家里红旗不倒，外面红旗飘飘"的新派人物。他对郭安娜说："我说你还是找一个吧！现在优秀的男人多得很。喂，我认识辉煌房地产公司的喻总，他现在正单身，我给你介绍怎么样？"

郭安娜一听，火不打一处来，她生气地将欧阳明一推，提前离开了舞池。

这一晚两人没有再说话，也没有再跳舞。两人呆坐了一会儿，便悻悻地分道扬镳了。

往后的日子欧阳明非常忙，年初各单位年报要进行审计，这是会计师事务所的黄金季节，然而又是最繁忙的时候。尤其是欧阳明，他既要对外搞各种应酬，承接业务，还要签发所内大叠大叠的报告。这些日子他很少在九点以前回家。阿美知道他很忙，每晚回家，她都给他留着热水，还有一碗人参桂圆汤。有时候，欧阳明陪客户唱歌跳舞，或者洗脚按摩，一直要忙到一两点才能回家，阿美也不睡觉，她坐在床头守着一直守到欧阳明回来。

在欧阳明忙得不可开交之际，这天B局又来凑热闹，小卓带了两个B局干部来所查账，欧阳明不得不丢开一切工作陪着他们，不时送烟送水，小心伺候。查完账，自然得热情款待。欧阳明叫朴雪在红楼订了一个包厢，查完账，便陪着B局人员到红楼吃饭。小卓打了几个电话，约来几位同事或朋友整整坐了一大桌。欧阳明只得忍痛花钱，请客人点菜。客人们也不客气，专拣最好的菜点。不一会儿，服务小姐把菜一样样端上来，整整摆了一桌。服务小姐给喝酒的斟上酒，不喝酒的斟上奶。欧阳明以东道主的身份端着酒杯站起来，接着所有客人都站起来举起酒杯。欧阳明举着酒杯与每人碰杯，一边说："热烈欢迎各位光临，请多关照，来，有酒的碰酒，有奶的碰奶！"欧阳明为了调和气氛，讲了一句俏皮话，害得那些喝奶的女士们低头窃窃私笑。

酒过三巡，大家便天南海北，天上人间地闲聊起来。聊了许久，众人已吃喝得差不多了，欧阳明见大家吃得开心，便端起酒杯："来！再喝酒，为我们的友谊干杯！"

"好！为友谊干杯！"大家异口同声，碰酒的碰酒，碰奶的碰奶。

喝完酒，有个中年高个说："说实在的，如今的贪官确实不少，但好的还是多数。像我们阳所，不嫖不赌，不贪不占，一颗心兢兢业业干事业，可算是领导中的优秀者。"

欧阳明连忙说："哪里哪里！不说这个！大家说点别的。"

中年高个说："我可是说真的啊！"

欧阳明说："好好！大家喝酒！喝酒！今天大家一定要喝个尽兴，喝个痛快。"

这样一来，欧阳明的酒喝得有些过量了，回家便吐了一地。

阿美泡了一碗白糖开水送到欧阳明枕边问："好过些吗？把这糖水喝了，糖水可以醒酒。"欧阳明接过糖水咕嘟嘟一口喝了，接着出了口粗气，又睡下了。阿美用手摸着他的胸口，轻声款语问道："怎么样？还想吐吗？以后你要注意点，你要知道你的心脏不好，喝酒最容易出事，看你上有老下有小，你要是出了事，叫我怎么办啊？"

欧阳明抓住阿美的手放到嘴上亲了一下说："你放心，不会有事的。"

阿美抽回手说："我打盆水，你洗洗脸快点睡觉吧！都大半夜了。”

阿美端来一盆热水，拧干毛巾给欧阳明洗了个脸，拉被子将欧阳明盖了，然后拿起拖把将屋子打扫干净。忙完活，已经是深夜三点多钟，此时欧阳明已呼呼睡去，她脱掉衣服，挨着欧阳明睡下。

阿美是红都机电厂的一名包线女工，她性格温和、娴静，长得如她名字一样，十分美丽，因此人们对她的真名实姓倒记不得了，只记得叫她阿美。她的美不是一种寻常的美，真有闭月羞花之貌，沉鱼落雁之容。她不但形体与面容美，而更能吸引人的是她有一种特有的神韵，尤其是她的笑，使人感到温馨、和美、亲切，有一种含而不露的美感，给人一种说不出的爱意。因此她走在大街之上，回头率保证在百分之百。她和欧阳明的相遇，纯属是一种偶然。记得那是在厂团委举办的一次舞会上。阿美不会跳舞，但又不想离开舞厅。她看着人家双双对对在舞池里翩翩起舞，心中十分羡慕。她很想试试，但无人邀她。后来有几个人邀她，临阵她又怯阵了，不敢起身。这时舞池里有位男青年吸引了她的注意力。那青年高高个子，长得很帅，整个舞池里就数他跳得最好。他跳得轻盈、合拍，一转身、一抬足都十分优美。她看得有点傻了。

阿美呆呆坐了许久，曲子奏了一个又一个，跳舞者时聚时散，跳得非常起劲。阿美感到有些困意，便低下头打盹。

“师傅，请！”一个声音在她耳边响起。

阿美抬头一看，那位全场跳得最好的青年站在她身前伸手邀她跳舞。阿美吃惊了，突然心跳加快，脑子有些晕眩，不由自主地起身随他下了舞池。她轻轻说道：“我从没跳过，你得教我。”

“没问题，你跟着我来就是。”

阿美跟着他跳，一连踩了他三次。她觉得很不好意思，便说：“对不起！把你的皮鞋都踩坏了，我看还是算了吧！”阿美准备退场，可是他抓住她不放，说：“没问题，开始都这样。来！你跟我踩着拍子走，一二三四、一二三四……”

青年耐心地教阿美跳舞，阿美跟着他的拍子迈步，果然奏效，慢慢地合上了他的步伐。

跳完一曲，阿美刚刚找到一点感觉。接着青年又邀她跳第二支曲子，她不好意思拒绝，便又一次不由自主地随他下了舞池。这一次她跳得比上一次好多了，不需要喊拍子了。两人跳得欢快起来。

“你是哪个单位的？”

“线圈车间的。”

“你叫什么名字？”

“张美，可人家都叫我阿美。”

“阿美，好名字，名符其实。”

“什么意思？”

“你的确长得美呀！”

“你别逗我！你叫什么名字？”

“欧阳明，在厂财务科工作。”

“啊！你就是欧阳科长。”阿美心中像感触到了什么，两人没再说话，以后又跳了几支曲子。虽然阿美时不时还要踩他一脚，但两人始终都在一块儿，直到终场。

临别时，两人好像都有些恋恋不舍。欧阳明问：“我们还能见面吗？”

阿美故意说：“同在一个厂里，怎么不能见面。不过你高高在上，我进不了办公楼的大门。”

欧阳明说：“我会来接你。你作几班？”

阿美不说话，跨上自行车走了。欧阳明有点失落，呆呆望着她远去的身影。不一会儿，远处传来一个声音：“二班！”

第二天，欧阳明在办公室磨蹭到二班下班的时候才走出办公室。他骑车来到线圈车间门口，不想晚了一步，作二班的工人都下班走了，车间里空无一人。

第三天，欧阳明又来到线圈车间门口，车间里通明透亮，工人们干得热火朝天，欧阳明才知又来早了。他不好意思贸然到班里去寻她，万一她不接受，那多难堪。再说那样也太掉价了。

欧阳明在车间门口等了半个小时，才见工人收工，一个个走出车间，其中却不见阿美。

欧阳明问最后走过来的一位女师傅："喂！请问师傅，阿美下班了吗？"

"阿美请病假，没上班！"那位女师傅说。

欧阳明心里一沉，她病了？！怎么好好地就病了。他感到很失望，追上那位师傅问："师傅，你知道她住哪儿吗？"

"她住三食堂集体宿舍。"

"她病得重不重？"欧阳明关切地问。

"不知道！你是她什么人？"

"……"

欧阳明无言以对。他想上宿舍去找，这样深更半夜去女宿舍找一个女孩子，岂不是发神经了。可是却不知怎么回事，自见了阿美之后，心中就难赶走她的身影。听说她病了，就更对她放心不下。他一夜都没有睡好。

自学校毕业分配到红都机电厂以来，他的心境一直都很平静。汪明珠的背弃，郭安娜的另就，在他心中留下了过多的伤痕，他在感情方面更加小心谨慎。不知怎地，自那天在舞会上遇见阿美之后，她的身影就一直难以忘怀。那天在舞会上，他几乎成了整个舞会的明星。他不但人长得帅，舞跳得相当好，而且此时在红都机电厂已小有名气。工人们都知道财务科有一个从大学分来的大学生，能力又强，长得又好，没两年就升了科长。尤其是那些未婚的女青年，都把他视为心中的偶像。所以在舞会上，想和他跳舞的女青年趋之若鹜，但欧阳明都只是应付而已，惟独看到阿美后，他就主动地诚心去邀她。当时阿美被冷落一旁，坐在那儿显得十分尴尬。开始他只是想不能冷落人家，应该邀人家跳一曲舞，不想他一见阿美抬头，发现她原来是如此惊人的美丽，他的心立即被她的美吸引了。后来他在跳舞中虽和她只说了几句话，但他发现她是位心地纯真善良、性格温柔的姑娘。他更对她刮目相看，这才想和她相叙，约她第二天见面，不想连连扑空，这怎不叫他心如虫噬，不得安稳，一宿难眠。

第二天上班时，他给职工医院打了个电话，叫职工医院的会计小赵去住院部问一问，有没有一个叫张美的职工住院，住在哪个病室。结果回答令他十分失望，那里没有这个病人。小赵告诉他，可能是转到市里哪家医院去了。欧阳明失望了，但他想，就在一个工厂，总会有相见的机会。

其实阿美并未生病，她遇到大麻烦了。

就在阿美跳完舞离开欧阳明的那个晚上，在回宿舍的路上碰到了几个流氓。他们拦住阿美的单车，其中一个说："妹妹，下来陪我们玩玩！"

另一个说："哦，原来是阿美，机电厂大大的美人！"

阿美心里怕极了，她双手紧握单车龙头，一只脚着地，坚持不下自行车，嘴里轻轻说："你……你们要干什么？"

"干什么？看来你还是个雏儿。你下来就知道了。"

阿美坚持不下车。

"剑哥！别跟她讲客气，把她拉下来！"另一个喊道。

"别！你们别伤了美人儿，我爱还爱不过来呢！"那位剑哥阻止大家。可是其他几位哪听他的，便都动起手来。这个摸腿，那个扯腰，吓得阿美大喊："救命呀！救命呀！"

附近几个工人闻讯赶来，流氓们慌忙逃窜。那位剑哥走时丢下一句话："阿美，我明天还来找你！"

那位剑哥叫莫学剑，是当地有名的流氓头子。他留着一头长发，戴一副蛤蟆镜，下身穿一条硕大的喇叭裤，一身嬉皮士打扮。最近发生的几起流氓追逐女青年，甚至强奸女青年的事件都是他带头干的。

第二天晚上，也就是欧阳明找阿美不期未遇的那个晚上，莫学剑纠合几个流氓又在路上拦住了阿美。阿美不从，结果遭到流氓一顿毒打。治保人员闻讯赶来，把遍体鳞伤的阿美送进了医院，把莫学剑及其他几个流氓抓进了派出所。

在医院里，阿美没有忘记对欧阳明的思念。那天晚上，欧阳明陪着她跳舞，她感到幸福极了。他是那样潇洒，那样可爱，就像是一首歌，一首动人的歌。当时她就想，他就是我寻找许久的白马王子，她是在半晕眩、半清醒的状态下跳完一支支曲子。分别时，当欧阳明问她作几班时，她慌乱了，一时竟不知怎么回答。直到走了好远，她才想起应告诉他自己作二班，便老远地朝欧阳明喊了一句“二班”。

第二天下班时，她以为欧阳明会来找她，可是未见人影。她稍许等了一会儿，仍不见他来，便失望地悻悻走了。她没想到她走后不到五分钟，欧阳明便来了。他们走的不是一条道。

以后她遭到流氓的纠缠与毒打，她多想欧阳明此时能出现在她身边。

可是他没有来，只落下一份对他深深的思念。

不知不觉一个月过去了，时间的流逝冲淡了欧阳明对阿美的思念。这天上午，欧阳明审阅完当月的会计报表，拿着饭盒去食堂吃中饭。在排队打饭的队伍中，他看到一个熟悉的身影。他的眼睛顿时一亮，赶紧走过去轻轻叫了声：“阿美！”

阿美回头一看，见是欧阳明，也是眼睛一亮，冲他嫣然一笑。

“帮我买盒饭。”欧阳明说。

阿美接过欧阳明饭盒，这时后面有人叫开了：“排队啰！年纪轻轻的，一点不守规矩！”

欧阳明满脸涨得通红。他没有回复人家，在心里抗议道：“没办法，不守规矩也就不守这次了。”

阿美给欧阳明打好饭菜，两人一块儿来到一张桌旁坐下吃饭。开始两人闷不作声，可是两人心里都有满腹的话要说，却又不知从何说起。过了一会儿，两人饭快吃完了。欧阳明问了一句：“你身体恢复得怎么样？到底生了什么病？”

阿美一听，方知欧阳明已经知道她病了，而且问得那么关切。

顿时一股幸福的暖流从心底升起，流遍全身。他是怎么得知自己生病的？她对欧阳明的问话避而不答，问道：“那天晚上你为什么没来？！”

欧阳明坦诚答道：“我去晚了，你们都走光了。”

一句话，把欧阳明的心扉全敞开了。阿美的心落地了，她微笑着，显露出美丽动人的笑靥说：“今天我作一班。”

欧阳明说：“晚上我们还去跳舞吗？”

阿美笑而不答，轻轻点了点头，拿起饭盒走了。

以后的情况便都明白了，阿美成为欧阳明最好的舞伴。为了免遭再次袭击，每当阿美作二班时，欧阳明就来接她，一直送她回宿舍。于是两人的关系日趋亲密，达到了如胶似漆的地步。

有一天晚上，欧阳明像往常一样等阿美下班后接她回宿舍，两人走到厂区外的那块开阔地，突然有人喝道：“站住！”随着喊声，莫学剑和几个流氓堵在阿美车前。欧阳明和阿美只得下车。阿美看见又是莫学剑这伙流氓，吓得浑身发抖。莫学剑骂道：“你这臭婊子，你害得我进去坐了一个多月，今天我要你赔偿损失！”欧阳明挺身拦到阿美面前，悄悄对她说：“别怕！让我来对付。”

莫学剑见上来一位男的，便道：“哦！原来还有位公的，你想出来充角色是吗？来！给我打！看他有几斤几两？”

莫学剑一声令下，众流氓围上欧阳明一阵拳打脚踢。欧阳明凭着自己身高体大毫无惧色。他使开一路拳脚，先打倒两个小流氓，接着心想：“擒贼先擒王”，我先制服那为首的再说。于是他以迅雷不及掩耳之势，冲过去双手抱住莫学剑，用力将他摔倒在地，跟着一脚踏上，大声喝道：“谁敢上来！看我不踩死他！”众流氓一见，真没一个敢上来。躺在脚下的莫学剑怕得要死，忙哀求说：“好汉饶命！好汉饶命！下次不敢了！”

欧阳明喝道：“下次我若再看见你们欺侮阿美，决不轻饶！滚！”

莫学剑慌忙爬起来带着一伙流氓跑了。

阿美见欧阳明刚才表现得那样英勇，心中充满了说不出的爱意。她拿出手帕替欧阳明擦干脸上的血迹，一边关切地问："伤得重不重？要不要去医院？"

欧阳明不在乎地说："没事，擦破了一点皮。"

人说婚姻是一种缘分，也许是两人果真有缘，自这次打跑流氓之后，他们的关系便来了一个质的飞跃，欧阳明那因受到严重创伤而冻结的心扉像冰雪遇到了春风而融化，而阿美的心自此再也不能平静，她已把欧阳明当做靠山，当做终生的依托。她全心全意地爱着欧阳明，爱得没有半点私心杂念，没有半点功利主义。他们没有经过多长时间的恋爱便结了婚，婚后不久便生了一个女儿，女儿长得十分乖巧，她继承了阿美的美丽，继承了欧阳明的聪慧。欧阳明爱若掌上明珠，给她取了个名字叫阳纯。他们俩人因有了阳纯而更加恩爱和美，小日子过得甜甜蜜蜜。阿美把侍候丈夫视为自己的天职，只要欧阳明吃得好，睡得好，过得开心，她就十分开心，哪怕自己再苦再累，她也心甘情愿。她没有太多的奢求，她只求丈夫爱她，家庭和睦，女儿听话，这就是她人生最大的快乐，也是她最高的追求。因此结婚这么多年来，他俩都生活在一种幸福、温馨的氛围之中。要不是郭安娜的介入，他们真算是一个幸福美满的家庭。

自改革开放以来，欧阳明创办了黎明会计师事务所，从此他每天忙忙碌碌很少顾家。阿美仍在工厂上班，她除了应付工厂的活计外，全家的家务和生活她料理得井井有条。她为了让阳纯专心读书，不让她做半点家务。只要是有利女儿学习，叫她从身上割块肉她都愿意。有人说她太傻，有人说她活得太累，她总是笑而不答，其实她觉得自己活得很幸福。

这天晚上她挨着欧阳明睡下后，尽管已是深夜却仍久久不能入睡。她看着丈夫如此工作，使她心中产生一种隐忧，前几天欧阳明心脏不适曾到医院检查过，发现心脏有频发室性早搏，这可不是一个好的征兆，医生当时建议他住院治疗，住院手续都办好了，可是因为事务所工作忙，他拖着没有进院。今天看到他喝了这么多酒回来，她真担心有一天会如医生所说："最后结局是猝死。"假如真有这么一天，她想自己真不知还能不能活？而她一死，女儿怎么办？阳明在乡下的父母怎么办啊？现在是全靠她从生活费中挤出一点钱给两老寄去，两老失去了这笔生活费，又怎么能活下去？想到这些，她禁不住用被子捂着嘴暗暗啜泣。

第二天，欧阳明上班时身子软绵绵打不起精神。朴雪泡了杯浓茶放在他面前说："阳所，喝杯茶提提神，今天怎么这么无精打采？"

欧阳明说："昨晚喝多了。"

朴雪关切地说："你身子不好，往后可要少喝酒哩！我们一个所全靠你这个主心骨了。"

欧阳明显出一种无可奈何的样子说："唉！没办法，'我不入地狱谁入地狱？'"他引用佛祖释迦牟尼的话半开玩笑半认真地说。

朴雪说："以后喝酒你带上我。"

欧阳明说："你会喝酒？怎么从未见你喝过？"

朴雪说："舍命陪君子嘛！我身体好，与其让你去陪不如让我去挡。"说着微笑着走开了。

"丁零零……"不一会儿电话铃响，欧阳明拿起电话："喂！是我。哦，是郭科长吗？有什么指示？"

对方是郭安娜，此时她在电话里责备欧阳明说："你呀！一天到晚只知道汇报呀，请示呀！你就不能说点好听的？"

欧阳明给她耍贫嘴："怎么说才好听呀？我看只有指示二字最好听了，难道你不喜欢？"

郭安娜说："你不要跟我耍贫嘴。我问你今天是什么日子？"

欧阳明疑惑地问："今天是什么特殊日子？……啊！今天是你的生日？"

郭安娜佯装生气地说："嗯！是我的生日？好呀！你连我的生日都记不得了！"

欧阳明有几分尬尴。他说："真对不起！我是忘了！你说今天是什么日子？"

郭安娜说："傻瓜！报纸、电视都在炒作，难道你不知道，今天是情人节！”

欧阳明说：“这是年轻人玩的洋玩意儿，我不懂。”

郭安娜说：“不管你懂不懂，你今天下班后得上我家来。”

欧阳明婉言谢绝：“哎哟！今晚我有个应酬，恐怕……”

郭安娜态度十分强硬，似乎没有商量余地：“不行，我叫你把它辞了，另外安排，无论如何你今晚得陪我，难道我们老同学这点情分都没有？”

欧阳明见她如此一说，实在不好再推辞了。再说他还真不敢得罪她，便说：“好吧！下班后我来。”

郭安娜说：“好！这才像话，我在家等你，不来是小狗！”

下班之后，欧阳明先给阿美打了个电话，告诉她晚上不回家吃饭，接着便驾着车到了郭安娜家。

郭安娜住在A局宿舍十三栋四楼。欧阳明爬上四楼来到郭安娜家门口。他敲了敲门，郭安娜在里面应道：“我给你留着门，你推门自己进来！”

欧阳明轻轻将门一推，门果然开了。他进门换了双鞋，见客厅里摆了一桌精致的菜肴，虽然数量不多，但都是上乘佳品。诸如腊烩三珍，玫瑰猪手，香酥鸡翅等。欧阳明想，这大概是为我准备的。他张望了一下屋内，却不见郭安娜，他以为郭安娜还在厨房忙活，便问：“你还在忙什么呀？”他走到厨房门口一看，厨房内没人。他便奇了，刚才明明在屋里说话，怎么不见人影？他喊道：“郭科长！你在哪儿？”

郭安娜应道：“我在洗澡，你过来不？”

欧阳明一时弄不懂她是什么意思？她在洗澡，叫我过去干什么？他没理会，便自顾自在沙发上坐下。

待了一会儿，只见浴室门打开，郭安娜光着身子从浴室里跑了出来，像跑出来一条赤裸裸的美人鱼。只见她赤条条一身雪白的肌肤如梨花带雨，点点滴滴的水珠似颗颗宝石晶莹剔透，一头乌黑的长发像流泉般直披下来，向下滴着水珠。她要干什么？欧阳明不由惊得呆了。

郭安娜站在欧阳明面前稍许停了一下，便一阵风似的跑进卧室。欧阳明惊魂未定，郭安娜穿了一件睡衣从卧室出来，那睡衣其实就是一件长袍，没有纽扣，只用一根衣带系着。此时她敞着怀，显山露水，暴露无遗。她一边梳着头发，一边对欧阳明说："没看见过吗？看把你吓的！"

欧阳明半天才缓过神来，他叹了口气说："唉！安娜，这是何苦呢？我知道你的心，可是我已和阿美成了家，并且我们生活得很幸福，我们怎么能再续前情呢？"

郭安娜见欧阳明亲切地叫她安娜，像一股春风吹进她的心田，她感到暖融融、软绵绵好不舒服。她挨着欧阳明身子坐下，娇憨地说："嗯嗯！我不管，你们生活得很幸福，为什么不能给我一点幸福呢？"

欧阳明为难地说："可是我……"

郭安娜双手抱住欧阳明，全身伏在他身上，仍然娇憨地说："什么可是不可是？如今找情人、包二奶的比比皆是，你为什么这么死脑筋？殊不知饱人不知饿人饥，你不知道这守寡多么难啊！每到晚上，当我走进这空荡荡的房间我就想起了你。欲火难捺啊！"

欧阳明听她这么一说，想起她孤独地生活了这么些年，也真难为了她，此时心中油然生出一种怜爱和恻隐。他明显感觉到郭安娜身子的温度和柔韧。他禁不住转身将郭安娜搂在怀里，亲吻着她那美丽的脸蛋和小嘴。所谓三十如狼，四十如虎，两人正是如狼似虎年龄，哪有干柴遇烈火不燃烧之理。郭安娜顺势倒在沙发里，两人紧紧搂在一块儿颠倒鸳鸯，翻云覆雨。郭安娜不住地哼哼唧唧，呼天喊地。她和谭德光结婚十多年，从未尝过如此的快感，如此的畅快淋漓，她的欲望似乎永无止尽。

完事后欧阳明却十分后悔和内疚，他放开郭安娜，站起身，穿上衣服欲走。

郭安娜光着身子拉住欧阳明说："怎么？这么快就要走，再玩玩嘛！”

欧阳明挣脱郭安娜的手，一声不响地开门走了。

打这以后，欧阳明对阿美总有一种犯罪的心理。他认为爱情的承诺是应该永远遵守的。在结婚之前，两人曾经信誓旦旦，保证海枯石烂永不变心。可是为什么到这时候就变心了呢？这无疑是一种背叛，是对爱情的亵渎，也是对阿美的伤害，这是他最不愿意，最不忍心做的。他想若是让阿美知情，不知阿美将是何等的痛苦，何等伤心。尽管阿美对他的越轨一点也不知情，可是他总觉得阿美的眼神如芒刺背，使他有一种犯罪的重负。因此他不敢再上郭安娜家去了。他甚至见都不想再见郭安娜。以后郭安娜以各种理由多次相邀，都遭到他婉言谢绝。真是男追女，隔层纸，女追男，隔层山，这怎不叫郭安娜生气呢？

欧阳明坐在车里回想这些，心情格外沉重。他想，风花雪月对有些人是求之不得，可是对他是一种沉重的包袱。在他的心灵深处，他对郭安娜曾经有过好感，甚至有过爱恋，可是这都是在认识阿美之前的事啊！自从他和阿美结合之后，他全身心地爱着阿美，阿美也全心全意地爱着他，他们之间没有半点虚情假意，也容不得有人从中插足。虽然那天晚上有过不轨的行动，可都是你郭安娜的引诱，我把持不住！我真正该死！我是十足的坏蛋！他背地里忏悔过多少次，咒骂过自己多少次！可是郭安娜从她的性欲出发，一直纠缠不清，难道这叫爱情吗？我不从你，你就来整黎明会计师事务所，这光明正大吗？欧阳明越想越气，越想越恨。他想难道这真是一道跳不过的坎？最后他只好横着想：管他呢！大不了不干这所长。她郭安娜一手总不能遮天。还有省厅咧！

“丁零零……”手机响了。

欧阳明打开手机，电话里传来金阳辉煌房地产开发公司喻总的急切的声音。欧阳明不禁一惊，心想他如此着急，难道他那儿又出什么事了？

你们真神,会计师事务所真有点石成金的本领。

——喻少清的话

第三章

金阳辉煌房地产开发公司老总叫喻少清。他是个复员退伍军人,长得高大威猛,浓眉大眼,一副四方四棱的脸庞,给人的印象是精明果敢。他参加过自卫反击战,在前线流过血,淌过汗。他作战勇猛,指挥英明,带领一个连的战士打过不少攻坚战,由于战功赫赫,在自卫反击战中很有名气。

战争的洗礼使他对什么名什么利都视若淡水。本来他铁心务农,再不管尘世俗事,有一天,队上发生的一件事深深震撼了他。

他复员回到生产队,队上有一位赵婆婆,虽同村居住,但和喻少清没有任何亲戚关系。赵婆婆的独生子和媳妇在一年内相继去世,留下一个小孙子由她抚养。儿子和媳妇去世时,留给她的只有债务,家里四壁空空,十分贫寒。没有劳动力,每年挣的工分很少,分的粮食不够吃。万般无奈,赵婆婆趁队上分谷时,偷偷拿走半筐谷。东窗事发,队上把她送到大队部关在一间牛棚里。喻少清看她实在可怜,便找大队长求情。大队长说:"队上有规定,凡偷盗集体财产,以一罚十。我不能破这个规矩。你替她交三十元罚款,我就放人!"当时三十元钱对一个乡下人来说,是一笔不小的数字。喻少清带回的些许复员费,回家时盖房早就用完了。一时身上空空如也,真是没有钱。无钱难倒英雄汉,喻少清一听要罚三十元钱,顿时凉了半截,有心要救老人,可是心有余而力不足。他四处借钱,别人看他是替赵婆婆交罚款,怕无钱还,找了几个都不肯借。正在他四处筹钱之时，传来一个令他撕心裂肺的消息：赵婆婆在牛棚里上吊死了！喻少清痛心疾首，但无法救回赵婆婆性命。这件事给了他深深的刺激，原来钱还这么有用！他下决心离开这个穷地方，到城里去淘金。

一九八三年开放初期，一个年方二十多岁的青年怀着一股子刚猛勇气来到城里，开始在一个货场卖力气混饭吃。有一天，他在马路上闲逛，一部摩托车从他面前急驶而过。摩托车过去，他看到地上留下一个钱包。他拾起钱包打开一看，里面有一张纸。他打开纸一看，这张纸竟是一份购销合同，上面载明是五十吨钢材。当时是计划经济和市场经济双轨制并行，能弄到一份钢材指标，那就是弄到了一笔财富。他在原地站了好大一会儿不见有人来寻，他想如今这官倒十分猖獗，他娘的！他们能倒，为什么我就不能倒他一倒。于是他不再等人来找，便想去找一家公司把合同卖了。那时候市场经济是“小荷才露尖尖角”，各种各样的公司如雨后春笋般从中国地平线上冒了出来，大大小小的公司多如牛毛，故他并不费劲便找到一家贸易公司，将那份合同以五千元价格出让。那时候五千元可是一笔不小的财富，等于是半个万元户。他用这笔钱在红都机电厂的大门旁开了一家小小酒店。开始他的生意并不景气，可是过不久国家开了口子，首次在财务制度上将应酬费列入了费用开支。过去办公室买包茶叶都必须从卖废报纸的零星钱中支出，如今不说茶叶，吃上千上万的酒席都可正当报销。一时间中国大地上吃喝成风，一年何止吃掉一个三峡电站。喻少清撞着这股风能不发财吗？他摸透那些吃公款人的心理，不光想吃，还想拿。他想老子不干则可，要干就要发大财。因此他在客人吃过喝过之后，每人还送上一件礼物，这礼物小到一包高级点心，大到一只金戒指，一块金手表，而这些花销通通都算在饭菜里，开在发票内。这些客人何乐不为呢？吃了拿了，国家报销。因此尽管他的饭菜价格高得出奇，但仍然顾客盈门，天天满座，因而他从中捞到的好处大大超出他的付出。不几年，他的小酒店从一个只有十多平方米的铺面发展成一座一十八层的高楼大厦。他一跃成为当地首富，拥资千万。当中国第二次经济浪潮来临时，他勇猛的本性难移，一次贷款三千万元在银海低价购入土地八百多亩，又在海城投入五百万购入一百多亩，原想只要时机成熟，一出手就赚几千万上亿元。哪知不久气候一变，银海成了死港，他的投资犹如泥牛入海，血本无归。后来银行逼债，拍卖了他所有财产。一夜之间他从一个千万富翁又变成了一文不名的穷光蛋，还得四处躲债。

喻少清百无聊赖，万般无奈。他想重操旧业，东山再起，可是手中无有资金。如今也不比过去，国有企业一个个垮了，吃公款的已不多了，大多是民营企业的老总请吃。这些人财大气粗，讲阔气，讲排场，一般小酒店不进。同时他们对那些礼物也不屑顾及，都是做生意的，谁不知其中奥妙，自己拿自己的，我何必让你去刮油。因此重操旧业是不可能了。不久房地产热兴起，他想搞房地产，可是仍是资金问题。一日他忽发奇想，房地产房地产，我虽没有房产却有地产，银海三千万的土地摆在那里不是一笔巨大财产吗？虽然是闲置的不良资产，但它总是财产呀。听说会计师事务所只要有土地使用权证就可以评估，评估后就可以验资，我手上有近千亩土地的使用权证，何不去碰碰运气。

这一天，他来到黎明会计师事务所，走进了欧阳明的办公室。

欧阳明起身迎客，朴雪捧上一杯清茶。

欧阳明客气地问："请问老板有什么事？"

喻少清小心地问："你们这里搞评估验资吗？"

欧阳明笑笑回答："我们专搞此事。"

喻少清说："我想咨询一下，你们评估验资要办些什么手续？需要些什么资料？"

欧阳明问："你想先评估后验资是吗？准备验多少？"

喻少清说："不多，大约几千万吧！"

欧阳明一听数目不小，心想这可是笔大业务，得将他拢住。便问："你有什么资产要评估？"

喻少清说："土地。"

欧阳明说："土地评估关键是要有土地使用权证。你有权证吗？"

喻少清连忙说："有！有！"说着他打开提包，从里面取出一叠土地使用权证放在欧阳明桌上。欧阳明拿起一本看了一下，不错，货真价实，的确是国土部门颁发的土地使用权证。接着欧阳明看到土地是在银海，心中就有些犹豫，他望着权证上的名字问："你就是喻少清？"

喻少清说："是！本人就是。"

欧阳明这才想到他就是大名鼎鼎的千万富翁喻少清，便客气地说："啊！原来是喻总。你的大名早有所闻。可惜一直未曾谋面。听说你在银海跌得很惨。"

喻少清说："岂止跌得很惨，而是把我逼上了绝路。"

欧阳明犹豫地说："你这土地在银海，只怕……"

喻少清十分担心地问："不行吗？"

欧阳明迟疑着说："也不是不行，只不过……当然，在任何文件上也没规定银海的土地不能评估，待我们研究研究好吗？"接着欧阳明又问："一共有多少土地？"

喻少清："在银海有八百多亩，在海城还有一百多亩。"

欧阳明在心里估算一下，五万块钱一亩就是六七千万，少算一点也会有三四千万，这可是一笔大业务，便说："你要评的话，评估费用可不少啊！"

喻少清问："要多少？"

欧阳明："按标准算要五万多元。"

喻少清："我们刚刚起步，用钱的地方很多，现在的确很困难，能不能少一点？"

欧阳明想，这可是笔大业务，千万不能轻易让它溜了，刚才他还少报了，便说："要搞的话风险很大，收费上就难少了，刚才我报的数比标准已经少了不少。不过我们很想支持你。我们支持过很多企业家，把好些个百万富翁、千万富翁扶上了马，希望我们也能合作。这样吧！让我们研究一下再说吧！”

喻少清急切地问：“什么时候有消息？”

欧阳明说：“明天，明天我给你电话，你有名片吗？”

喻少清的事业八字还没一撇，哪有什么名片。他连忙说：“哦，我的名片用完了，这样吧！我给你留个电话。”

欧阳明从抽屉中拿出一张名片，喻少清写了一个座机电话，原来他手机都没有了。

喻少清走后，欧阳明心中有些好笑，想他昔日手握千万，如今竟是如此一贫如洗。

下午欧阳明组织黎明会计师事务所的几名业务骨干开会专题研究喻少清的事。

会上，大家进行了认真讨论。

总会计师老孟说：“从制度和准则上讲并没有规定银海的土地不能评估，不能验资，但银海的土地是属不良资产，评估肯定是没问题，今后验资恐怕困难。”

欧阳明问：“有什么困难？”

老孟说：“你不知道，银海的土地都在那儿闲置，无法开发。上次我去银海开会，看到街上尽是些烂尾楼，起好了的房子也都空着无人居住。好些高级别墅，如今都由当地农民在喂猪喂鸡喂鸭，还有哪个敢投资开发？”

副所长刘正国说：“我也去过银海，的确是孟总讲的这种情况，不过现在有些回升，房地产又有些热了。”

评估部主任李正光说：“既然评估可以搞，我们就先评估，搞了这笔钱再说。”

欧阳明说：“你光评估不验资，人家评什么估？”

李正光说：“验资叫他另请高明。”

审计一部主任刘细妹说：“你不敢验，叫别人去验，你好良心！”

李正光说：“这也不是没良心，每个人的看法胆识不同嘛！有好多业务我们不敢做偏偏人家就做了，也没事！”

刘细妹说：“现在没事，不能保他今后没事，我们做一笔业务就是为自己安一颗定时炸弹，说不定哪天定时炸弹爆炸叫你吃不了兜着走。”

欧阳明说：“细妹说得不无道理，风险意识时刻不能丢，但我们也不能因噎废食，什么事都不敢做。关键是我们如何规避风险。大家可以分析分析，如果我们做了，会带来多大风险，有什么办法规避没有？”

于是大家围绕着欧阳明提出的两个问题畅所欲言，畅谈了自己的看法，会议最后形成意见，这个项目虽然风险很大，但还是可以做，闲置资产总是资产，我们可以把价格评低一点。严格按验资指南办事，让人揪不住辫子，就不怕这颗定时炸弹爆炸。剩下的关键是看他能出多少钱？

统一了思想，欧阳明打电话约喻少清来进一步谈。

第二天，欧阳明推迟了一个约会，专门在所里等候喻少清。

上午九时许，喻少清如约到来。欧阳明热情地接待了他。寒暄毕，两人言归正传。谈到评估验资收费问题。欧阳明心知喻少清手里没钱，若是开价高，定然将他吓跑，若是开价低，又违背物价部门规定，更重要的是影响所里收入，他正是看准这笔大业务，才这么郑重其事，琢磨再三。欧阳明开出了四万元的价，即使喻少清砍一万，也还有三万。不想他的价一开出，喻少清的回答大出他的意外。

喻少清说：“阳所长，你看我没钱吧！我知道你这个价恐怕只有标准的百分之五十吧！这样吧，只要你们给我把事情办好，我出八万元。不过现在没有，现在我只能给你们一点工资，待我第一笔钱到手，如数奉还，怎么样？”

这家伙真狡猾得可以，他这么做，既表现了他财大气粗宽怀大度，又显示出他办事爽快。而更主要的是解决了他目前的困境，现在要他拿出三万元，的确是件难事。可是他这么一说，却给欧阳明出了一道难题。不答应,这笔业务就要泡汤,若答应,谁知他什么时候能搞到第一笔钱。他揣摸再三,试探着问:“你打算先给多少工资?”

喻少清说:“五千,最多也是这个数字了。”

欧阳明迟疑半晌,难做回答。此时他的脑子在急速运转,他想这家伙是个角色,是个难对付的对手,可又是个难得的合作伙伴,搞得好,也许能成为一个难得的大客户。正在这时,副所长刘正国来了,他把欧阳明拉到一边,对欧阳明说:“红旗纺织厂破产清算基本拿下了,可是经办人提出要拿百分之二十的回扣。”

欧阳明说:“百分之二十是多少?整整一万块呀!他妈的,我们拼死拼活累得要死,他一句话就要一万,真养肥了他。”

刘正国说:“没办法,我们不接,几个所都在争,他们开价都比我们低,回扣也同意给。”

欧阳明痛下决心:“行吧!那就答应他吧!”

刘正国走后,欧阳明想到喻少清的事,他想,他妈的给他们回扣,我不如支持喻少清。他若真发迹起来,这八万元可是实打实到手。于是他对喻少清说:“好!行吧!我看你是个人才,是个爽快人,我愿交你这个朋友。就按你说的办,我们签约吧!”

欧阳明和喻少清在业务约定书上签了字。两人约定,过两天一起去银海查勘土地。

为了谨慎起见,欧阳明亲自担当这个项目的负责人。他把所里的事情做了一番安排后,第三天,他带了两名注册资产评估师小曾和小李一块儿去了银海。

在银海,欧阳明看到的情形果然如孟总所说:一栋栋烂尾楼耸立街头,格外显目,尤其是去金滩的路上,一座座高级别墅有的已经完工,有的还只砌了个水泥坯子,更有的还只有一个地基。更令他惊讶的是,漂漂亮亮的别墅里果真在喂猪喂鸡,一排排,一群群,就这么摆在那儿,像一具具僵尸,真正可惜。可是这些都投入了大批大批资金啊!其中不知有多少企业因此而元气大伤,无法持续经营。有多少像喻少清这样的暴发户一夜之间一败涂地，一蹶不振。人们盼望着再一次的开发热到来，那么这些僵尸就能起死回生。可是这开发热什么时候到来？会不会来？这可是谁也解不开的谜。看到这一切，欧阳明心情格外沉重。他想这个项目可是在走钢丝啊！弄不好可要身败名裂。

喻少清的土地比较靠近市区，这使欧阳明稍许放了点心。这些土地除盖了一栋半楂子房子外，其余地方都是空地，长满了没膝深的野草。欧阳明问喻少清："这些地你买多少年了？"

喻少清回道："有七八年了。"

欧阳明又问："国家有政策，购地三年不开发就要收回，政府怎么没收回你的地？"

喻少清说："这个政策是有，但上有政策，下有对策，我们每年租部推土机把土推一推，谁说我们没有开发呀！"

欧阳明微笑说："你倒挺会钻政策的空子。"

喻少清："没办法，大家都是如此。"

欧阳明走进野草深处，果然有推土机推出的一个个土堆。

欧阳明问喻少清："你为什么将几千万投到这儿？"

喻少清说："顺潮流呗！当时掀起第二次开发热潮，说银海将成为第二个深圳，将建成东方最大的深水港，银海市将成为我国最大的港口城市。当时地价很便宜，才几万块钱一亩。如果当真成为第二个深圳，你看这些地将变成多少？到时我可是亿万富翁了。有如此诱惑力哪能不来？内地资金滚滚流向银海，最后一刹车，便变成如此僵局。"

欧阳明说："听说银海并无建深水港条件，现在港口已经开始淤积泥沙了。"

喻少清愤愤不平说："可不是嘛！这些搞预测的真该杀。"

欧阳明说："真正的深水良港是钦州港，孙中山先生的建国方略中就计划在钦州建一个南方最大的深水港。我去过那里，那儿可真是建港的好地方。"

查勘丈量土地之后，欧阳明一行去了一趟银海市国土局，证实了喻少清的土地使用权证的真实性、合法性。然后他们又到当地的一家会计师事务所了解土地行情。

这家会计师事务所所长姓瞿，是一位从内地到银海淘金的注册会计师。他四十开外的年纪，长得浓眉大眼，嗓音洪亮，个子不高，但很结实，见欧阳明一行来访，热情地接待了他们。

瞿所长很健谈，和欧阳明谈得十分投机。他们从国内注册会计师行业的发展谈到国外会计师事务所的进入、谈到注册会计师执业环境的恶劣以及会计师事务所之间竞争之惨烈、价格之低下等等。瞿所长掌握的情况十分翔实，谈起来滔滔不绝，一套一套。欧阳明也谈了自己的一些看法，两人竟是看法一致，谈得格外投机。后来，话题转入正题，欧阳明询问银海土地评估与验资情况，瞿所长说："我们银海的评估市场还是挺大的，不过都是些闲置土地，可是谁也没说过闲置土地不能评呀！所以我们照评不误。"

欧阳明问："上面有说法没有？"

瞿所长说："至少暂时没有。"

欧阳明又问："评估后能验资吗？"

瞿所长说："不验资他评什么估呀？"

欧阳明闻言，心中算是有底了，他诚恳地对瞿所长说："瞿所长，真该好好感谢你，我算心里有底了。今晚我请客。"

瞿所长说："不不！你到银海，该我尽地主之谊，哪轮得上你请客。"接着他吩咐办公室的一位小姐："小裴！到银海大厦订个包厢，五点钟，我准时在那儿等你们。"看来瞿所长办事爽快，雷厉风行。欧阳明不好再推辞，嘴上说："这……这怎么好意思？"

瞿所长说："怎么不好意思，我们是同行，今后我到你们那儿，不同样要你请客吗？"

欧阳明只好说："那当然。好！好！我们恭敬不如从命了，五点见。"

欧阳明三人离开事务所后，在酒店稍许休息一会儿，五点钟准时到了银海大厦。瞿所长早已在那儿等候。他准备了一桌丰盛晚宴。

吃饭以后，瞿所长又安排到歌厅唱歌，直到晚上十点钟才回到下榻的酒店。

欧阳明漱洗完毕，正准备上床睡觉，“咚咚咚……”门被轻轻敲响。欧阳明心想这么晚还有谁光临？难道是小曾他们？他打开门，不想一位坦胸露背，打扮非常性感的小姐站在门口，没等欧阳明允许，就径直进门坐到沙发上。

欧阳明开始有些莫明其妙，后来想，耳闻银海的小姐厉害，难道就是这么个厉害？他刚开口问：“小姐……”不想那小姐扑向他：“老板，你按摩不？我给你按摩！”

欧阳明推开她说：“不要不要，请出去！”

小姐赖着不走，嗲声嗲气说：“老板玩玩嘛！到这里来很辛苦，消遣消遣嘛！价钱很便宜的。”

“多少钱？”这时住同室的一位陌生人插进来问道。

“按摩五十，做爱二百。”小姐毫无羞耻地回答。

陌生人从被窝里起来，开始审视小姐。

这时外面又进来几个男人，他们围着小姐像看动物似的这里摸摸，那里捏捏。这个说你的乳房太小了，那个说你的屁股还不错。

那陌生人却在和她讨价还价，典型的人肉交易。

欧阳明看到这种情景，心里难过极了。他想她也是人家的女儿，如此哪里还有尊严？哪里还有人格可言？他不由叹道：“唉！钱为何物？直教人身体相许。”他想她无非是要钱，他掏出一百元钱递给小姐说：“你快走吧！”

那小姐接过钱一溜烟跑了。那些看热闹的人觉得很扫兴，悻悻离去，同室的陌生人瞟了欧阳明一眼，想说几句什么，但终究没有说出口，倒到床上睡了。

欧阳明躺在床上很久很久难以入睡，他想起如今社会上流传的一句话："到北京怕官小，到深圳怕钱少，到海南怕身体不好。"这社会为什么会变成这样？难道这是市场经济的必然产物？为什么有关部门不管呢？他正在胡思乱想，"咚咚咚！"门又被敲响，那位同房的老兄迅速翻身起床开门。刚才离去的小姐复来，她迅疾闪身进门，抱住了那位同房。那位同房也迅疾抱住了她，两人粘在一块儿进了卫生间。欧阳明知道他们要干什么了，迅疾用被子蒙住了头。

喻少清还有一块地在海城，欧阳明他们完成银海的工作后，又渡海到了海城。

海城成了特区后，虽然比不上深圳，但特区终究是特区的规格。新修的街道，新建的超市、酒家、茶楼、娱乐城比比皆是，倒显出一种特有的繁华，给人的印象只有四个字："灯红酒绿"。在这样一个既无工业、又非商业重镇的地方出现了一种泡沫式的繁荣。

欧阳明在完成海城土地的勘查与丈量后，拜访了他的一位老部下。当年他在红都机电厂财务科工作时的一位同事杨灿。

杨灿在海城刚建省时就下海到了这儿，来时孑然一身，可说是一无所有。凭着她的果敢与智慧，十年时间竟创下了六七个亿的资产，成为一个传奇人物。

杨灿住在海口市秀英区的一个别墅区。欧阳明一行乘车来到这儿时正是上午十时许。只见半山坡上，坐落着大大小小数十座别墅。一座座别墅独成院落，远远看去却又鳞次栉比，连成偌大一片。杨灿的别墅坐落在别墅区的后沿，宏伟高大，鹤立鸡群，像是一座宫殿。欧阳明一行走到跟前，真有些自惭形秽。因有电话联系，约好了时间，进门时，杨灿的车子正好在门口停下。杨灿从车里出来，握着欧阳明的手连忙表示歉意："阳科长，真对不起！本来应该在家等候的，谁知临时出了点事，耽搁了一会儿。"

欧阳明说："没关系，没关系，如今最忙的就是你们这些成功的企业家了。"

杨灿说："你也是成功的企业家呀！听说你的会计师事务所办

得很不错！”

欧阳明说：“哪里哪里！哪能与你相比，不过是撑得下去而已！”

一行人边说边走，已进了大门来到厅屋。这是一间百十来平米的大厅，大厅内除了金鱼缸、盆景、雕龙嵌凤的红木家具、真皮沙发、文物收藏之外，一张螺旋形楼梯十分醒目，几乎占了大厅十分之一，上面的铁花金饰都十分讲究，还有金花米黄的镜面砖铺地，黑金砂大理石砌阶，一切都显得富丽堂皇，豪华高贵。然而又显得自然流畅，并无着意雕饰痕迹，给人一种美好的艺术享受。众人左顾右盼看了一会儿，然后分宾主坐下。佣人献上茶点，杨灿开口问道：“阳科长什么时候到海城？”

欧阳明回道：“前天才到，我心里老惦记着你，所以一办完事就登门拜访了。”

杨灿说：“谢谢！想不到阳科长还记着我们这些老部下。”

欧阳明说：“如今你是名人啰！我怎能不记得！”

杨灿说：“什么名人？多几个臭钱而已。唉！说到钱这东西，真是一个神奇的家伙。早几年我从内地过来，一文不名，一个在街上拖板车卖西瓜的婆姨，有哪个认识你。”

欧阳明试探着问：“听说杨总初来时很不容易。”

杨灿说：“哪是不容易，简直是艰难岁月！”杨灿心直口快，具有男人性格。她很快就讲起了她的发家史。

杨灿原是红都机电厂的一名普通会计。八十年代初，海城建省时她丢掉铁饭碗随着南下大军下了海。来到海城时，口袋里所剩无几。在这人生地不熟、举目无亲的地方一时茫然不知所措。在内地一番雄心壮志，想到海城拾宝淘金，可是到了海城却不知从何下手。后来她在工地上看到许多民工们蹲在地上吃盒饭，突然想到做盒饭也许是个门路。她想凭她多年做家务练就的一手烹饪技术，炒出的盒饭一定不会乏味。于是她买了几块水泥瓦，在工地上捡了几根废木头，请人搭起一个窝棚，开起了一家湘菜盒饭店。下海的民工中湘人多，自然都喜欢吃湘菜，不想她一炮打中，盒饭店的生意一下便红火起来。生意好是好，可是赚头不多，仅是微利。尤其是要起早贪黑，忙这忙那，又要买菜又要煮饭还要收钱打饭等等。每天从早上四点多钟起来，一直忙到晚上十点，没有须臾时间休息。手上没钱，她不敢雇人，只好自己撑着。如此一来，不到三个月她就累病了。小病引发大病，接着她大病一场，吃药打针把手上挣的一点小钱全花光了。这时她真想打退堂鼓，卷起铺盖回家。可是回去又干什么呢？自己已经辞职，并且信誓旦旦不混出个人样来决不回去。此时若是回去，可真是脸上无光啊！杨灿下海前在红都机电厂当了个小小会计。当时她的最大指望就是接替欧阳明当个小小科长。那时内地的市场经济还未起步，会计是社会的第三等人，最被人瞧不起。因为她看到了这一点，她才下决心贸然丢掉铁饭碗下了海。如果此时回去绝对不可能再进厂，因为对她的辞职，厂里颇有微词，此时若去求他们，自然只会给他们笑话。回不了厂，也就只能在海城四处寻找发展机会。若说发展机会，海城比内地机会可多多了，倒不如在这里再忍受一个时期。再说她开盒饭店虽只两三个月，但是她看到了曙光，尝到了那种赚钱的滋味，这种滋味远不是那种拿几十元钱工资可比。她想海城的确是一块淘金宝地，只要找到机会，幸运一定会降临。

本来她想去找一份会计工作重操旧业，可是她对会计工作烦透了。搞会计辛辛苦苦却尽是为他人做嫁衣裳，钱滚滚而来却都是别人的。她决心另辟蹊径，走出一条有发展空间的路来。

当时正值酷暑，街上买西瓜的很多。她打听到在文莱买西瓜只有一角钱一斤，到海城可卖到四角多，赚头很大。于是她买了一部板车，每天凌晨买一车西瓜拖到海城卖。作为一个女人家要干如此繁重的劳动，其艰难是可想而知。杨灿在讲到这段经历时，不禁潸然泪下。

艰苦的卖瓜生涯经历了一段时间，不久，幸运果然降临了。

有一天，她在文莱进西瓜，听到两个本地村民谈话。虽然他们说的是海城话，但她经历这些时日，海城话也能听懂一些。她听一位村民说：“那片山至少有两千亩，五十元一亩算来要十万块钱，我们上哪儿去弄这十万块钱？”

另一村民说：“是嘛！村上是无人敢租，听说如果村上无人租就要外租了。”

杨灿听到这话，忽然灵机一动，心想这可是个机会。便问那位村民：“老乡，刚才你说租山，那是怎么回事？”

一位村民见她是贩西瓜的，便乜斜着眼问她：“你想租？”

杨灿见问，心想不能被他小看，可得牛气一点，便说：“当然，如果合算，当然想租！”

另一位年纪较大的村民心地较好，温言说道：“我跟你说这可是桩好买卖。我们村上有两千亩山地要出租。”

杨灿：“怎么个租法？”

年长村民说：“五十块钱一亩，租五十年。”

杨灿一听，心里可乐了。两千亩地租五十年，海城这儿是热带雨林，什么种子都能落地成材。可是两千亩地租金是十万元，这十万元到哪儿去弄？杨灿凭她那敏锐的洞察力，她觉得这绝对是桩好买卖。“我一定要抓住这个机会。”杨灿在心中暗下决心。她想，管它，先套套情况再说。于是她问村民：“你们村长在哪儿？我想找他谈谈。”

村民说：“他就住前面不远，我带你去。”

在村民的带领下，杨灿很快找到了村长，了解到的情况果然如村民所说。杨灿办事干脆、爽快、利索。她身上虽然只有隔夜粮，心里却想办通天事。她果断地做出决定，与村长草签了一份意向合同。

这一天，她没有再卖西瓜，她买了过海的船票，径直回到了湖南。

在湖南，她游说亲朋好友，费了大约一个月时间，终于筹到了二十万块钱。她揣着这二十万块钱再次返回海城，到文莱正式签下租赁合同。租下后种什么东西？她首先想到的是热带就必须种热带植物，决不能种西瓜之类的东西。那么种什么热带植物呢？她想起文化大革命毛主席给工宣队送芒果之事，她想既然芒果那么珍贵，我就种芒果吧！没想到她这一抉择，给她铺平了一条飞黄腾达之路。

主意拿定，她回湖南招募了百十名民工到文莱开荒植树。经过半年多时间，两千亩山地已种得差不多了，所余十万元除了开销民工工资、生活费用、买苗买肥等费用外，还尚有积余。因为她是会计，在算账方面有着得天独厚的本领，她精打细算，一分钱做两分钱用，到头还积余四万多元。当时正值深圳的股票风潮，她果断决策，将四万多元全部买了股票。想不到她这一宝又押正了。经过几个来回，四万元变成了四百万元。这一下她马放南山，如鱼得水，手中有了钱，便可大展宏图了。她专门请了一批人护理那些芒果树，接着又在海城的繁华地段开了一家湘菜馆。开张后生意火爆，财源滚滚而来。

不久，幸运又一次降临。当时国家颁布政策，要大力扶植热带植物的种植，杨灿的芒果林很快引起了国务院的重视。国务院热带植物扶植办公室的领导专程到海城调查考察了杨灿的芒果林，并亲自接见了杨灿。而且国务院领导给海城省政府、海城各大银行作了指示，要大力支持和扶植杨灿的芒果林，要人给人，要钱借钱。这一来，省长亲自接见，各种媒体蜂拥而至。于是乎，杨灿像坐上了直升飞机，一下成为名人，要风得风，要雨得雨，要钱给钱，其事业何愁不发。

“去年，我的芒果林已全部挂了果，收获了第一批芒果，收入嘛……这是商业秘密，我不便向你们透露。”杨灿诡秘地笑了笑，她那微胖的脸上荡漾着一种得意：“我有了资金，以后又办了一家夜总会，一个酒家，一支出租车车队，反正海城只有这些事好办，我想组成一个杨氏集团。上个月请会计师事务所来整体评估，净资产已有六点七个亿。当然主要还是那些芒果树值钱，今后每年都要带来不少收益。”

“银海开发时你没有去炒地皮吗?”喻少清很关心此事。同是一个赶海人,对杨灿的成功他当然很羡慕,心灵深处少不了也有几分嫉意。他想要不是自己在银海摔跟斗，说不定也会创下这样的家业,所以对杨灿有没有参加银海炒地皮很感兴趣。

“没有。”杨灿回答说:“我没有去凑这个热闹。我倒是在海城炒了一点地皮,收益不少。海城的地皮很好炒,我花一万元一亩的地价买了一个小岛,如今那儿已成为黄金海岸了。地价一下飙升到一百万一亩,你们看这收益是多少？”

喻少清佩服地点了点头。他想如果不是自己晕了头何至如此,可惜他在海城的地离××市区太远，暂时还没有一点升值的动静。

此时欧阳明突然发现屋子里少了什么人,便问杨灿:“哎,你家李工上哪儿去了?”杨灿的爱人是红都机电厂的工程师,在湖南时欧阳明常上杨灿家，与杨灿的爱人也混得很熟，照理应该出来见见。

想不到欧阳明这一问,引发了杨灿深深的悲哀,她深深叹了口气说:“唉！他过世了。”

“什么时候？我怎么没听说？”欧阳明不胜惊讶。

“他早就辞职到海城来与我一起操持这份家业。想不到功成名就时他却走了！”杨灿禁不住又流泪了,她抽泣着说:“他得的是癌症,要不是这不治之症,我倾家荡产也要把他治好,可惜他……他……没这个命。”杨灿说着,已是泪流满面,泣不成声了。

停了一会儿,欧阳明又问:“你两个孩子呢?他们上哪儿去了?”

“他们都去了国外,大的建民去了美国,小的建业去了英国。”杨灿擦干眼泪忧伤地说。

“如今就你一人在海城？你娘家没有人吗？”

“那都是些不成材的东西。我有一个侄儿,我叫他来帮我做点事,谁知他来后只知道享受,花钱如流水不说,还打着我的牌子在外干坏事,一气之下我叫他滚回去了。”杨灿说完沉吟一会儿,接着她挺认真地说:“阳科长,我正缺一个得力的财务总监,你有没有兴趣?年薪我给一百万。”

欧阳明没想到她突然提出这个问题,不觉暗吃一惊,便笑着说:“杨总别开玩笑,我哪值这么多钱。”

“不!我是说真的。我知道一百万对你们注册会计师来说并不算个大数字,你来后事业办大了,当然还可增加。真的,我可不是开玩笑。”杨灿说得挺认真。

“容我回去考虑考虑吧!至少我还得和阿美商量商量啊!”欧阳明不便直接拒绝,只好婉言以对。他内心在想黎明会计师事务所这么大一个摊子,我怎能一走了之。

离别时,杨灿再三挽留他们到自己的酒店去吃饭,尝尝海城的湘菜风味。欧阳明推辞不过,只得恭敬不如从命。中午,他们在杨灿的酒店里与杨灿共进午餐,下午就乘船匆匆离开了海城。

在船上,欧阳明还在想杨灿的事。他想杨灿也够可怜的,自己辛辛苦苦创下这么大一份家业,可落得孑然一身。她在物质生活方面算是太富有了,可是在精神方面她又太贫穷了。他为此感叹不已,嗟吁不止。

回到所里后,两个评估师完成了案头工作,给喻少清的土地评估两千一百多万,然后又出了一份两千万的验资报告。

喻少清凭验资报告在工商局注册了金阳辉煌房地产开发公司。喻少清从一名潦倒的失意者又一跃成为具有两千万资本的大老板。喻少清自然感激不尽,他对欧阳明说:“阳所长,你们真神,会计师事务所真有点石成金的本领。”

不久,喻少清凭战友关系搞到了修建解放北路的建设项目,这是个投资上亿元的项目。喻少清凭项目向银行贷款一千万,又收了不少工程队的押金,半年时间便将解放北路拉通,整治成金阳市一条最宽敞最漂亮的马路,并且使市区拓展一半,这在市里是一个相当成功的项目,受到市民们一致赞扬。因此喻少清受到市政府的表彰，金阳辉煌房地产开发公司果真辉煌起来。在开发之初，金阳辉煌房地产公司和市政府签有合同，如果开发成功，解放北路两边三十米以内的土地使用权全部归金阳辉煌房地产开发公司。如此一来，上千亩的土地使用权划到辉煌房地产公司名下。接着喻少清又请黎明会计师事务所对土地进行了评估，评估结果是一亿二千多万。喻少清用土地使用权做抵押，向银行贷款八千万，归还银行一千万之后，又还清所有工程队的押金及垫资款、工程款。最后喻少清净赚三千万，喻少清又一次变成了货真价实的千万富翁。喻少清用获得的土地进行房地产开发，仅两年时间，金阳辉煌房地产开发公司不仅还清了银行贷款，而且净资产大幅度增加。他再次请黎明会计师事务所验资，注册资本由两千万变更为一亿元，一跃成为市里房地产开发的龙头企业。

欧阳明坐在车里想着这事，总觉得心里不踏实，辉煌房地产开发公司可说是自己一手制造出来的，真要是出点问题，那可不是好玩的。虽然从证据、从法律法规上都没有什么障碍，可总觉得太快了，太玄了，难道我真在玩点石成金的把戏？若真是这样，那我真该万劫不复了！今天喻少清火急火燎找我有什么事呢？是不是出什么纰漏了？

欧阳明正在担心，手机又响了。欧阳明打开手机，手机里立即传出朴雪急切的声音，“阳所，你什么时候回来呀？”

“有什么事？”欧阳明闻言吃了一惊，急切地反问。

“刘所长被F局抓走了！”朴雪焦急地说。

“什么？”欧阳明简直不相信自己的耳朵，他反问道：“刘正国被抓了？什么事？是嫖娼还是赌博？”

“都不是。现在还弄不清原因，反正那些事他都没干过。你快回来吧！”

“我在路上，一个小时后到。”欧阳明合上手机，他的心绪一下又变得十分沉重，不知这又是一场什么祸事？真是一波未平，一波又起。省里的那桩事还未摆平，市里又冒出一桩事来。

为保住一份珍爱，金钱在她眼中只是粪土。

——作者述评

第四章

欧阳明回到事务所已经是下午四点，为刘正国的事他不得不给郭安娜打了个电话："喂，郭科长吗？"

"是阳明吗？回来了！有什么事？"郭安娜问。

欧阳明说："你找过我？"

郭安娜说："是呀！我给你办公室打电话，说你去省城了。打手机，手机不空，你真是个大忙人啊！"

欧阳明："有什么办法，我是个劳碌命，一辈子奔波。有什么事吗？"

郭安娜问："听说你们所的刘正国被F局抓了，为什么事？"

欧阳明回说："我正想问你呢！难道你没听到一点风声？"

郭安娜说："没有。知道我还问你！"

欧阳明满腹牢骚说："抓注册会计师总该给协会知会一声吧！"

郭安娜说："如今这些人办事哪讲规矩，再说他们也不理会你这协会。"

欧阳明说："你能出面打听打听吗？你可是我们注册会计师的靠山，总该关心关心吧！"

郭安娜说："好喏，我帮你打听一下。不过，如今办事动手就要请客，你可得出点血。"

欧阳明说:“这个自然,你安排吧,一切由我买单。”

郭安娜说:“我知道你财大气粗。”接着她把声音压得很低:“今晚能过来一下吗？我还有个消息告诉你。”

欧阳明问:“电话里不能说吗？”

郭安娜神神秘秘地说:“不能说。绝对的好消息！你要听就过来,七点钟我在家等你。”

欧阳明犹豫了一下,最后下决心说:“好吧！我一定来。”

晚上,郭安娜准备了几样可口的菜肴,等待欧阳明来吃饭,还特意买了一瓶五粮液。可是她左等右等,却不见欧阳明的影子。她打手机,欧阳明的手机关机了。她在心中暗暗骂道:“这个鬼东西搞什么鬼?”她知道欧阳明在有意躲她。自从上次令她神魂颠倒、终生难忘的幽会之后,她心中无时无刻不在思念着欧阳明。她多想他能没日没夜地守在自己身旁。可是事与愿违,她多次约他,不是推托晚上有应酬,便是说他要开会。开会开会,不知他怎么有这么多会。她真想冲到他事务所去看个究竟。可是她终究身份不同,还得顾及面子。由此,她心中暗生一种恨意,我看你事务所搞得多久,我把你事务所搞垮了,看你还有那么多会要开,还有那么神气。今天,想不到欧阳明爽快地答应过来赴约。虽然是她设法引诱,可他总算要来了。谁知左等不来,右等不来,她不由心中又生恨意。牙齿咬得格格响,真恨不得就将他欧阳明生吃了。她时不时到阳台上探望,猛然,她看见了欧阳明的身影正朝她家走来。他终于来了！此时她一切恨意顿时烟消云散,真恨不得立即扑到欧阳明怀里。

“笃笃笃……”不一会儿,敲门声响。郭安娜走过去开门,正准备扑向欧阳明,不想顿时惊呆了,在欧阳明的身后跟着个女人！

她侧身将欧阳明和那个女人让进门,欧阳明介绍说:“这是阿美,我妻子。这是郭安娜,郭科长,我的同班同学。”

郭安娜显得有几分慌乱和尴尬,连忙说:“请……请坐,快请坐！”

欧阳明和阿美依言在沙发上坐下。郭安娜问道:“你们吃饭没有？我一直在等你们，我们喝两杯。”

阿美笑笑，露出美丽笑靥，温声款语说：“不啦，我们吃过了。”

郭安娜反问：“你们真吃过了？”

欧阳明也说：“你别客气，我们真吃过了。对不起，害你久等了。”

郭安娜还没见过阿美，说心里话她是真不想见她，所以调回市里后，多次经过欧阳明家，她从未进去过，故一直无缘见到阿美。今日一见，不由心中暗暗吃惊：“呀！真是个美人儿，难怪欧阳明丢不开她。”

郭安娜一直自恃自己是人中凤凰，鹤立鸡群，今日一见阿美，方知天外有天，人上有人，大感自惭形秽，大不如人，这才知道自己对欧阳明如此用情而终不能得到他的心，心中油然而生一股嫉意。

郭安娜不失礼貌地端上一盘水果说：“来，随便吃点。原准备等你们来吃饭，你们既吃过饭了，我就不客气了。我的肚子可有些饿了。”郭安娜说着，自己盛了一碗饭吃起来。

欧阳明和阿美默默看着郭安娜吃饭。郭安娜催道：“吃呀！吃水果呀！”

欧阳明说：“郭科长，你吃饭吧。我们不打算久坐，你能把那消息告诉我吗？”

郭安娜见欧阳明带着阿美，心里很是怄气。你欧阳明这是什么意思？是向我示威？还是怕我对你怎么样？心中那股恨意重又涌上心头。她本不想给欧阳明说什么，可既然约他来，又当着阿美的面，她可不能示弱。于是她摆出一副领导的架子，打着官腔说：“阳所，你可得注意点咧！执业质量这可是你们会计师事务所的生命线哦！我告诉你，原来省里要给你们停业整顿一年的处罚，后来我给秘书长说，停业一年，这不是要他们散伙吗？是不是停一个月算了，给他们一点教训就行了。后来秘书长请示厅领导，采纳了我的意见，只停业整顿一个月。”

欧阳明一边听着,一边心里琢磨:停业一年,本是你打的报告,如今反倒在我面前讨好卖乖,这女人太可恶了!但是为了照顾关系,他没有将心里话说出来,只讪讪说道:“停业一个月就不得了了,岂能停业一年?文件下来没有?”

郭安娜说:“文件还没下来,电话来了,同意我的意见。”

欧阳明说:“这怎么行!停业一个月,这将给我所信誉上带来多大损失!”

郭安娜说:“这只怪你平常管理不严,如今对我说有什么用?我看交点学费也值得。”

欧阳明有点生气了:“不行!明天我去找秘书长。”

欧阳明几乎是拂袖而出。离开郭安娜家,他心中十分郁闷,原本想请郭安娜出面来摆平 F 局的事,不想反而听到这么一个不好的消息。他心里明白得很,都是她郭安娜在捣鬼,她不但不帮忙,反而落井下石!他忿忿不已,回到家一宿辗转难眠。

欧阳明只好将营救刘正国的事暂放一放。第二天他又开车赶往省城,在省注册会计师协会找到了秘书长。欧阳明把情况一说,秘书长反问:“你听谁说的?我们的意见只是签字注册会计师停止验资一个月,谁说要你所停止执业一个月?”

欧阳明闻言,这才一块石头落了地。只是签字注册会计师停止验资一个月,影响不会太大,但他还是不服气,他反问秘书长:“为什么要给我们处罚?”

秘书长说:“严格说你们的报告还是有纰漏的。你们若写明是委托投资就没事了。再说我们也不得不尊重下面意见,我们给你们这个处罚,已经是网开一面了。若是完全照市里的意见办,你们就关门吧!”

听秘书长如此说,欧阳明不好再说什么。他心里很明白,他的猜测是对的,今后可得小心。

回所后,欧阳明集中精力营救刘正国。几经打听,刘正国被抓原来是这么回事。

金阳市有一家小型零售公司，叫明天工贸公司。他的经营范围按他的老板倪志高的话说是除了贩买人口、毒品和武器外，什么都搞。倪志高的经营有四个特点，一是专找那些大企业进货；第二是每次进货批量很小，只一两万元的交易；第三是打一枪换一个地方，经常更换购货单位；第四是每次购货都只给少量钱，赊大量账。因为他有正儿八经的营业执照，上面载明了法人代表、注册资金、经营地址。兼之他还有黎明会计师事务所出具的三十万元的验资报告，那些厂家和经销商不得不相信他。他为什么这么做？主要是看准了那些大型企业对几千几万块钱的账款根本不放在眼里，欠着就欠着，没有人会兴师动众来找他要钱。可是对他来说，这个企业欠一点，那个企业欠一点，家数多了，他揽的资金可就多了。他还有一个特点是贱卖快销，他的零售价比批发价都低，虽然表面上他亏，但实际上他赚。他就是靠这种手段，一两年便聚资百万。可是俗话说："把戏不可久玩"，他怕穿帮，搞了这些钱后，他将门一关走人，不知去向。等到那些企业认真追起账来，一追查，他已人去楼空。有的企业就不服气，拿着他的营业执照复印件找到工商局。工商局见找的人多了，也就认真起来。一查，这家公司已关门停业，法人代表倪志高不知去向。工商局打开档案一看，这家公司是黎明会计师事务所验的资，签字注册会计师是刘正国。这么大的诈骗案，这还了得！倪志高不知去向，可你验资的注册会计师还在，一纸文书将案件移送公安。公安动用司法权威，派出警察，在一个月黑风高的晚上守在刘正国家附近，只等刘正国回家便敲门。刘正国看到几个警察进门，不知怎么回事，便问："你们找谁？"

警察："我们找刘正国，你是刘正国吗？"

刘正国回答："我是。"

警察说："请你跟我们走一趟！"

刘正国问："上哪儿？"

警察说："到F局。"

刘正国又问："我犯了什么事你们要抓我？"

警察说:“不是抓你,是有一些情况需要你去说清楚。”

刘正国又问:“什么事？难道不能在这里说清楚吗？”

警察说:“我们也不知道什么事,我们是奉命行事。到那里就知道了。走吧!”警察的语气越来越强硬,含着一种无法抗拒的威慑力量。

刘正国无法,只好跟着警察到了F局。一进F局,他便被人推进了拘留室。

欧阳明知道这一情况后，马上叫朴雪将明天工贸公司的验资工作底稿调出来。他仔细查阅了验资资料,从验资工作底稿来看,没有任何纰漏。有章程、有工商局核名通知、有明天工贸公司第一次股东会纪要、有三十万元进账单、有银行函证,包括股东身份证复印件与身份证明和公司场地证明等等一应俱全。有这样齐全的验资资料,F局凭什么抓人呢？！欧阳明又犯愁了。

欧阳明思索着怎么将此事申辩清楚。这不但关系到刘正国的自由,更关系到事务所的声誉,甚至是事务所生死存亡的大事。因为一旦虚假验资成立,接踵而来的是诉讼官司,少不了要赔钱,还要罚款、受行政处罚,事务所能经得起这些折腾吗？他想非得将这件事弄个清楚明白不可。他想如果直接去找F局,可能会把事情弄僵,现在还不知道他们手里掌握些什么材料。看来只能走水路,进行冷处理。他不再指望郭安娜能给什么支持。他想先从外围打打迂回战试试看。他问朴雪:“朴雪,你在外面门路广,政法委或者F局你有熟人没有？”

朴雪回答:“我有个朋友的爸爸在CB当副书记。”

欧阳明问:“是郑鸣吗？”

朴雪回答说:“正是。”

欧阳明问:“你和他儿子的关系怎么样？”

朴雪说:“关系还可以,我去过他家,他爸我也见过。”

欧阳明问:“是不是他追你？”

朴雪嗔怪说:“阳所,你怎么这么敏感？一说就说到那事上去了。可能人家有那个意思，我却有点瞧他不起，十足的纨绔子弟。”

欧阳明问：“好，好！怪我多嘴，不说那些了。有那层关系岂不更好。你能把他约出来吗？”

朴雪说：“那还不容易，我一个电话他就来了。可约他有什么用？要找就要找他爸爸。”

欧阳明说：“他爸你能约出来吗？就说我请他出来聚一聚。”

朴雪说：“只怕难，阳所，你要找他不如干脆登门拜访。”

欧阳明说：“这些人会议多应酬多，常年不在家，上家能找到他吗？”

朴雪说：“我先打电话探探路，问明情况再回你。”

欧阳明交待朴雪说：“礼物你去安排。舍不得孩子套不住狼，礼物送重点。”

朴雪说：“好啰，这回你不心痛了？”

欧阳明无可奈何地说：“有什么办法呢？”

朴雪开始打电话，她追了几个电话之后对欧阳明说：“阳所，有门了，他今晚正好在家。”

欧阳明高兴地说：“你快去准备吧！”

晚上，欧阳明和朴雪开车直驶市委大院。

朴雪敲门。门开了，开门的是一位中年妇女，大概是郑书记的夫人。她一见朴雪便笑盈盈地说：“哎哟！是朴雪啊！今天怎么有空上家来了？快请进！哎哟，还带这么多东西干吗！”一边说着，一边将朴雪和欧阳明领进客厅坐下。客厅内沙发上盘腿坐着一位五十上下、身体微胖的半老头，他正在用遥控器调着电视。

郑夫人叫道：“老郑啊，你看谁来了！”

朴雪有礼貌地走上前叫了声：“郑伯伯，您好！”接着马上介绍：“这位是我们所的阳所长。”

欧阳明上前叫了声：“郑书记，您好！”便伸手和郑鸣握手。

郑鸣像伸懒腰似的伸出一只手，和欧阳明握了一下，说：“哦，阳所长，请坐。”

欧阳明在郑鸣坐的长沙发旁边一个短沙发上坐下，朴雪坐到另一个短沙发上。

郑鸣继续调台，嘴里说:“这几天天气可真热啊。”

欧阳明附和道:“是呀！如今天气真有点失常，才五六月间，天就这么热。”

朴雪插嘴说:“郑伯伯，阳所他今天来想……”

郑鸣一挥手打断朴雪的话:“你别说了，我都知道了，是为刘正国的事吧！这件事在市里影响很大哩！像这样的诈骗犯不抓，这市场经济的秩序怎么维持?”

欧阳明又附和说:“的确，这些诈骗犯太可恶了。可是郑书记，这一板子打在我们会计师事务所的屁股上可有些冤枉啊！”

郑鸣问:“是你们所验的资吧？你们所为他验了资，就等于给他开了行骗的通行证。”

欧阳明闻言哭笑不得：验了资就等于给诈骗犯开了行骗的通行证，可我们验资时哪知道他是诈骗犯呢？他心里暗暗叫屈，脸上和嘴上却不敢有丝毫流露。他好言低声说道:“郑书记，我调阅了明天工贸公司的验资底稿，我可以保证我们的验资报告绝对没有纰漏。明天工贸公司三十万注册资金绝对到了位。我们只能对他某个时点的资产负责，我们可不能对他的行为负责啊！”欧阳明忍耐不住，最后声音还是提高了一点。

“那也难说！”郑鸣慢条斯理说:“你保证验资报告没问题，你能保证验资过程中没有猫腻吗？没有伙同诈骗吗?”

郑鸣这句话可把欧阳明堵了个结结实实。

欧阳明无奈地说:“这……这你们可以调查呀！”

郑鸣说:“是嘛！我们把人传来讯问，这也是一种调查手段嘛！”

我的天！这也是一种调查手段，今后的验资可真不敢做了。只要哪家公司出现问题，都可把签字注册会计师抓起来“调查”。欧阳明不禁冒出一身冷汗。他只得低声下气地说:“郑书记，这事还得请您高抬贵手。因为你们把人抓去调查，知道的人知道只是调查，可不知道的人还以为出了什么大事，这样给我们所带来的损失您想像得到，在我们注册会计师的心理上也会造成巨大压力。您能不能说说话，先把人放出来，要调查我们保证随喊随到。”

此时郑鸣大概也调好了台，他放下手中的遥控器，转脸对欧阳明说：“这样吧！我出面把危局给你约出来，你去跟他说吧！”

欧阳明见有转机，稍许有些宽心，他连忙说：“那好，明天中午，就订在狮子楼吧！”

郑鸣说：“不！我先给他通个电话，看他明天中午有没有空。”郑鸣掏出手机拨了个电话。在电话中先打了几句诨，接着问他明天中午有安排没有？郑鸣放下电话对欧阳明说：“不巧，明天中午他没时间。这两天纺织厂的工人堵大桥，他离不开身。”

欧阳明这下犯难了，他试探着问：“晚上怎么样？要不就后天……”

郑鸣说：“这样吧！反正这两天我给你约他。约好了我给你电话。”

朴雪连忙递过一张名片说：“郑伯伯，这是阳所长的电话号码。”

郑鸣接过名片，瞟也没瞟一眼，顺手便往口袋里一塞。欧阳明可真担心他把名片给弄丢了，到时联系不上。但又不好说，只得告辞。

郑鸣连身也没起，挥了挥手说：“我不送了。这集电视剧还蛮好看的。”接着便专心去看他的电视去了。

出门时，郑夫人拦住朴雪：“小朴，这东西你们带走！”

欧阳明觉得尴尬极了，他赶紧出了门，并暗暗摇手叫朴雪快走。朴雪也急红了脸，忙说：“段阿姨，你太见外了！一点小意思，这是我们阳所长的心意。”一边说着，赶紧挤出了门。

出门后，欧阳明心中仍然压着一块石头。他不知道他们这一调查将调查多久，会调查出一个什么结果来。

朴雪在一旁说：“阳所，你这所长当得也太难了。你呕心沥血，一颗心扑在工作上，真叫人担心你的身体哩！”

“我的身体怎么样？我的身体很好呀！”

“像你这样日夜奔忙，机器也会磨坏的！真的，阳所，我看您不能光顾工作不顾自己！”

“唉！有什么办法，我是这么个禀性。人说‘不在其位不谋其政’，我说‘人在其位必谋其政’。要我当一天所长，我就要把这所办好，就要为每一个人负责。”

“可您……”朴雪动了感情，她几乎说不下去了。她知道欧阳明的心脏不好，他说自己身体好是在硬撑着。

欧阳明若有所感，他拍着朴雪的肩膀说：“没什么，你放心！一时三刻我还完不了！”

两人钻进车里，朴雪发动汽车，车子“呼”地一声开动了。此时两人心里似乎都憋着许多话，却一句也说不出来。

刚回到家里，喻少清的电话追来了。欧阳明也很担心他的事，忙问他有什么事？喻少清说：“现在C局找我的麻烦，说我的土地使用权产权没有过户，要罚一百多万！”

欧阳明一听乐了，原来不是牵涉到事务所的事，便逗趣说：“那好嘛！你多的是钱，为C局做点贡献也应该嘛！”

喻少清着急说：“阳所，我急得要死，你反说风凉话。你看有什么办法没有？”

欧阳明说：“这只怕难咧！F局抓了我们的人，我比你还着急，这两天我没时间，你过两天来找我，看有什么办法没有？”

喻少清没有办法，只得挂了电话。

过了两天，郑鸣果然打来电话，说已经约好危局，晚上在狮子楼十字坡包厢。狮子楼是《水浒》中的名字，所以包厢也都用《水浒》中的名字命名。

下午五点，欧阳明和朴雪来到“十字坡”。这是一间挺豪华气派的包厢，包厢的一半被一张大圆桌占据，这大圆桌大得可以坐十五六个人，另外一半摆了三张大沙发和一个茶几，大概是作会客用的，用餐之前，客人们可以先在这儿品着茶谈工作。欧阳明和朴雪到包厢时里面还尚无一人，他俩便在那大沙发上坐下。服务员见他俩进了包厢，忙进来捧上两杯银针。他俩一边喝着茶，一边等待客人。

大约过了半个多小时，客人们陆续到了。虽是JC，却都没穿制服，没戴大盖帽。来的客人欧阳明大多都不认识。朴雪倒很干练，她给客人一一介绍。客人们一一和欧阳明握手。如此来了十多个人之后，危局长才来。欧阳明并不认识，是先来的人给欧阳明作的介绍。危局长后面跟了个刑队长，是JJ队的队长。欧阳明问："郑书记怎么没来？他会来吗？"

危局长说："他不来了，反正事情他都知道。"

欧阳明一听，觉得有点门了，心里不觉一阵高兴，忙说："那好，请大家入席吧！"

于是从危局长开始，大家鱼贯而入，坐进了那个大圆桌。正好坐满，一个不多，一个不少。欧阳明又觉放心，刚才他还在心里犯愁，怕人来多了坐不下。

服务员送过菜单，欧阳明请危局长点菜。危局长推辞道："你点，你点，吃饭我最怕点菜了。"

欧阳明坚持道："请点喏，我不知道您的口味，怕点不好。"

危局长说："好吧，我跟刑队长一人点一个，其余的你点。"危局长接过菜单，翻看了一下，指着菜单说："就这个吧！鲍鱼鱼翅羹。"

服务员记下菜名，危局长将菜谱递给刑队长，刑队长翻着菜单，点了一个虫草炖土鸡，然后将菜谱递给欧阳明。欧阳明将菜谱交给朴雪："小朴，你熟悉，还是你来点！"

朴雪接过菜谱，很熟练地和服务员头碰头点了十来个菜。服务员问："可以上菜了吗？"

"上上上！要快点！"欧阳明说。服务员小姐拿着菜谱菜单走了。接着又进来一位小姐，身上穿着衣领印有六粮液牌号的工作服。进来后她问："需要什么酒水？六粮液行不？"

欧阳明对大家说:“大家喝什么酒?是酒鬼?还是喝六粮液?”

危局长说:“就来瓶六粮液吧!不是假的吧?现在越是名酒,假货越多。”

推销六粮液的小姐忙说:“绝对不可能,假一罚十!”

危局长说:“我才不相信你们那假一罚十呢!我喝了这么多酒,还没看见过假一罚十。这样吧!阳所长,来瓶XO怎么样?还是外国货信得过。”

欧阳明说:“那好!小姐,你们有XO没有?”

那推销酒的小姐见不买六粮液,便有些急了,撒着娇说:“不嘛!你们国酒不喝喝洋酒,崇洋媚外!”

危局长说:“嗬!这位小姐给我们上纲上线了。这样吧!就喝你的六粮液,可你得陪我们喝一杯!”

推销六粮液的小姐高兴地说:“行!我一定敬您一杯!”

于是六粮液上来了,菜也陆续在上。

推销六粮液的小姐给每个高脚杯斟上酒。一瓶完了,她又上一瓶。接着,她从柜台里拿出一只酒杯给自己斟上,走到危局长面前,对危局长说:“尊敬的客人,我敬您一杯,祝您年年有今日,岁岁有今朝,官运亨通,步步高升,家庭和睦,小秘相亲。来!我先干为敬!”说着,脖子一仰,一杯酒下肚,不觉满座皆惊,互道:“这小姐够狠!”

危局长跟着也喝了一口。小姐可不依了,拉着危局长的衣袖撒娇说:“不行不行!我是一口干,您可不能使奸。”

危局长问:“你要怎样?”

推销六粮液的小姐嗲声嗲气地说:“要跟我一样,一口干!”

危局长拿着酒杯迟疑着,心想这一杯酒不下二两,今天可遇到对手了。在一个小姐面前可不能示弱,他豪情满怀地说:“好!我今天就舍命陪小姐!”一仰脖子,一杯酒也见底了。众人齐声叫好。推销六粮液的小姐鞠了个躬,说:“谢谢!大家吃好!”说完,便退出去了。

欧阳明站起来,举起酒杯。大家也跟着站起来,一齐举杯。

欧阳明说:“欢迎大家光临,来!干杯!”

欧阳明和在座的一一碰杯,然后喝下一大口酒。坐下后,朴雪拉了拉他的衣袖。欧阳明凑过头去,朴雪在他耳边说:“你这样喝不行,不准你喝了,让我来。”

欧阳明知道朴雪的好心,他无言地苦笑了一下,点了点头。

喝过一遍酒后,首先是刑队长发难。他站起举杯对欧阳明说:“阳所长,谢谢你的盛情,我敬你一杯!”

欧阳明本欲站起来应对,朴雪抢先站起来了。她对刑队长说:“刑队长,我们阳所长身体不适,让我陪您喝。”

刑队长见又上来一位女将,心里有几分胆怯。他知道女人一般不端杯,端杯就是厉害角色。他本待不依,但听说阳所长身体不适,不好勉强,便硬着头皮说:“行!”

朴雪端着酒杯说:“我可没那位小姐厉害,我们随意。”

刑队长求之不得,“好!随意!随意!”

朴雪喝了小小一口,但也把她呛得直咳嗽。大家这才知道她果真不能喝酒。

欧阳明轻轻跟朴雪说:“我说你不行吧!”

朴雪说:“没问题,这是第一口,下一口就好了。”

大家见欧阳明和朴雪都不能喝酒,于是就不敢放肆敬酒。只得相互敬酒,但终究造不起气氛,这酒就喝得有些沉闷。朴雪见状便说:“如今社会上真是无奇不有,不知你们听到这么一句‘名言’没有?”

大家的兴趣一齐转向朴雪。朴雪见吸引了大家的注意力,便说:“现在有句名言,叫做‘我借银行5000元,我的命是银行的;如果我借银行5000万元,银行的命就是我的’。”

“啊!……”大家觉得这话挺新鲜有趣。

“可不是,”刑队长接过话来说,“我就接过这么一桩案子,可能大家都听说过。就是去年失火的那家公司,老板叫水少华,他在建行借了两千万,购进大批彩电。结果由于他的失职,公司晚上起火,五千多台彩电全部烧毁，还烧死两个小姐。照理他是该枪毙的，结果银行出面求情，说你们把他毙了，这两千万我们上哪儿去要？他有好些海外关系，不如留着他让他去筹资还贷。结果还真改判了无期。”

接着危局长说：“我有一个老乡，这些年他发了财，如今也算是个百万富翁了。你们猜他这财是怎么发的？”大家一听，一时间真猜不出他是怎样发的财，没一人说话，一齐望着危局长。危局长见大家都在听，便饶有兴趣地说：“我相信你们也猜不出来，我这个老乡可狠了。早些年当存款利率高的时候，他想方设法请客送礼，找了我们乡里信用社的一个信贷员，谎称在城里接了一项工程缺乏资金，如果这项工程开工，村上的剩余劳力都可以进城做事。这位信贷员是个五十多岁的老信贷，听他这么一说，这可是件好事，工程上马可解决许多剩余劳动力出路问题，造福一方百姓。于是几经请示汇报，终于同意给他贷款一百万。谁知他钱一到手，哪搞什么工程，他把这一百万存进了工商银行，一存五年。当时的利率好像是百分之十五以上，这样他存五年基本上一百万可以变成两百万。那位信贷员可苦了，时时催他还钱，他老说钱没到手，反正请你放心，我保证还给你，不会使你为难。一直过了五年，这位信贷员要退休了，他对我那老乡求告说：‘老弟呀！眼看我年岁到了，可我不把这一百万要回来，单位不会给我办退休手续。你行行好，利息还不了，你把本金还我算了！’我那老乡一听可高兴了。他等的就是这句话。他对老信贷员说：‘老吉哩，不是我不还贷，硬是钱没在我手。好喏，明天我进城去要，看能不能把本金要回？’第二天他进了城，把两百万从银行取出来，还了信用社一百万。老信贷员高兴得不得了，还专门请了他的客。以后老信贷员的退休手续也办了，哪还有人去追他要利息。后来他用这钱做生意又赚了不少，如今可神气了。这世界上的事真是无奇不有，你看这明明是一种犯罪，可就治不了他的罪。来来来！喝酒！这次我们来个通‘奸’怎么样？”看来这危局长可是海量，开始就被推销六粮液的小姐灌了一杯，又和他的同事们喝了不少,如今又要干了,而且要大家都干。朴雪可急了,她自己喝不了酒可要赖不干,但欧阳明是东道主,不干可不行。她担心着欧阳明的身体。于是她站起来说:“危局长,我看先不要大家干,还是让我敬您一杯。”

欧阳明一见朴雪此举动,心里也急了,这妹子,喝一口酒还呛得不得了,如今她要和危局长干杯,她疯了!他忙拉朴雪的衣角叫她坐下。朴雪没有理他,叫服务员把危局长的酒上满,又叫她把自己酒杯上满,然后对危局长说:“危局长,我代替阳所长敬您一杯,以后我们所里的事就请您多关照了!”

众人都是一惊,刚才看朴雪喝酒模样,明明不会喝酒,谁知如今她要和危局长干杯。一杯酒至少二两,喝下去可不是好玩的。

危局长见朴雪要敬酒,兴头也来了。这么漂亮、大方、干练的姑娘,世上少见。石榴裙下死,到死也风流。他欺朴雪不能喝酒,便说:“好说,好说。朴小姐,只要你喝下这杯酒,什么事情都好说。来,干!”

“铛!”酒杯碰在一块儿,然后同时一仰脖子,两杯酒到底,两人同时坐下。朴雪心里好堵,直想吐,但她强忍着不露破绽。

众人齐声喝彩。倒是危局长这一杯下去,至少也喝了一斤了,心里直发烧,有些受不住。

欧阳明见大家酒都喝得差不多了,便提议:“来!我们各扫门前雪,把酒干了,来个门清,然后吃饭!”

大家见欧阳明的提议好,除危局长和朴雪外,便都举起酒杯将酒干了。服务小姐适时送上饭来。危局长和朴雪都不想吃饭,没上饭,其余每人都上了一点。

欧阳明关切地低声问朴雪:“怎么样?快喝点汤。”他给朴雪上了一碗汤。此时朴雪也觉脑袋昏昏沉沉不能自持,但她还是说:“没事。”她把欧阳明送过来的汤喝了。不想这汤一下去,更觉欲吐。她连忙离席往卫生间跑。

这边危局长也觉不行了。但他到底久经沙场。他强忍着对大家说:“怎么样?酒足饭饱,真该谢谢阳所长的热情款待。就这样吧!”说完危局长起身离席。

大家见危局长起身离席,也都纷纷离座往外走。欧阳明想跟危局长说两句话,见他醉了,不便打扰,便走到刑队长身边说:“刑队长,你看刘正国那事……”

刑队长说:“好吧!我们回去研究研究,明天给你答复。”

一行人脚步杂沓走了。朴雪从卫生间出来。欧阳明上前扶住她,“怎么样?能坚持吗?我说你不行,你偏要逞强。”

朴雪对欧阳明苦笑了一下，倒在欧阳明身上无精打采地说：“阳所,我真不行了。”

欧阳明见状,忙将她扶到沙发上躺下。欧阳明挨着她坐下,叫服务员倒来一杯水,欧阳明喂朴雪喝了。朴雪嘴角边露出一丝满意幸福的笑靥:“我……我这是舍命救君子啊!”

欧阳明闻言深为感动,但又不好说什么。良久,他说了句:“你为了我何苦如此?”欧阳明如此一说，突然感到一股暖流流遍全身。他猛然觉得这么紧挨着朴雪不好,便起身欲走。朴雪拉住他:“你别走!”

欧阳明说:“我不走,我坐那边。”

朴雪说:“别!就这样坐着我心里好受些。”

欧阳明依言重又坐下。他帮朴雪理了理鬓边散乱的头发。

朴雪抓住欧阳明的手放在嘴唇上吻着，她乘着几分醉意深情地望着欧阳明说:“阳所,你真好,你是真君子!”

欧阳明见朴雪酒后露真情,心中不觉一惊,霎时涌起了感情的波澜。

十年前,黎明会计师事务所刚成立不久。一天,欧阳明去洗车,他把车停下对洗车老板叫道:“喂!老板,给我把车洗一下!”

“好好!你把车停这儿,十分钟便好。”一个瘦得像猴精似的人忙出来应酬。

欧阳明将车子熄了火,走出门把车门关了,站在一旁看洗车。

那个瘦猴精叫道:“朴雪!出来洗车!”随着声音,从工棚里走出来一位姑娘,她启动压缩机,拿着水管往汽车上冲水。

欧阳明初时并未注意,当他转身看那姑娘时,不觉吃了一惊。只见她梳着一头马尾式头发,穿着一件粗布工作服,脚上穿着一双长筒套鞋,一身穿着整齐、利索,给人一种精明强悍之感。欧阳明再着意看她的脸,更使他大吃一惊。这哪是干这种粗俗活的脸,只见她国字形脸上一脸俊气,无论是鼻子、眼睛,还有嘴唇都无可挑剔地长得十全十美,尤其是那一双浓眉,一对大眼光彩夺目,望一眼都叫人难以忘怀。欧阳明心中首先是一声惊呼:“啊!世间竟会有如此美丽女子?!”接着他的感觉是,如此俊俏美丽的姑娘怎么会干这种粗俗的工作?出于好奇,欧阳明信步走进刚才姑娘容身的地方。他进去一看,不由更加吃惊。这哪是什么卧室,简直就是一个狗窝。只见低矮破烂的工棚里,乱七八糟地堆放着一些水管水桶,破布烂袜,还有什么木棒铁屑之类。靠墙角摆了一张单人床,床上铺着一床皱巴巴的邋里邋遢的床单,床单上放着一堆露着棉絮的破棉被。欧阳明想这哪是人睡的地方。他接着往里一看,眼睛不觉一亮。眼前一块蓝底白花的棉布把工棚分成两半,那花布虽然陈旧,但洗得挺干净,白是白,蓝是蓝,显得十分分明。欧阳明掀开花布往里一瞧,里面却是另外一个世界。只见一张干净整齐的床铺,上面虽无什么豪华饰品,但一床棉被叠得四角四棱,非常整齐,一张床单铺得平平整整,尤其是墙角上安了一块小木板,小木板上放了一个矿泉水瓶子,里面插了一支鲜红的玫瑰花显得特别醒目,看样子这是位喜爱干净整齐、会过日子的姑娘。可是欧阳明心中涌起了一个疑问:难道这两人是这么同室而居,若真是这样,那可是一朵鲜花插在牛粪上了,实在可惜。欧阳明真想找姑娘细细打听一番,可是初次见面,怎能如此唐突。他只得走出陋室,站在一旁看她洗车。

车洗好了,她洗车洗得十分细致,十分专业,十分到位。欧阳明走过去想钻进汽车,那姑娘突然轻轻叫道:“老板,慢一点!”那声音竟是一口标准流利的普通话，而且清脆悦耳，听了叫人难忘。欧阳明只得止步，那姑娘提着一桶水朝车门下泼去，将临车门的地面冲得干干净净。欧阳明明白，姑娘这么做，是不让他将地上的泥污带进车里。他心想这姑娘的心可真细。

自那次洗车之后，欧阳明每次都到那儿去洗车。哪怕是车开到外地，他都要留着脏车到那儿去洗。

混得熟了，欧阳明这才开始打听起来，首先他问那瘦猴精："老板，你从哪儿弄来这么个漂亮的洗车女？"

那瘦猴精得意地说："我不告诉你。你看上她了吧！她可是个价值连城的宝贝。"

欧阳明见他不肯说，便把他拉到一边说："晚上我请客，怎么样？"

瘦猴精说："请客有什么用？现在看上她的人可多了！"

欧阳明说："好啰！晚上去最好的餐馆，任你挑，吃完后我们再去蓝色海洋。"

蓝色海洋是金阳最有名的洗脚城。瘦猴精闻言，受宠若惊，这种待遇他可从没享受过，尤其是洗脚城，他只有望一望的份。于是便说："好啰！我陪你一回，就去九龙山庄吧！"

欧阳明说："好！一言为定！六点钟我在九龙山庄大厅等你。"

下午六点，瘦猴精如期而至。从他口中欧阳明打听到原来这姑娘姓朴名雪，是从北方跑过来打工的一个孤身女子。当欧阳明再细问情况时，瘦猴精竟一问三不知。欧阳明心想，真白费了这顿酒饭。尽管如此，但他不得食言，晚上果真带瘦猴精去蓝色海洋休闲了一番。可临别时欧阳明警告瘦猴精说："你小子可不准在她身上打歪主意啊！小心我拆了你！"

瘦猴精抱屈地说："我哪敢！好些个公子哥儿想打她主意，不管送多少钱，都被她严辞拒绝。她说，别看我干这种下贱工作，可我人不下贱，我像你们一样有我自己的人格，你钱再多，也买不到我的人格！"

欧阳明一听，心里对朴雪更加敬重，便问："你小子没强暴过她吧？"

瘦猴精嘿嘿笑着，一脸猥亵："嘿嘿！这么漂亮的姑娘睡在身边，我哪有不想。可是我几乎被她打得半死！"

欧阳明不由在心中暗暗发笑。他想这姑娘着实可怜，与这么个瘦猴精同居一室，简直是与狼共舞，真危险！自此，他产生了拯救朴雪的想法。于是他约朴雪进行了一次长谈，从谈话中，他了解到她的确是一个不同寻常的姑娘。

朴雪出生在东北吉林省延边一个偏僻屯子里。人说高山流水养美人，朴雪从小就长得十分出众，逗人喜爱。长到十八岁时，已经出落得风姿绰约，既有北方姑娘的丰腴身姿，也有南方姑娘的秀美灵气。虽是乡下姑娘，可她有城里人的志趣，有城里人的理想，高中刚刚毕业，她就随着改革的潮流来到城里打工。她先在松花江大酒店当招待。有一天她走出酒店时，在大门口看到保安在为难一位青年。那青年长得高高个头，清癯英俊的脸，一对剑眉分外显眼。可是却穿着一件邋里邋遢的上衣，下身着一条油渍斑斑的裤子，一只裤腿卷得老高，一只裤腿却拖在地上。保安说他衣冠不整，不准入内，青年却坚持要进去。两人争持不下，纠缠在一起。朴雪一见那青年便很有好感，她想这世人也太势利，这衣服没有穿好，怎么就不准进去呢？她拉开门卫，把青年叫到身边，对他说："你呀！怎么不好好穿衣呢！"说着，便帮青年把裤管整理好，翻开他的上衣，发现这还是一件可以两面穿的名牌货，于是便帮青年把衣服脱下，翻了个面，再帮青年穿上。这一下那青年突然变了个样，容光焕发，帅气逼人。那门卫一见，连忙鞠躬，弯着腰伸着手说："对不起，请！"

那青年此时却被朴雪深深吸引，他呆呆地望着朴雪不知所措。朴雪朝他嫣然一笑，转身走了。那青年还未缓过神，朴雪已消失在人群中。青年朝她追去，却难寻踪影。

第二天，朴雪上班时，她见那青年又站在门口。这次他不是和保安纠缠，而是在专门等她。只见他穿一身笔挺的西装，系一条金绣的金利来领带，脚上一双黑色皮鞋擦得锃亮，浑身上下全是名牌。他见朴雪走来，行了个西方式大礼说:“小姐，你好！”

这次倒使朴雪有点不知所措了，她有点茫然地问:“你是……？”

青年说:“我是被你拯救的灵魂，我谢谢你的帮助。”

朴雪问:“你要干什么？”

青年说:“为了感谢你的善心和帮助，我在此恭候多时了。小姐能够赏光，同我一叙吗？”

朴雪见他言谈不俗，举止高雅，心中很有好感，有心答应他，但想自己还得上班，便不好意思说:“对不起，我要去上班呢！”

青年说:“这没问题，只要小姐同意，我马上给你老板打电话，帮你请个假。”

朴雪有点为难，她说:“这……这怎么可以？”

不容朴雪同意，青年已在手机上拨号，接着听他对着手机说:“吴总吗？我是小……我想替朴雪请个假，你安排一下，好！好的！”青年放下手机对朴雪说:“没问题了，我们走吧！”

朴雪随他走到一家豪华阔绰的茶馆，朴雪止步不前，说:“我一个打工妹，可买不起单啊！”

青年笑了，说:“哪能要你买单！我请你，自然倾其所有也是我买单。”

两人走进茶馆，拣了一间僻静的包厢坐下。青年一言不发，两肘撑在桌子上，双手托着下巴，静静地只是看着朴雪，像欣赏一幅画，像读一首诗，倒把朴雪瞧得有点不好意思，她说:“你尽看人家干什么？你把我请来做甚？”

人们常用“一见钟情”来形容男女之间的感情发展，此时用这句话来形容他们俩的心情真是最恰当不过了，一个帅男，一个靓女，其实心中早已动了心念。朴雪问这个话，实在有点多余。

青年没有回答，两人默默地对视着，相对无声胜有声，此时任何语言都是多余的，难以表达两人此时的心情。

两人默默坐了大约一个多小时，朴雪猛然想起还要上班，便起身欲走，此时那青年问了一句："明天还在这里见面好吗？"

朴雪觉得有点为难，她如今是端人家的碗，受人家的管，明天还要上班呢！青年看出了他的心思，便说："吴总那儿没问题，我给请假。"

朴雪默默点了点头。

第二天，朴雪如期而至。自此，两人频频接触，渐渐发展成为一对恋人。

有一次，朴雪问青年："你叫什么名字？"

青年反问道："查户口？这很重要吗？姓名只是个符号，关键是我这个人。"

朴雪说："人要有个符号嘛！要不你失踪了，我上哪儿去找你？"

青年从口袋里掏出一张名片递给朴雪。朴雪接过名片一看，才知他叫凌啸风，是长白山集团的总裁。朴雪吃了一惊。

"是假的，反正现在名片名骗多得很！"朴雪半开玩笑半认真地说。

凌啸风喃喃说："信不信由你。本来我不想告诉你，是你要我说，说了你又不信。"

朴雪说："我们吴总训话时常提起你，你的产业很大吗？"

凌啸风说："不大，只有两个多亿。"

"吹牛皮！"

"说点别的好吗？对我来说，钱已经不是钱了。"

"我问你，那天你为什么要搞成那副没落相？！"

"我常这样，那天我是去找你。"

朴雪奇怪了，素不相识，怎么会去找我？便说："骗人！我们素不相识，你怎么会去找我？"

凌啸风说："你不知道，你名气大得很呢！整个吉林市都在传着，在松花江大酒店有一个漂亮的服务员，我是慕名而去。"

朴雪被说红了脸，她嗔怪地说："就你会耍贫嘴！"

凌啸风坦诚说："是真的。"

朴雪突然明白，她喊道："好呀！你是在试探我！"

凌啸风说："你合格了。"

朴雪啐道："呸！谁答应你了？！"

从此两人的感情日渐亲密，后来发展到如胶似漆。有一天，凌啸风开车来接朴雪，此时朴雪已不再是普通招待，已经升为大堂经理，出入自由，吴总根本不加干涉。

朴雪上了车，汽车一直开出了吉林市，在吉林市城郊的丰满有一个别墅群。汽车开到一座别墅前停下。

朴雪问："这是你的家吗？"

凌啸风说："别问，进去就知道了。"

朴雪又说："等会儿见了你父母，我该怎么办？没带一点礼物。"

凌啸风说："你少啰嗦。"

说着，两人走过了小花园，来到厅屋跟前。一个保安连忙过来开门。两人进到厅屋，只见屋内空无一人，各种家什却样样俱全，而且全部都是顶尖级的，显得十分豪华气派。

朴雪问："你家里的人呢？"

凌啸风微微笑道："这哪是我的家，这是我们的家！"

朴雪不解地问："我们的家？你这是什么意思？"

凌啸风说："意思明白得很呀！往后我们就住在这儿！"

朴雪又不解地问："住这儿？我们还没结婚就住这儿，你要和我非法同居？！"

凌啸风说："这是当今时尚，难道不行吗？"

朴雪坚决地说："不行！不办正式手续，我决不会和你同居！"

凌啸风嘲弄地说："你要办正式手续，什么手续，难道你叫我重婚？！"

朴雪惊讶说道："重婚！你已经有妻室了！！"

凌啸风未置可否。

朴雪愤怒极了，骂道："你这流氓！既然有妻室，为什么要欺骗我的感情！”说着，一腔眼泪夺眶而出。

凌啸风见朴雪哭了，便安慰道：“不是我存心骗你，因为你太优秀了，我们只能恨相见太晚。”

朴雪抽泣道：“那你……你可以离婚呀！”但她马上又否定了：“不！你不能离婚，我不能做可耻的第三者。呜……”

凌啸风涎着脸皮说：“不做第三者，就做第二者嘛！”

朴雪更愤怒了，喝道：“你要我做二奶，办不到！”

说着她掩脸向门外跑去，也没上凌啸风的车，喊住一部的士，一口气回了酒店。

以后，朴雪再也不见凌啸风，可是她对他的思念不减，她万没想到她的第一场轰轰烈烈的恋爱竟是这么一个结局。她恨凌啸风这个家伙太坏了，竟如此欺骗蹂躏她的感情。她怨自己太幼稚单纯，连别人姓什名谁都不清楚，就对他产生感情。对他的底细一无所知，就跟他明确恋爱关系，以致如此一败涂地。每想到这些，她就有说不出的伤痛。每天晚上，她都躲在宿舍暗暗饮泪。

凌啸风自朴雪拂袖而去后仍没有放弃，他仍像往常一样，每天来等朴雪，可是朴雪总是避而不见。

凌啸风急得像热锅上的蚂蚁，他玩过多少女人，还没有一个不在金钱面前动心的。他托酒店的吴总送去一张支票，上面是十万元，可是朴雪当场把它撕了。

后来凌啸风想出了一个欲擒故纵的办法。他叫酒店吴总提升朴雪为副总经理，朴雪自然不知其中奥秘，她欣然接受了这个任命。

朴雪在副总经理位置上干得十分卖力，她不但懂业务，而且很敬业，把个酒店打理得井井有条，生意日趋兴隆。许多顾客都闻松花江大酒店有个美丽的副总经理，纷纷慕名而至，吃饭非要副总经理陪酒不可，弄得松花江酒店车水马龙，门庭若市，吃饭得排长队。

为了酒店生意，朴雪不得不出面应酬，但是她把持着自己决不喝酒，她知道自己一旦喝醉，就怕不可收拾。

这一天，凌啸风带着一帮人到酒店吃饭，他已经喝了五分酒，带有几分醉意，进门就对服务小姐喊："喂！朴雪在不在？你叫她来见我！"

服务小姐应道："好！我马上去请。"

朴雪不知是凌啸风来了，自然像往常应酬客人一样来了。一进门见是凌啸风，马上转身欲走，凌啸风一把将她拉住，说："朴雪，你好大的架子，今天总算肯见我了。今天我不能让你走！来！陪我喝一杯！"

朴雪不想当众与他拉拉扯扯，又见他醉了，便喝道："凌总，你若好好喝酒，你是我的客人，你若胡闹，我就不客气了！"

凌啸风只得老实了，说："好说！好说！只要你不走，一切都好说。"

朴雪只得在他身边一个座位上坐下。

喝了几杯酒，凌啸风酒意更浓了。他说："朴雪，当着这么多兄弟说，我……我为你花了多……多少心思……可你……你不见我！你们说……有哪个女人……敢……敢对我这样？！"说着，他便一手搭在朴雪身上。

朴雪一怒，霍地站了起来。刚才他的话伤透了她的心，原来他不但玩弄自己，他还玩弄过不少女人。这个流氓！她在心里骂道。凌啸风在她心中留存的那点好感此时荡然无存。她又伤心又痛恨，不管凌啸风如何纠缠，她拂袖而去。

下午，酒店吴总把朴雪叫到办公室，说："朴小姐，你跟凌总怎么了？我实在很想留你，你把酒店管理得很好，给我带来了许多生意。可是我没有办法。"说着，他递给朴雪一个信封，"这是你这个月的工资，你另谋高就吧！"

朴雪接过信封，没说一句话，转身就走。她早就想离开这伤心之地了。

"喂！慢走！"不想酒店吴总叫住了她，说："朴小姐，难道没有商量的余地吗？你答应他不就得了？这个副总经理的位子可不是人人都能得到的啊！”

朴雪稍停一下，然后不加理会径直走了。

朴雪知道逃不出凌啸风的魔掌，她连这个城市都不想待了。晚上，她带了自己的行装和积蓄，乘上了南下的火车。

朴雪刚到金阳，灾难便降临到她头上。她的行装和钱包都被盗贼偷了，连身份证、银行存折与银行卡都被扒了，银行的钱也取不出来了。

朴雪一下变得一文不名，衣食无着。她万般无奈，信步在街上溜达。忽然她看见路边有一洗车房，她想洗车是个力气活，不需什么技术，不妨在这里洗几部车弄几个盒饭钱再说。她找了洗车房老板，洗车房老板便是那个瘦猴精，他见朴雪来访，如同看见仙女下凡，顿时心花怒放。当朴雪提出想帮他打工时，他连连点头称好，于是约定说洗一部车一元钱。“人到屋檐下，怎敢不低头”，朴雪无法，只好答应。如此一来，她每天要洗二三十部车，虽然可收入二三十元钱，解决了吃饭问题，可是从早到黑，没有一点空闲，把她累得够呛。

谁知一干就干了两个多月。她给瘦猴精洗车，瘦猴精的生意兴隆，不少纨绔子弟、伟伟大款和公务员们都来找她洗车，有人见她长得如此美丽，其中少不了有人动手动脚，甚至有送钱的，有邀她去休闲的，跳舞唱歌的。朴雪都一律怒斥道：“你不要看我干的是下贱工作，可我的人格是高尚的，请你尊重我的人格好吗？”如此一说，使那些有所企图的人也自觉矮她三分。

欧阳明了解到朴雪身世后，对她既同情又敬佩，所谓“红颜薄命”，一个美丽女子的美丽倒成了她的一种负担，要保住和珍爱自己这份纯真，是多么不易！他问朴雪：“小朴，你想不想离开这儿？”

朴雪回答：“当然想，可是我忙于洗车，无暇去寻找别的工作。”

欧阳明怕朴雪误会，便首先声明：“小朴，我十分同情你，但我没有任何其他企图，你相信我吗？”

朴雪扑闪着一双大眼望着欧阳明微笑说："我相信，看样子你是个好人。"

欧阳明掏出一张名片给朴雪。朴雪接过去认真看着，接着轻轻说道："啊！欧阳大所长。"

欧阳明说："小朴，你若真相信我，你到我们所里来工作好吗？"

朴雪略微迟疑一下，说："好吧！"

自此，朴雪进入了黎明会计师事务所。欧阳明给她租了一间房子住下，解决了她的住宿问题。因为朴雪不懂会计业务，欧阳明首先安排她给所里打扫卫生，帮着煮一餐中饭，一边叫她学习电脑。朴雪是个绝顶聪明的姑娘，学电脑一学就会。以后就给所里打印文件。不久，她家里帮她把身份证办过来了，她到银行挂失重办了卡，如此经济上也并不怎么拮据了。

朴雪在黎明会计师事务所一干就是十年。如今她已成为黎明会计师事务所的骨干。她不但学会了电脑，而且通过自学考试取得了本科文凭，以后又考上了会计师和注册会计师。但欧阳明仍叫她保管档案，干着办公室的工作，只有大家忙得不可开交时，她才参加做一些业务。有时帮欧阳明审阅报告，对业务上的事也慢慢精通起来。

朴雪进所时，只有二十二岁。欧阳明一直把她作女儿般看待，尽管两人常常双进双出，双飞双宿，但他始终坚守诺言，对朴雪从没有丝毫非分之想。真想不到今天朴雪酒后会流露出一股对自己的感情，过去微波不起的心中此时却泛起了波澜。望着朴雪那美丽动人的脸蛋，觉得她在酒醉后更显鲜美，如同一朵雨后的玫瑰。他真想用手去摸那美丽的脸蛋，可是他突然想到我这手抬起来可无限高尚，我这手一下去，可就是无比下流了。他不由在心里叹道："唉！朴雪呀！朴雪！这怎么可能呢？你费尽艰难要保住自己的一份纯真，又怎能落入我的情网？你可是我的晚辈啊！"

欧阳明抽回自己的手说："怎么样？好过些了吗？能坚持下楼吗？"

朴雪坐起来，欧阳明扶她走进了电梯。电梯里只有他们两人，朴雪便伏在欧阳明肩上。下到一楼，欧阳明扶着朴雪走出电梯，钻进了汽车。欧阳明开车将朴雪送到她家里。

第二天，刑队长果然来了电话。他要欧阳明带八万块钱去取保候审。他再三强调说："这八万块钱不是F局要，而是作为保证金放在那儿，待案子结后退还。"

欧阳明无奈，只好从账上取了八万块钱和朴雪一块儿到了F局。刑队长叫他们先到财务上把钱交了，然后在保证书上签字画押。刑队长一再交待，刘正国不能外出，必须随喊随到，另外有什么事情要交待的，可以随时来交待。

刑队长交待完，叫警察把刘正国带了出来。刑队长又对刘正国做了一番训示和交待，无非是坦白从宽，抗拒从严，不能外出之类的话。完了，欧阳明带着刘正国一块儿回了所。

回到所里，欧阳明问刘正国到底是怎么回事。刘正国抱屈地说："至今我也不知道为什么？进去后他们就要我交待做了哪些验资项目？与哪些法人代表有过交往？我有哪些朋友？接受过哪些人的请客送礼？我照实说了一些，他们就不要我说了。要我把这些问题全部写出来，不要漏掉一个。我按照他们出的题照实写了，整整写了半本材料纸。他们看了一遍，说不行，再写。于是我又第二遍第三遍地写个没完。"

欧阳明思索着说："他们问你验了哪些资，明天工贸公司是你验的资，你写了吗？"

刘正国："写了。"

欧阳明问："他们问你与哪些法人代表有过交往，还问了什么？有哪些朋友，这意思就是要你交待倪志高是不是你的朋友？你与他有没有交往？你老实说，验资前你认不认识倪志高？"

刘正国再次抱屈说："我哪认识他！至今连他是何许人我都不知道。当时是他的一个代理人来验的资。"

欧阳明又问："他们还问你受过哪些人的请客送礼，显然他们在怀疑你是伙同诈骗。只要你跟我说的是实话，你没有接受过倪志高的请客送礼，那不怕！”

刘正国说：“我才不怕哩。脑壳掉了只有碗大个疤。我身正不怕影子斜，任他们去调查吧！我不服的是我们注册会计师是砧板上的肉，任人宰割。”

欧阳明说：“我们注册会计师是弱势群体，只有挨打受审的份儿。听说现在注册会计师行业中已经发生了诉讼爆炸。还不知道这个爆炸会不会波及我们，听说诉讼会计师事务所最大的赔偿案赔偿金额高达一千万美元。”

刘正国说：“这么说，我这次被抓，仅仅只是一个先兆啰？”

欧阳明无限感慨地说：“唉！谁说不是，山雨欲来风满楼啊！”

发展因诚信而浩荡。

——赛德人的豪言

第五章

公元二〇〇二年是全世界注册会计师行业大动荡的一年。美国出了个“安然事件”,震惊世界,导致全球排行第一的安达信会计师事务所彻底土崩瓦解,销声灭迹。中国出了个“银广厦事件”,导致中天勤会计师事务所被撤销,签字注册会计师锒铛入狱,昔日经济警察成了阶下囚。一时间,所内注册会计师大难来时各自飞,纷纷寻找就业机会，成为注册会计师行业中的一个反面教材和深刻教训。与此相类似事件，在中国还有“原野”、“琼民源”、“东方锅炉”、“红光实业”、“郑百文”、“ST张家界”、“ST黎明”、“大东海”、“银广厦”、“麦科特”等十大事件,数十名注册会计师锒铛入狱。除此之外，全国各地还有各种形形色色的涉及注册会计师的诉讼案件,形成国内著名的诉讼爆炸。

在这场爆炸中,黎明会计师事务所也未逃脱厄运。当时明天工贸公司的诈骗案在各大媒体上曝光，顺便不合事实地将黎明会计师事务所也带进去了。反正媒体不负责任,它可以含糊其辞、模棱两可地报道一些事情。例如对刘正国的事就是这样写的:“……为明天工贸公司验资签字的注册会计师刘正国与明天工贸公司有着微妙关系，目前正受公安部门立案审查……”，用微妙关系几个字把刘正国说得不清不白,又用立案审查把事情说得不清不楚,不大不小,不干不净,不明不白,而又无从追究。把个刘正国搞得不敢出门,更不敢外出执业。没过两天,法院通知银行将黎明会计师事务所账上的钱全部划走,这一着使欧阳明吃惊不小,这才感到危机已至。可是这是为什么?法院为什么一声不响就把一个单位的钱全部划走?如果是明天工贸公司的事,可明天工贸公司的事还没有个结论,怎么就能划账上的钱呢?过了一天,法院送来一份裁决书,才知原来是这么回事。

三年前,黎明会计师事务所为黑金文化乐园的资产评了估,后又出了验资报告。报告发出后,签字注册会计师刘细妹发现委托人答应送交的证据没有送来。她打电话与委托人联系,要么是关机,要么是无人接听。刘细妹一连打了三天电话都联系不上。刘细妹这下可急了,猜测一定是委托人拿不出证据来有意躲避。如果没有这个证据支持,那么评估报告和验资报告都成重大问题。于是她向欧阳明汇报。欧阳明立即果断指示,迅速与经办营业执照的段局长联系,撤回验资报告。如果未发营业执照,请立即停发;如已发请予收回。函件发出后,经办营业执照的段局长不但不执行,反过来要查处黎明会计师事务所,说黎明会计师事务所出具虚假验资报告,要罚款一万元。欧阳明接到罚款通知后十分气愤,但转念一想罚就罚吧,花钱消灾,花一万元钱可以免除所有责任,岂不更好。于是派人送出一万元罚款。事后,这个黑金文化乐园拿着营业执照到处非法集资,吸收资金达一百多万元。当投资者知道上当受骗之后便纷纷告上法院,法院裁决由黑金文化乐园退还全部集资款,黑金文化乐园的法人代表涂金已将钱挥霍一空,无力偿还。抄他的家才抄出两万多元,法庭的裁决无法执行,于是法院想到了验资单位黎明会计师事务所。找到黎明会计师事务所时,欧阳明将验资过程与受罚情况给法官说了,法官听后认为这是段局长不作为,黎明会计师事务所应予免责。可事隔半年后,法院将黎明会计师事务所账上的钱全部划走了,并冻结了黎明会计师事务所的银行账号,欧阳明十分费解,既然法院已认为黎明会计师事务所可以免责,为什么还要划我们的钱呢？他找到了执行法官。执行法官说："根据法院规定，可以把你们追加为执行人！"

欧阳明说："我们一未参加审理，二未参加调解，你们的裁决书事先也未给我们看，在我们毫不知情的情况下，就将钱划走，这是何道理？"

执行法官说："你不要跟我吵，我们是经过反复研究，才决定将你们追加为执行人的，我们是咨询了有关法律专家的。"

欧阳明仍据理力争，最后执行法官只得说："这样吧！钱还在法院账上，你如果能找到权威证据，说明我们错了，我把钱退还给你。"

欧阳明与执行法官的争论得到如此一个结果，他的心情坏透了。到哪里可以找到权威证据呢？显然那位执行法官是量你找不到才叫你去找，以此堵你的嘴。欧阳明怀着万念俱灰的念头毫无希望地翻阅有关法规资料，找了一个上午，也没有找到有利于自己的文件。他完全绝望了，只好横着想，划就划吧！花钱消灾，只要不抓人就好。可是转念一想，划了这笔钱，还不能偿清那笔一百五十万元的赔偿数，现在账号也被冻结，今后进来的钱一个都不能用，这一个月的工资、税金，还有养老保险、医疗保险怎么办？还有事务所的日常开支怎么办？事务所面临着灭顶之灾。想到这些，他不由忧心如焚。下班回到家里，饭不思茶不饮，一到家便倒在床上，心脏一阵阵绞痛。阿美见状伤心极了。她喂了欧阳明几粒速效救心丸，欧阳明稍觉心痛有些缓解。阿美问："什么事把你愁成这样？"

欧阳明说："事务所遭到了灭顶之灾，这一次怕是捱不过了！唉！黎明会计师事务所完了。"

阿美说："唉！你怕什么呢？杨灿不是愿出一百万年薪请你吗？你还怕没饭吃？"

欧阳明："我哪怕没饭吃啊！事务所好像就是我们的孩子，你说孩子死了，你不伤心吗？"

阿美见说，也动了感情，几乎掉下泪来。她长叹一声："唉！难道就没有一点办法了？”停了一下她问：“你去找郭安娜，求她帮帮忙吧！”

欧阳明生气地说：“你不要说她了！她巴不得我垮得越快越好。”

阿美说：“你们怎么会有这么深矛盾，你们不是同班同学吗？那天去她家，我看她蛮好的嘛！”

欧阳明说：“别说了，这不是一句话两句话说得清的。”

停了一会儿，阿美又说：“你去找陈志清，他也是你的同班同学，他那么大的官，总该说得上话。”

欧阳明说：“你还不知道我的脾气，人家官越大我越不想去找，再说政府也不一定管得上法院的事，现在关键要找到有关法律依据才能将那法官驳倒，否则谁也救不了。”

阿美没言语了，她想难道真到山穷水尽了？可是也有山穷水尽疑无路，柳暗花明又一村的时候。她苦苦地思索着办法，欧阳明的生命就是她的生命，欧阳明快乐她就快乐，欧阳明痛苦，她也痛苦，欧阳明忧愁，她更忧愁。她见床头上搁了一本书，这是欧阳明刚从事务所带回的一本法规。她不经意地拿起书来，无意地翻着。她是个女工，只有初中文化，对于那些深奥的法律条文大多都看不懂，但既然欧阳明这么说只有法律依据才救得了事务所，再难懂，她也想翻出个道道来。

她翻着翻着，突然对欧阳明说：“阳明，你看这条是不是有用？是讲什么验资报告承担民事责任的事。”

欧阳明闻言，霍地坐了起来，从阿美手上抢过书来。他一看，是《最高人民法院关于金融机构为企业出具不实或者虚假验资报告、资金证明如何承担民事责任问题的通知》，他的心又灰了。这是对金融机构出具虚假验资报告和资金证明的事，与会计师事务所有何关系呢？他转念一想，既然讲到虚假验资报告问题，定然与会计师事务所有关，因为只有会计师事务所才可能出具验资报告，金融机构只能出资信证明，没资格出验资报告。于是他认真看下去，看到第三条上明确规定:“未经审理,不得将金融机构追加为被执行人。”这一条倒可正好解决当前问题,可惜不是讲会计师事务所。他接着往下看,看到第五条时,上面明明写着:“注册会计师事务所的不实或虚假验资民事责任案件的审理和执行中出现类似的问题,参照本通知办理。”看完这句话,欧阳明的心几乎要从喉咙里蹦出来。他一扫满心阴霾,高兴地抱着阿美叫道:“有救了!阿美!我们有救了!未经审理,不得将我们追加为被执行人。正符合我们的情况,我说嘛!法律应该是合理的、公正的。法律万岁!”

阿美白了他一眼,瞪着欧阳明说:“看你,美得像个孩子一样,小心你的心脏。”

欧阳明:“谢谢你!阿美,我代表黎明会计师事务所谢谢你!这真是踏破铁鞋无觅处,得来全不费功夫。”

翌日,欧阳明同法律顾问一块儿带着那份法律文件去找执行法官。执行法官看到文件后倒也爽快,立即向院领导汇报,很快就撤销了裁决,退回了划去的资金,黎明会计师事务所又有了活力。

刚解决法院难题,C局又来调阅金阳辉煌房地产开发公司的验资资料。

欧阳明一见来人,心里就“咯噔”一声,心想难道又有祸事来了?但事先有喻少清的电话,心里并不太急,便叫朴雪将金阳辉煌房地产开发公司的验资报告调出来。

朴雪找了一会儿,终于将金阳辉煌房地产开发公司的验资报告及工作底稿放在欧阳明面前。在一般情况下,C局调阅报告之前,欧阳明总要将报告仔细审阅一番,做到心中有数,但金阳辉煌房地产开发公司的验资,是他亲手操办,他太熟悉了,所以他并没有看便交给了C局的人。

C局的人拿着报告看了一个多小时,他们把需要的资料折好对欧阳明说:“请帮忙把这些复印一下!”

欧阳明一直守在旁边不敢离开,见他们要复印材料心里便像打鼓似的咚咚响,他试着问:“有什么问题吗?”

C局的人一直在看资料，未说一句话，显得十分严肃。他们见欧阳明问，便深藏不露地说："有没有问题，待我们回去研究后再说。"

这一句话，更把欧阳明打入了五里雾中。他不便继续深问，便叫朴雪将档案拿去复印。接着欧阳明在复印件上签了字盖了章。C局的人拿着资料欲走，欧阳明留他们吃了中饭再走，C局的人显出一种公事公办的态度予以拒绝，不管欧阳明如何强留，他们都没理睬，钻进汽车扬长而去。这使欧阳明心情更加沉重。

C局的人走后，欧阳明立即给喻少清挂了一个电话，询问情况。喻少清在电话中显得有些颓丧，他说："阳所，遇大麻烦了！"

欧阳明一听，心更沉重，更紧张，说："事情有这么严重吗？你快说！"

喻少清说："唉！今天C局来人，要我做什么笔录，说我们是虚假出资！"

欧阳明说："你们明明是用土地出资嘛！怎么是虚假出资呢？"

喻少清说："是嘛！我们的土地使用权证可是货真价实，可是他们说没有过户，两年了，土地使用权还在我个人名下，并没有转到公司名下，他们说这就是虚假出资。"

欧阳明一听，心中一块石头落地，原来是为这事，这事与我们可没有任何关系，我们在验资报告中说得很清楚，要他们在6个月内过户。这家伙，两年了还不办过户手续，查处也是活该。他说："我们在验资报告中不是说得很明白吗？六个月内必须办好产权转移手续。"

喻少清说："是喏，开始是没钱，你知道那样多土地转让产权要多少钱吗？一百多万。后来有钱了，又把这事给忘了。"

欧阳明说："忘了好嘛，现在就交一点学费嘛！"如今欧阳明和喻少清已混得很熟了，说话很随便。

喻少清说："交学费，你知道这学费是多少吗？要罚一百多万！"

欧阳明说："知道，除了罚款这一百多万外，你还要花一百多万元办产权转移。”

喻少清说:“这真他妈的是坑人！解铃还需系铃人,阳所,我们是哥们,我给你五十万,你给我把难了啦！”

欧阳明说:“老弟,这不行的,C 局不会听我们的。”

喻少清说:“这有何难喏?你再给我做一份验资报告不就得了,想办法把那一份换出来。”

欧阳明说:“你开玩笑!你倒是可以过关,我这会计师事务所还办不办?”

喻少清说:“你说怎么办吧!欧阳老兄,你得给我想办法！”

欧阳明说:“这……明天我们当面谈吧！”

喻少清说:“行！明天中午在万花楼,怎么样?”

欧阳明说:“你少来这一套。明天你叫小李到我办公室来。”

喻少清说:“你他妈的不给面子,好！我叫小李来,不怕你不给我解决。”

第二天一上班,小李就在事务所门外等候。欧阳明打开门,把小李请了进去。

欧阳明对小李说:“小李,昨晚我想了很久,现在惟一的办法是叫喻总准备两千万现金把土地置换出来，这样可以省一百多万元过户费。”

小李吃惊地说:“什么？两千万现金！你要我们去抢银行？”

欧阳明说:“你去给喻总说吧！除此没有他法。”

小李说：“喻总请你去万花楼你又不给面子，这时候上哪儿找他？”小李嘴上这么说,还是拿出手机与喻总联系。

小李拨了许久电话，终于与喻少清联系上了，小李对喻少清说:“喻总,不行哩!阳所长叫你准备两千万现金!我办不通,还是你来吧！”

喻少清:“我有事离不开,你叫他中午上万花楼找我！”

小李转身对欧阳明说:“喻总还是叫你上万花楼。”

欧阳明固执地说:“不去,你叫他上这儿来！”

小李再打电话。

一个小时后，喻少清终于出现在欧阳明办公室。

喻少清一进门便气呼呼地说："阳所，你真好大架子，请都请不动。"

欧阳明说："你呀！你到底是跟我开玩笑还是给我出难题？"

喻少清尴尬地笑笑说："反正这事你得帮忙！"

欧阳明说："我怎么帮忙？我刚才跟小李说了，现在惟一办法是拿两千万元现金来置换。巧媳妇难为无米之炊，你有钱我就给你办，你无钱我爱莫能助。"

喻少清说："莫喏！我们又不是一天两天的交情，何必用这种强硬态度。你叫我一时间到哪里去筹两千万喏？要不用公司名下的房产来置换怎么样？"

欧阳明说："投资是你个人投资，怎么能用公司的财产来置换呢？用公司的财产置换公司的财产，那岂不是米在箩里转。"

喻少清说："我个人哪有这么多资产呀？"

欧阳明说："你怎么没有？现在有两个办法，一个办法是以你个人的名义，靠你个人信誉到银行贷款两千万；另一个办法是把你个人名下的不动产凑足两千万到银行抵押贷款。"

喻少清说："我真要喊你作爹了，我说过我哪有两千万！"

欧阳明说："怎么没有？你的那栋别墅总该值几百万吧！你开的那座酒楼，来个整体评估，总评得上上千万！还有你那些股票，你马上抛出去，又是几百万，还有你那几位漂亮的老婆也总该值百十来万。"欧阳明调侃地望着喻少清笑。

喻少清说："我哪有老婆？你送我一个。"

欧阳明说："没老婆，那些情人也可以嘛！"

喻少清说："我不要一百万，只要五十万卖给你要不要？"

欧阳明说："我不要，要了岂不挖了你的心头肉。听说你每晚都离不开女人是不是？"

喻少清说："别开玩笑了！说点别的好吗？这事就交给你办，只要你把资产给我搞足，我还是那句话，只要不罚款，我给你五十万。”

欧阳明说：“这很难说，C局那一百多万罚款能减多少你去做工作，你不要听C局的吓唬，真能罚一百多万吗？企业还要不要搞？你去找赵市长，请他出面说几句好话，罚个十来二十万得了。土地使用权就不用转移了，用其他资产做抵押到银行贷款置换算了，一百多万费用就省下来了，五十万我也不要，我只按标准收费。”

喻少清说：“好喏好喏！就按你说的办，你拟好合同算好价，我签字。赵市长正好找我有事，我跟他说说。”

欧阳明说：“赵市长找你什么事？”

喻少清说：“是开发河东的事。”

欧阳明说：“你去吧！我拟好合同你叫小李拿回去签字盖章。”

喻少清听后，同意回去把个人名下的资产权证交欧阳明评估到银行抵押贷款，一场风险总算化险为夷。

过了两天，欧阳明所长办公室来了三位客人，一位个子高高，身体微胖，留着平头，三十来岁年纪；一位身材矮小，留西式头，年近五十；另一位则是女士，她身材苗条，个子高挑，年轻貌美，很有气质。当时欧阳明不在家，朴雪接待了这三位客人，她很抱歉地对三位说：“对不起，阳所长不在家，三位请坐！三位有什么事？能给我讲吗？”

三位依次坐下，年轻女子在前，胖子居中，瘦老头居后。坐下后，那位胖子指着年轻貌美的女子操着一口纯熟流利的普通话说：“这位是我们林总。我们是香港林氏集团的，准备到内地投资，想找会计师事务所咨询咨询。”

朴雪见是三位外商，不觉刮目相看。她热情地给客人献上茶，又拿出香烟送上。那位胖子摇着手说：“谢谢！我们都不抽烟。”

朴雪见他们不抽烟，便客气地说：“哦！都不抽烟，不抽好，吸烟有害健康，听说国外很多人都戒烟了。不知几位要咨询哪些问题？”

胖子说：“我们想找阳所长，听说他是本市资深的，名气挺大的注册会计师，我们是慕名而来。”

朴雪：“好！请稍坐一会儿，我跟阳所长联系一下。”

朴雪用桌上电话拨通欧阳明手机。

欧阳明此时正在赛德科技发展有限公司。这儿有一块土地需要评估。

欧阳明坐在赛德办公室，他被这个公司的企业文化深深吸引，他用心地看着墙上写的那些企业精神，觉得这些提法既新颖，又有一定的艺术色彩和文学功底。例如他们写他们的发展理念是：“永远大胆妄为（地创新），永远天马行空（地思索），永远否定自我（的经验），永远拥有明天（的理想）”；例如他们的人才理念是：“十步之内，必有芳草。学习加勤奋，人人是人才。希望创造激情，困难创造快乐，过程成就事业。”尤其是他们那首《我们是赛德人》的诗，真够发表水平，他想若将它抄录下来，必定能作为所里制定企业文化的参考。于是他掏出笔，寻张纸将它抄录下来：

SUNUP 拒绝平庸
SUNUP 藐视盲从
SUNUP 立志创新
宁做旷野中奔啸的狼
不做家园里悠闲的羊
信仰
使我们直前毅往
质优是我们的基础
创新是我们的追求
朋友因情感而组合
发展因诚信而浩荡
我们不要掠夺式的扩张
我们不屑欺诈性的膨胀
彼此的进取
才是我们该谱的乐章

欢呼吧

每一次的进取与开拓

骄傲吧

每一次的奋斗与成功

正在他抄录的时候，手机响了。朴雪在电话里说："阳所，你什么时候回来？所里来了三位外国客户，准备在内地投资，他们特意到我所来咨询。"

"好！我马上回来。你叫他们等一会儿。"欧阳明收起手机，对同来的资产评估师小李说："小李，这里的事就全交你了，反正费用已经谈妥，你跟钟总约好什么时候进场就行了，要做的准备工作你也清楚，你给他们交待一下。"欧阳明说着迈步就往外走，在门口正好遇上赛德科技公司的钟总进门，他奇怪地问："怎么？就走？"

欧阳明伸手和钟总握手道别，然后说："真对不起，所里有点事叫我马上回去。这里的事就由李评估师全权处理，有关事情我已做了交待。"

钟总迟疑着说："这……吃了中饭再走嘛！"

欧阳明说："谢谢啦！来日方长，今后我们合作的机会多得很，钟总有空上我们所看看，我们很好地聚一聚。"

钟总说："行！少不了会来拜访的。你就走，真是有点不好意思。"

欧阳明握过手匆匆要走，不想走几步又回过头来说："钟总，你们公司的企业文化搞得真不赖，过几天我要专程来学习。"

钟总谦虚地说："哪里哪里，我们一切还刚刚起步呢。好！不远送了！"

欧阳明钻进汽车，扭动钥匙，汽车"呼！"地一声启动了。

欧阳明为何如此急切地赶回所，因为他知道，这样的外商能亲自到会计师事务所来投石问路，一定对会计师事务所十分信任，只要把关系弄好，将来一定是个大客户。

当欧阳明赶回所时，三位外商还在。进门后朴雪适时地给外商做了介绍，外商听说他就是阳所长，不觉肃然起敬。

欧阳明客气地说："坐！坐！大家请坐！"

大家坐好后，朴雪重上了一道茶。欧阳明掏出烟来一一递给客人，三位外商都摇手说不抽。欧阳明见状收起烟说："我也不抽烟，烟不是个好东西，劳民伤财，尽给国家纳税。"

"可不抽烟也不见多出钱来！"那位胖子用一口流利的普通话说。

欧阳明不觉一愣，在心里说："难道又是三个假洋鬼子？"他问："您贵姓？"

胖子回说："我免贵姓江。"接着他指着那位高挑个的女士说："这位是我们香港林氏集团的林副总。"接着他又指着那位身材矮小、蓄着西式头的男子说："这位是季总，财务总监。"说着各人都掏出名片，送给欧阳明。欧阳明也拿出名片，每人发了一张。欧阳明接过名片，稍稍瞄了一眼，见上面果然是副总经理、财务总监之类，而那位姓江的胖子的名片上写的是策划部经理。欧阳明心想，一个香港林氏集团的副总和财务总监能亲临会计师事务所咨询，这倒真是少见。于是便和他们攀谈起来。

"不知你们内地验资需要些什么资料？"还是那位江经理问，另外两位一直没有说话。

"这要看你们用什么形式投资，假如是货币投资的话，一定要外币，而且要有外汇管理局的函证和银行的结汇资料。"欧阳明很熟练地回答。

"用人民币不行吗？"江经理问。

"外商用人民币投资不行。但有一种例外，你们在国内有合资企业吗？"欧阳明问。

江经理脑子转了一下，问："有怎么样？没有又怎么样呢？"

欧阳明说："有的话，可以用你们投资的合资企业所得的利润投资，那么可使用人民币，但是也要到外汇管理局取得证明。如果没有的话，我们就爱莫能助了。"

“哦！”江经理似乎明白了难处，又问：“如果用实物投资呢？”

欧阳明说：“如果是实物投资那就更复杂了。首先你必须取得国外销售商的发票，还有报关单、运单、商检部门的检验报告等等。另外还要进行资产评估。”

“这么复杂！如果是二手设备呢？”江经理问。

“那必须取得相应的证明文件，证明设备的产权是投资人的，并且也要有证明是从国外投入的相关资料。”

“那当然，既是国外投入，自然会有报关等资料。”江经理稍停一下又问：“阳所长，假如我们要投资，具体怎么操作？”

“首先，你们必须选中一个项目，不知你们是否有投资对象？如果已确定了项目，首先必须有项目建议书，立项后接着进行可行性分析，这些你们可以上招商局咨询，他们将会告诉你们整套程序和应准备的资料。”

“好！我们算是茅塞顿开了。阳所长，真该谢谢您！”江经理说得十分恭维和谦逊。接着他又问：“阳所长对本市的经济情况一定十分了解，我们还想问一下，目前金阳市的投资热点是什么？”

欧阳明说：“投资热点嘛？当前无非是房地产投资。但是我觉得这热点不会太长。目前住房已趋饱和，虽然还有不少的下岗工人仍然住在五六十平米的房子里，但要他拿出十多万块钱去换新房，我看是不可能，一则他们拿不出这些钱，二则也没有必要。他们没有必要勒紧裤腰带去换新房。”

“透彻，我很赞同阳所长这个观点，现在沿海仍有许多空房卖不出去，金阳市怎么样？”

欧阳明说：“差不多。”

江经理说：“那么您认为做什么投资好？”

欧阳明说：“娱乐业、餐饮业都是投资方向，但这些东西搞多了也不见得好，我倒有个建议，不知合不合你们的口味？”

江经理说：“您说！”

“我们金阳是个历史文化名城，如果几位感兴趣的话，投资文化，利用金阳历史文化名城这个品牌，大力发展文化产业，搞图书城、影视城、艺术创作基地、开发人文旅游观光等等。”

江经理三人对欧阳明的宏论似乎不感兴趣，谈话就显得不那么投机，闲扯几句之后，客人便起身欲走。欧阳明起身送客，临走，江经理表示以后有需要会计师事务所服务的地方，一定找黎明会计师事务所，还说可能董事长要和阳所长见见面。

欧阳明打发走三个外商之后，总会计师老孟送来一份验资报告叫欧阳明签发。欧阳明接过报告一页一页地审阅。当他在审阅验资报告工作底稿时，发现其中有一份收购合同，这份收购合同的内容是甲方神州大酒店以一千五百万元收购北京隆科科技发展有限公司名下的金阳子公司。欧阳明看到这份合同十分怀疑，他知道金阳子公司是金阳著名的大型企业，资产上亿，过去是金阳市的利税大户。可是最近几年连续亏损，将要资不抵债，成了市政府领导的一块心病。同样的职工，同样的设备，同样的资源，同样的市场，过去年年盈利，现在年年亏损，这是何道理？现在竟以一千五百万元出卖上亿元资产，这实在令人怀疑。欧阳明将总会计师叫过来问北京隆科公司是一家什么公司？总会计师回答说不太清楚，欧阳明便叫朴雪将签字注册会计师叫来。签字注册会计师是审计二部主任谭建业，他见欧阳明一问，便说这是一家国有独资公司，也是一家高科技企业，以生产销售新型材料为主。他在金阳有一家子公司，由于经营不善，年年亏损，现在已累计亏损三千多万元。北京隆科公司认为这是一个背不起的包袱，所以就进行改制，改制后企业被神州大酒店的老板莫学剑收购。

欧阳明听后觉得似乎很有道理，现在贱卖国有资产司空见惯。金阳子公司是北京隆科公司的沉重包袱，是金阳市政府的一块心病，迅速将其卖出去，这也顺理成章。这么一想，欧阳明又觉得自己的怀疑是多此一举。然而他心中仍放心不下，尤其他对莫学剑收购如此庞大的国有企业十分反感，从直觉上他就怀疑其中有问题。他问谭建业：“这家公司的年报搞过审计没有？”

谭建业说："听说北京隆科公司管理混乱，多年来未派人过来搞过审计，金阳子公司也未请会计师事务所搞过审计。"

欧阳明一听，又生疑窦，他对孟总说："孟总，这份报告暂时不能签发，等搞清楚再说。首先向北京隆科发一份函证，看有没有出卖金阳子公司这件事。"

谭建业有些不同意见，他说："阳所，人家客户很着急，他们明天就要报告。"

欧阳明说："哪有这么着急的，总要给我们一点复核研究的时间嘛！"

谭建业仍然坚持说："这份报告有什么问题呢？明摆着是资本亏完了，能卖几个算几个，趁早脱身。我看这倒是一种明智的选择，怎么会有问题呢？"

欧阳明说："小谭，我们的脑袋要放复杂一点，在验资问题上，我们要把客户当做敌人。这样吧！先弄清这份合同的真实性再说。马上函证，用快件也不过两三天。小谭，你知道北京隆科的详细地址吗？"

"不知道，我打电话去问问。"谭建业说着便打开手机拨了一个电话。一会儿，谭建业对欧阳明说："他们说我们太啰嗦了，不要我们搞了，要另请会计师事务所。"

欧阳明说："那也好嘛！悉听尊便。"

这样一来，这一笔业务算是黄了。欧阳明也没将它放在心上，以往主动放弃的业务也有不少，几万块钱的业务都放了，何在乎几千元。

下班后，他回到家里，敲了几下门却不见阿美开门。他好生奇怪，往常从未出现这种情况。接着他又敲了几下，才听到阿美有气无力地说："你自己开门吧！"

欧阳明拿出钥匙打开门。进门一看，阿美躺在床上。欧阳明急步赶过去，着急地问："怎么？你病了？"说着一只手搭在阿美额头上，烧倒是没有。欧阳明着急地问："你哪里不舒服？"

阿美说:“我下午上班,突然发觉不舒服,脑子发昏,原以为只是感冒了,坚持了一会儿,后来硬是不行了。班里的小钦陪我到职工医院看病,医生说我的血压太高,开了药叫我赶快回家休息。”

“你怎么不给我打电话?”

“这一点小病我怎好惊动你!”

“唉!小病,高血压还是小病?血压多少?”

“低压一百二,高压一百六。”

“哎哟!这么高!这还得了,赶快去住院。”

“你别大惊小怪,医生说,只要按时吃药,休息几天就会好。”

欧阳明打来一盆冷水,将毛巾浸入水中,给阿美敷上。他问阿美:“要不要打电话告诉阳纯?”

“别!别让她担心影响学习。她听到这消息,肯定会十分着急。她远在美国,又不能回来,岂不叫她着急……”阿美说着,眼圈儿又红了。她拉着欧阳明的手,似乎是怕欧阳明会离开她似的。她叹了口气,然后说:“唉!一个心脏病,一个高血压,只怕我们真要活到头了!”说着眼泪刷刷而下。

“你别说傻话了!如今得高血压心脏病的多得很,只要我们小心保养,照样可以活到七八十岁。”欧阳明安慰阿美。

“只要你活到这个寿我就心满意足了,只可惜我们不能白首同归了。”说着,阿美又伤心地哭了。

一句话,勾起欧阳明好一阵心酸!想不到阿美还记着这句话。

那是在一个星期天,欧阳明去谈一份合同,顺便把阿美也带去了。

上午还是天空晴朗,万里无云,一轮骄阳直挂中天。谁也没想到过了中午,天空便乌云堆积,雷声滚滚,眼看暴雨将至。欧阳明带着阿美联系完业务,两人来到公交车站,准备乘公交车回家。突然,欧阳明想起谈好的合同还未签字盖章,他担心夜长梦多中途生变。于是他对阿美说:“你等我一会儿,我马上回来。”说着朝那公司跑去。谁知刚跑进门便听到“哗啦啦!”一声巨响,一个炸雷在头顶炸开，吓得欧阳明浑身一哆嗦。炸雷过后，豆粒大的雨点倾盆而下，刹时间昏天黑地，大地一片昏暗，天地连成一片。欧阳明急跑进办公室找老板签了字，盖好章，可是瓢泼大雨哗哗下着，把他和阿美分隔开来，欧阳明站在公司的大门口竟迈不出半步。欧阳明回不了公交汽车站，他想大雨来时阿美定然跳上公共汽车走了，只要上了公交车就可直达家门口，所以他不太担心阿美。那雨哗哗哗足足下了两个多小时，欧阳明在那公司门口等了两个多小时。待雨小了，欧阳明急忙朝公交车站跑去。快到公交车站时，突然他听到有人在喊："阳明！"欧阳明掉头一看，原来是阿美，她正缩在一个屋角躲雨，下半身几乎湿透了，欧阳明奇怪地问："你怎么还没走？"

阿美跑过来依偎在欧阳明身边轻声说："我怎么能走，我们相约要白首同归，我若一个人走了，岂不是同去不同归了！"

欧阳明不觉心头一热，这傻女人真是傻到家了。他紧紧把阿美揽在怀里，两人一块儿冒雨上了车。

今天欧阳明又听她说到白首同归，不觉心中一阵发热。真不可想像，他们两人中无论哪一个先走，活着的将不知会如何痛苦？他忙安慰阿美说："你呀！轻易不生病，生了病就这么胡思乱想。你别胡思乱想好不好，既然医生说休息几天就好，那一定会好的。"

"嗯，会好的，你也不用着急，不用伤心。我们不是要白头偕老吗，我们头发未白，我哪会先走。"阿美反过来安慰欧阳明。"让我去给你做饭！"说着欲起身下床，欧阳明忙将她按住："你莫逞强！病成这样，还做什么饭？今天让我来伺候你。"

阿美无可奈何又躺下，一边说："冰箱里有菜，你胡乱搞一点吃吧！我不想吃。"

欧阳明打开冰箱，将要做的菜搬到厨房。不一会儿手机响了，他打开手机，手机里出现一个不熟悉的声音："是阳所长吗？"

"是呀！你是谁？"

"我是……是你的客户，你有空吗？请你出来我们聚一聚好吗？"

“你有事在电话里说吧！我家里有事出不来。”

“这……谭会计师，还是你来说吧！”欧阳明听到电话里传出他们谈话的声音。接着电话里传来谭建业的声音：“阳所，是这么回事，还是上午那家公司，他们还是要我们做，他们李总想约你出来见见面，喝喝茶。”

欧阳明一听，气就不打一处来，这个小谭，明明交待了不能做，他偏偏还揽这桩事。他怕阿美听见为他操心，便把厨房门关了，对着手机吼道：“小谭，你搞什么鬼，我明明说了不能函证就不做！”

谭建业说：“阳所，情况可能不是你想像的那样，你过来一下嘛！”

欧阳明说：“不行！我爱人病了，我离不开。你跟他们说，若是同意函证就将北京的地址告诉我们，若不同意，就说明其中有鬼，更不能做。”

这时对方有人抢过手机，只听手机里有人吼道：“欧阳明，你不要敬酒不吃吃罚酒，你一个所长有什么了不起，懂味的你赶快过来，我们还是朋友，我派车来接你，你不来，小心老子做了你。”

欧阳明一听，心里不觉震了一下。事务所开办这么多年，还没有碰到过这种客户，如此霸道，分明这宴是鸿门宴，绝对不能去。这更说明这宗业务做不得。他回答说：“喂！老兄你是哪位？请客有这么请的吗？我不去还要做了我，那就来做吧！”

接着又有人抢过电话：“阳所，你别听他的，他小子不懂事，火气大。我们也没别的意思，就是关于我们验资的事，想请你过来聊一聊，你指示！我们就照你的做。”

欧阳明听对方是一种截然不同的态度，也缓和了口气说：“对不起，今天实在是我爱人病了离不开。怎么做谭建业很清楚，你和他商量好了，万一不行，明天来我办公室谈好吗？”

对方没有说话，“啪！”地一声将手机关了。

阿美在房内喊道：“阳明，什么事呀？我不要紧的，你尽管去好了！”

欧阳明打开厨房门，走到阿美床边，轻声说："不要你操心，你好好休息，我会安排好的。"

阿美说："若是我拖累了你，那真不该的。"

欧阳明说："你放心，不是你拖累我，我不能去，倒是你的病帮了我的忙，使我有了借口。"欧阳明冲阿美神秘地笑笑。阿美见欧阳明笑得很开心，她脸上也漾开了美丽的笑靥。

第二天上班时候，欧阳明越想越觉得这桩业务奇怪，他问朴雪谭建业来了没有？朴雪说刚才谭建业来过电话，说有宗业务要去联系，不到所里来了。谭建业不在，欧阳明便打开书柜，从柜中取出一本厚厚的全国电话号码簿。他通过查电话号码本查到了北京隆科公司的号码，也查到了它的详细地址。他先给北京隆科公司挂了电话，接电话的回答说："这事我不太清楚，你打电话问我们董事长。"接着他告诉了董事长的电话号码。欧阳明又拨通董事长的手机，把情况简要说了一下。董事长听后说："是有此事。我全权交给郝志道在办。"

欧阳明不觉呵了一声："呵！原来是这样。不知您知不知道？金阳子公司以一千五百万元出让了。"

董事长有点吃惊地说："这么便宜？我只知道他们在卖公司，具体情况他们还未向我汇报，不知道卖得这么便宜。"

欧阳明问："你给郝志道签了法人委托书吗？"

董事长："签了。"

欧阳明："难怪，如今正式成交了，他们已在办验资手续。"

董事长问："您贵姓？该怎么称呼您？"

欧阳明说："免贵姓欧阳。是黎明会计师事务所的所长。"

董事长问："呵！欧阳所长，您有什么指教？"

欧阳明说："指教倒谈不上，我是觉得那份收购合同很可疑。这叫什么收购，简直是掠夺！董事长！您不觉得有什么问题吗？"

董事长说："这……看来是有点问题。您说该怎么办呢？"

欧阳明说："董事长，我想问一个不该问的问题，为什么金阳子公司过去年年盈利，近几年会年年亏损？你们分析过原因没有？”

董事长说：“欧阳所长，这事说来惭愧，我们家大业大，真有些管不过来，像金阳子公司在我们公司只是个小兄弟，只能算个零头。过去这家公司领导闹矛盾，我们无法解决。后来我们招聘了一个能人郝志道，矛盾是没有了，可是年年亏损，问起来各种原因一大堆，不知道哪些是真？哪些是假？”

欧阳明说：“董事长，我想再问一下，不知金阳子公司这几年的会计报表审计过没有？”

董事长说：“郝志道说公司很困难，为了省几个钱，就没搞审计了。”

欧阳明说：“恐怕问题就在这儿，我们搞会计的知道其中有许多的诀窍。”

董事长说：“哦！是这样。”董事长停了一下，大概在思考什么。接着他说：“谢谢你！欧阳所长，我会通知金阳子公司暂不执行收购合同，我想请你们对金阳子公司近几年的账务进行审计，待审计以后再说，你看行吗？”

欧阳明说：“为慎重起见，理应如此。”

董事长说：“好！待我们研究一下，我会派人来和你联系。”

欧阳明谦恭地说：“行！有用得着的地方尽管吩咐。”接着欧阳明告诉了对方几个联系电话和详细地址。他放下电话，心中很久不能平静。他想若是真如自己所料，实际上是神州大酒店想通过一份收购合同，把这上亿元国有资产给吞了，那问题可就大了。他想表面上看这家子公司亏空较大，可谁能保证不是人为做出的亏损呢？欧阳明还只认为他们在账上做了手脚，他还不知道背后的深刻复杂背景。如今这些人胆子大得很，只要有利可图，什么事都做得出来。他正思绪万千，朴雪过来问：“阳所，美姨病了？”

欧阳明说：“没事，血压高了一点。你千万不要大惊小怪，搞得这个去看，那个去看。”

朴雪说：“我去一下总可以吧！”

欧阳明说:"你也不要去,等会儿我还有重要事情交你办。"

朴雪问:"什么事?"

欧阳明打了个哑谜说:"暂时不说。"

朴雪说:"你要不说我就暂时请假。"

欧阳明问:"干什么去?"

朴雪以牙还牙说:"暂时不说!"

欧阳明嗔怪说:"哪有请假不说明原因的?"

朴雪说:"宪法都规定公民有隐私权呵!难道你要侵犯人权?"

欧阳明说:"行了行了。我可不愿犯法。是谈朋友了吧?你这个年纪是该谈一个了。去吧去吧!"

朴雪佯装生气说:"阳所,你不要乱讲啊!我什么时候谈朋友啦!你要误传出去,害得我嫁不出去,你可要负责啊!"

欧阳明只好以表示歉意的口吻说:"好啦好啦!又是犯法又是要负责任,我可担待不起。对不起,我不问了行不行?"

朴雪扑哧一笑,一溜烟跑了。

朴雪三十多了还未婚配。欧阳明心中着实有些着急。四年前当谭建业刚到所里时,欧阳明就动了这个念头,把朴雪介绍给他。他想虽然朴雪比谭建业大两岁,但他是大学本科毕业,又是注册会计师,跟朴雪还是般配的。当他个别跟谭建业隐约提起此事时,谭建业欣然同意。后来欧阳明又跟朴雪提此事,朴雪也未置可否。以后谭建业就主动接近朴雪,两人一起上过公园,下过馆子,也跳过几次舞。两人虽未明确恋爱关系,但是朝这方面发展。可是后来发生一件事叫朴雪彻底打消了这个念头。

那天下班时,谭建业对朴雪说:"朴姐,晚上我要出一个报告,你帮我找一份档案好吗?"

朴雪点头同意。

吃过晚饭,朴雪按时到了办公室。谭建业已在等候她。他叫朴雪找出一份档案,然后对朴雪说:"我这报告明天上班客户就会来取,你帮我打出来。"

朴雪见是客户急需的报告,二话没说,便坐到电脑前打报告。

谭建业站在朴雪背后看她打字。朴雪身上的一股香气直扑谭建业面门,叫他精神恍惚,想入非非,真有点把持不住。于是他的手不自主地搭在了朴雪肩上。朴雪正在全神贯注地打字,对谭建业的举动未加抗拒。

谭建业见朴雪未加抗拒,便将手伸到了朴雪的胸部。

朴雪一惊,挥手打开谭建业的手,忽地站起来斥责道:“小谭!你要干什么?!”

谭建业有点不好意思,低下了头。忽然他像条发情的公狗猛地抱住朴雪,发疯似的叫道:“朴姐,我真爱你!我是真心爱你的!”一边说着,一边抱住朴雪狂吻。

朴雪气急,竭力挣脱谭建业的拥抱,对谭建业吼道:“谭建业,你干什么!你把我当什么人了?请你放尊重点!”

谭建业见朴雪如此抗拒,顿时恼羞成怒,他对朴雪吼道:“你……你……我知道你心里根本没有我,你心里只有欧阳明!”

朴雪一听,更是怒火中烧,“啪”地甩了谭建业一记耳光,骂道:“你这混蛋!流氓!”接着她不再打什么报告,丢下谭建业扬长而去。

这晚,朴雪彻夜未眠。谭建业吼的那句话,是她心中藏着的秘密,可是从谭建业口中吼出来,她觉得这是对她感情的最大亵渎,所以怒不可遏,挥了谭建业一记耳光。可是回到家里躺在床上时,她却无法抗拒地想起了这句话。

是的,自从欧阳明把她从洗车房招到所里,自从欧阳明对她关怀备至,时时培养,让她获得了学历,获得了职称,获得了资格,成为一个有身份、有能力的人,她无时不对欧阳明深怀感激之情。欧阳明的为人,欧阳明对事业的敬业精神,对别人的关怀宽容,还有欧阳明对他夫人的那种真挚感情,都使她对他十分敬重,油然而生一种爱意,令人难以忘怀。可是她又多少次地否定自己,这怎么可能?!人家有着和睦的家庭,他简直就是自己的父亲,我怎么能产生这种胡思乱想。可是她越是否定自己,对欧阳明爱得却越来越深。但是她从来没有向欧阳明表露过这种感情，也从未向任何人讲过这种感情,这是深深埋藏在她心中的秘密。今天她的秘密突然被谭建业吼了出来,她感到又羞又愧,同时对谭建业产生了十分厌恶之情。

朴雪一夜辗转难眠。她明知道这是一种毫无希望、毫无结果的感情,可是她仍然希望他能走进她的梦境。就这样她一直思念到天明。

刚才欧阳明和她说起谈朋友之事，虽然她口头上很轻松地和欧阳明调侃，其实她心里很苦，也很伤痛。阳所，我哪里是去谈朋友,你怎么才能知道我的心？她心事重重地离开欧阳明之后,到超市买了点水果和营养品,打的到了欧阳明家。她敲了两下门。阿美起身开了门。阿美见是朴雪,她忙说:“是朴雪,快请进!”说话声有点有气无力。

朴雪见阿美头发蓬松散乱，衣衫不整，显然是刚从床上起来，便说:“你快躺下!”阿美进屋要倒茶,朴雪忙说:“我自己来,你快躺下啰！美姨你平素不生病,怎么一病就病成这样？”

阿美只好仍旧躺到床上，一边说:“也没什么，就是血压高点，医生说吃了药,休息几天就会好的。”

朴雪关切地说:“美姨，血压高可不是好事，要多注意，尤其要休息好,累不得。”

阿美说:“是啰,这下不能照顾他,反成他的累赘了。”

朴雪从带来的水果中拿起一只苹果到厨房洗了。她坐到阿美床边用水果刀一边削着苹果一边说:“你也不要太着急了，你不能照顾阳所,还有我们嘛!有事你只要吱一声我们就会来的。”本来朴雪是想讲你不能照顾阳所还有我嘛!她怕阿美多心,便在我字后面加了一个们字,这样就没有暴露她的心思,也表现出全所同志对欧阳明的关心。

阿美是个很单纯的人,她根本没有往邪念上想,她说:“是该谢谢所里的同志对他的关心。我又不能常跟他在一块儿,家里的事情我可以照顾他,外面的事情可得靠你和大家多关心了。”

朴雪说:“这个当然,我们都会尽力的,你放心好了。”

说到这儿,阿美细心地问:“朴雪,有件事我搁在心里放不下。昨天我听他和别人打电话,隐隐约约听到有人说要做了他,所里到底发生了什么事呀?为什么要做了他呀?”

朴雪闻言大吃一惊,她根本不知道有这等事。这两天阳所为隆科公司的验资和谭建业发生了争执,怎么会说出要做了他之类的话呢?一时间她真是坠入五里雾中,但她不好和阿美说出自己的疑虑,甚至她还不能把欧阳明和谭建业发生争执的事告诉阿美,那样将更添她一份担心。她只得说:“所里没发生什么事呀!可能是你听错了吧!”

阿美说:“是呀!我也在怀疑是不是我太多心了,把话听错了。”

朴雪说:“肯定是你听错了。来!把这个苹果吃了!你生着病还这么关心阳所,阳所真是有福哩!”

阿美说:“你吃,我不想吃。”

朴雪说:“我要吃自己再削嘛。你吃吧!多吃水果对你的病有好处。”

两人推让一会儿,阿美只好接过苹果放在枕边。接着两人又闲扯了一会儿。终究朴雪心里有事,她要赶紧回所去把这个情况落实清楚。最后她对阿美叮咛几句就起身离开了阳家。

回到办公室,欧阳明正在看报告。朴雪在他对面坐下来盯着他半天没有说话。欧阳明觉得奇怪,问道:“有什么事吗?”

朴雪见问,这才埋怨说:“你呀!这么大的事还藏在肚子里,真出了事怎么办?”

欧阳明问:“什么事呀?这么神秘兮兮的。”

朴雪说:“有人要做了你,你还神秘兮兮哩!”

欧阳明故作惊讶说:“谁呀!谁有这个狗胆?”

朴雪说:“你自己不告诉我,倒还问我。”

欧阳明猜想朴雪定是去了他家见了阿美，阿美听到昨天的电话了。这还了得，阿美向来胆小，一定会为他担心死了，便着急地说："你到底还是去了我家，真不听话。阿美她给你说了些什么？"

朴雪知道欧阳明定是为阿美担心上了，便故意跟他怄气说："你不说我也不说。"

欧阳明说："没什么事，有一个混蛋在电话里威胁我，说若是不去赴宴，他就要做了我。"

朴雪气愤地说："这是什么话？请客哪有这种请法？"

欧阳明说："是为谭建业做的那份验资报告。要我去会面肯定是做我工作。简直就是鸿门宴，你说我能去吗？"

"也是。可把美姨担心死了。"

"你给她说什么了，没火上加油吧？她胆子小，最听不得这些事。"

朴雪说："你以为我会傻到这种程度。我说绝对没这种事。是她过多地担心昏昏沉沉听错了。后来她自己也说可能是听错了。你放心好了！不过真要有这种事你可得小心，如今这些人什么事都做得出来。"

欧阳明说："好好！别啰嗦了，去干你的事吧。"

朴雪又问："你说要我去干重要事，是什么事呀？"

其实并没什么重要事，欧阳明想阻止朴雪去探望阿美才这么说的。现在朴雪一问，倒把他问住了。欧阳明脑子一转，忽然想起一事，这事倒真是一件大事。他对朴雪说："你去趟F局，问一问刘正国的案子怎么样了，总不能长期将人这么拖着，现在要刘正国办的事正多着哩！"

"好！"朴雪答应着："我先打电话问问，那位酒鬼局长说过有事就找他，看他能不能帮忙？"说着她拨了个电话，可是电话里说："对不起，您拨的是空号，请查正后再拨。"朴雪生气地磕上电话，骂了一句："这老滑头，留个空号给我！我到F局去找他。"说着朴雪匆匆走了。

朴雪匆匆来到F局，除了询问刘正国的事情外，她还有一个打算，就是要把人家对欧阳明的威胁向F局报案，请求F局保护。

朴雪到F局的副局长办公室，危局长正襟危坐坐在那儿，见朴雪进来，忙起身相迎。

朴雪见面便问："危局长，你好！还认识我吗？"

危局长："认识认识，女中豪杰，怎么不认识，请坐！"

朴雪在危局长对面一张木沙发上坐下。危局长叫道："小黄，倒杯茶来！"

门外小黄应声，不久一杯热茶送到了朴雪面前。

危局长问："朴小姐，今天是什么风把你给吹来啦？"

朴雪说："当然是无事不登三宝殿喏！是阳所派我来问一问刘正国的案子调查得怎么样啦？"

危局长说："你是说那桩诈骗案！好，我叫刑队长来一下，他最清楚。"说着他拨了一个电话："刑队！你过来一下。"

危局长拨完电话，便与朴雪亲热地攀谈起来："小朴，最近还好吗？"

朴雪说："托您的福，好着哩！"

危局长说："你可是越长越漂亮了，像你这种又有才又有貌，办事干练泼辣大方的女同志真难找哩！"

朴雪半开玩笑半认真地说："危局长如此看重我，何不将我招到您的麾下。"

危局长："敢情好！只要你愿意，明天我就给欧阳明说，先把你借过来。"

朴雪佯装着急说："那可不行！要来就正式调过来！"

危局长认真了，接着却又面露难色说："行！可是……还得弄个编哩！"

朴雪扑哧一笑，说："我说你是假心假意嘛！那个编那么好弄，算了！你有事打一个电话我就来了。"

危局长像解了围似的说："好好好！你真厉害。我还担心你这样的角色来了，会把我的副局长位子给夺了！”

朴雪仍开玩笑说：“那也说不定啊！”停了一下，朴雪转为认真地问：“危局长，我要向你报个案哩！”

危局长也严肃起来说：“你说！”

朴雪说：“有一家公司要验资，因为有一些原因，阳所长不同意验，有人就威胁说要做了他，不知你有办法帮忙不？”

危局长说：“有这等事？是什么人？”

朴雪说：“我正在查。”

危局长说：“行！保障人民生命财产安全，这是我们的职责，我给你们那里派出所说一下，要他们注意这方面动向。你也把查到的情况随时向我报告。”

朴雪感激地说：“好！”

正说着，刑队长进来了。

朴雪立即起身打招呼：“刑队长，你好！”

刑队长说：“好！好！请坐！小朴，你是来问刘正国的事吗？”刑队长单刀直入地问。

朴雪说：“是呀！可以解冻了吗？”

刑队长说：“我正准备通知你们，可以解冻了。”

朴雪问：“那个诈骗犯抓到了吗？”

刑队长说：“诈骗犯还没抓到，那位代他办营业执照的代理人我们找到了，通过调查，刘正国的确与诈骗犯无任何关系，也未收他任何东西。”

朴雪说：“明镜高悬，明镜高悬。我代表阳所长，不！我代表黎明会计师事务所谢谢你们！”

刑队长说：“明天，你把那八万块钱保证金领回去。”

朴雪说：“嗯！”说着她起身欲走。

危局长叫住朴雪：“小朴啊！来！坐下！我跟你商量个事。”

朴雪不知又有何事，慢吞吞坐下。

危局长：“小朴啊！如今我们办案经费很紧张，你们会计师事务所是有钱单位，能不能给赞助一点。”

朴雪可为难了，刚才她还满心高兴，满怀感激之情，如今突然提出这个问题，一下让她掉进了冰窟窿。她脑袋里轰地一声一时做声不得。稍许她喃喃说：“此事……此事还得阳所点头。危局长，请原谅我，我们小老百姓一个，做不了主的。”

危局长说：“嗨！谁不知道你在阳所长心中的分量，只要你同意了，八成就行了，好！你去和阳所长商量商量，我可不是强拉强要，可你们也需要我们保驾护航啊。”

朴雪不好再说什么，她悻悻地离开了危局长办公室。回到所里，她向欧阳明汇报了此事，不料欧阳明听后哈哈一笑：“行！给他四万吧！我们能拿回四万也算不错了。明天你要他们开张收据吧！”

朴雪有点莫名其妙地望着欧阳明，她不相信阳所长会如此慷慨。可是她见欧阳明高兴，她自然也高兴了。

下班时，朴雪意外地邀请谭建业去跳舞。自从那晚不欢而散之后，两人再也没有单独接触过。第二天谭建业给朴雪发了一条短信，要求原谅他的鲁莽，其实是因为爱才产生如此冲动。可是朴雪仍不原谅他，而且更加鄙视他。朴雪不再理谭建业。谭建业见她那神圣不可侵犯的凛然正气，真是惧怕三分，再也不敢轻易邀她。可心里对朴雪仍然须臾放之不下，只是由于朴雪那种凛然正气使他不再敢轻薄，其实他心里对朴雪渴求日盛。今天朴雪主动邀他跳舞，这使谭建业真有点受宠若惊，兴奋不已。吃过晚饭，他将自己着意修饰打扮一番，然后早早来到“梦巴黎”门口等着朴雪。刚过八点，朴雪来了。朴雪并未着意打扮，却仍然像出水芙蓉般显得高雅出众，引人注目。朴雪是那种追时髦而不显流俗，爱打扮而不显风骚的姑娘。两人见面后会心地笑一下，便一同走进舞厅。舞厅里音乐早已响起，进去后两人便下舞池跳了第一支曲子。

谭建业一边跳舞，一边对朴雪说：“朴姐，你能原谅我，我真高兴极了。事后我后悔不已，我真是个猪狗不如的混蛋。”

朴雪根本不想提起这种事，她极不耐烦地说：“别提了！”

当第二支曲子响起时,朴雪遇到了一个熟人,那人主动邀朴雪跳舞,朴雪只好将谭建业晾在一边,跟熟人跳了一曲。

第三支曲子是慢四,朴雪主动地邀了谭建业。跳舞间,朴雪很随便地问:"小谭,你说那些威胁阳所的人到底是些什么人?"

"你问谁呀?"谭建业反问道。

朴雪说:"你别装糊涂,听说那天打电话时你和他们在一块儿。"

"哦!是那些人!那是个二百五,你别听他的。"谭建业说。

"我听说他们涉黑,有这事吗?"朴雪试探着问,她想套出谭建业的话来。

"他们涉不涉黑我不清楚。但我得说一句,他们这帮人势力很大,我们最好不要惹他们。"

朴雪一听,觉得有点门,但不知谭建业陷进去没有?陷了多深?便说道:"小谭啊!听朴姐一句话,如今社会很复杂,你的脑子可得放清醒一点呵!"

谭建业见朴雪对她如此关心,内心感动极了,尤其是朴雪在他耳边如此温柔悦耳、亲切若姐地说话,这是破天荒头一遭,尽管在那嘈杂的音乐声中,他都感到这是天籁之音,使他兴奋不已,激动不已,他恨不得立即将朴雪搂在怀中,可是在灯光照射下,众目睽睽之中他终究不敢造次,但是他心里像有一块蜜在溶化。他亲切和蔼地回答说:"谢谢你!朴姐!我会注意的。"

两人没再说话,随着那轻快的舞步又跳完了一曲。坐到座位上后,朴雪又问谭建业:"你说那验资到底能做不能做?"

谭建业说:"我看可以做,可阳所他……"谭建业自知失言,戛然止住。

朴雪说:"小谭,尽管我们有不同意见,我们都得维护阳所这杆旗,要是他这杆旗倒了,我们这个所就完了。"

"嗯!"谭建业点了点头,可是他心里却有好些醋意。朴雪如此关心欧阳明,他心里难以忍受。可是转念一想,她可能纯粹是为了工作,如此他心里才好受一些,接着他想起了一件事。

通过朋友介绍，谭建业认识了北京隆科公司金阳子公司的财务总监吴有才。那天晚上，吴有才约谭建业到水上威尼斯茶楼见面。

晚上七点半,谭建业如约到了水上威尼斯。他进门右拐,进了君山银针包厢。吴有才早已在等候他了,在另外一张沙发上还坐着一个人。

谭建业进门叫了声:“吴总你好！”

吴有才说:“你好！小谭,我来介绍一下,这位是我们副总经理韦一鸣。”

谭建业与韦一鸣握手:“韦总好！”接着他递过自己的名片。

韦一鸣接过名片瞟了一眼。说:“坐！坐！请坐！”

谭建业在韦一鸣对面的一张小沙发上坐下。韦一鸣递给他一支烟,谭建业摇手谢绝:“对不起！不会。”韦一鸣见他不抽烟,自己将烟叼到嘴上,“啪!”地一声打着打火机。他深深吸了一口,长长地吐出一个烟圈。看模样他是个吸烟的老手，也是个经济场中的老手。

吸了几口烟,韦一鸣缓缓说道:“谭会计师,我们想验个资,难吗？”

谭建业说:“不难,只要你资金真实,资料准备齐全,那只是一个多小时的事。”

韦一鸣问:“哦,我们不是新设公司验资,我们是想变更一下股东,容易吗？”

谭建业说:“按照工商局的规定,如果是光变换股东,不需要验资。你们股东之间互相办好转让协议，直接到工商局去办变更得了。”

韦一鸣又问:“如果我们想验一下资呢？”

谭建业一听,心想这是送上门的业务,有钱哪能不赚呢?便说:“要验当然可以啰！那就是多付一笔验资费啰！”

韦一鸣说："验资费好说，就是要有法律效力。如果能办成我会重重谢你！"

谭建业一听，心里就高兴了，忙说："我们会计师事务所专门做这个事，出的报告都是有法律效力的。明天你上我们所里来跟我们所长谈。"

韦一鸣停了一下，好像是一首歌曲出现了一个休止符号。他又深深吸了口烟，吐出一个烟圈，深藏不露地说："谭会计师，暂时我不想惊动你们所长，你能不能帮我们办好？"韦一鸣把话说得很隐晦。

谭建业为难了，但他又不想放弃这笔业务，因为事务所的奖金是与创收挂钩的，他迟疑着说："这……"

韦一鸣说："刚才我说了，办成了我会重重感谢你，你不相信的话，我们可以先付一半，说着他朝吴有才使了个眼色，吴有才打开皮包，拿出一叠票子摆在茶几上。

韦一鸣说："这是一万元，你先拿去，验成了，我再给两万元，验资费另算。"

谭建业看着厚厚一沓票子，心里矛盾得很。他想他为什么要花这么大的代价来验这个资，其中肯定有诈。可是如果不给他办，眼看着厚厚的一沓票子不能到手，这岂不是一种莫大的遗憾。后来，他想如今搞假验资的多得很，何况他是本来不需验资的验资，谅他风险再大也不怎么样，于是狠下决心说："好吧！你们先把情况说一说吧！"

韦一鸣说："吴总，你说吧！"

于是吴有才把他们变更股东的详细情况说了，当然也就是前面欧阳明猜测的那个情况，谭建业一听是国有资产变为私人资产，首先应该改制，然后验资。可是他们想跳过改制这一关，以一份收购协议来变更股东和所有制，这风险可就大了，但他心想搞成了就是三万元，这诱惑太大了。于是他为利益驱动，大胆地签了业务委托书，不想一桩美事被欧阳明卡了。谭建业很丧气，韦一鸣很恼火，他的手下的确威胁过欧阳明。今天朴雪问到这事，他岂能将真相告诉她。他想，是欧阳明妨碍了他，使他到手的三万块钱落了空，真发生这种事，也是他欧阳明活该。

这时舞池的灯光渐渐暗淡下来，最后完全黑了下来，舞池里漆黑一团，谭建业觉得机会到了，伸手欲抱朴雪，朴雪非常生气，她想自己本是一番好心劝他，不想他会存此邪念，她用力将谭建业一推，跺了一脚，提前离开了舞厅。

走出舞厅，朴雪心情十分沉重。她知道谭建业并未说出真实情况，但“他们的势力很大，我们最好不要惹他们”这句话给朴雪心中打上了深深烙印，她预感到一场危机已慢慢向欧阳明逼近。阳所说“山雨欲来风满楼”，恐怕这才是真正的山雨欲来呢！

即使天塌地陷，我也要把这场审计审到底

——欧阳明的心声

第六章

欧阳明在上班路上接到郭安娜打来的电话。在电话里郭安娜说:“阳明，又有好久不见了，身体还好吗？”

欧阳明回答:“好！谢谢你的关心。”

郭安娜说:“谢什么，我们老同学，我不关心谁关心，喂！你们所里有个叫谭建业的注册会计师吗？”

欧阳明回答说:“有呀！他是我们审计二部的主任。”

郭安娜说:“你知道他是谁吗？……他是谭德光的侄儿。”

欧阳明有点吃惊地说：“难怪我觉得他像谭德光，你怎不早说呀？”

郭安娜说:“我怎么好说哩！我怕人家说我搞裙带关系呀！”

欧阳明说:“你今天告诉我又是什么意思呢?”欧阳明问得十分直率，他最恨拉关系走后门，可是如今没有关系却是寸步难行。

郭安娜:“你说啥意思呢？我说你这人呀！真是茅坑里的石头，又臭又硬。告诉你吧！谭建业对你有意见，说你压制他，他不想在你们所干了，他昨天找了我要转所。”

欧阳明一听谭建业要转所，内心正中下怀，他对谭建业的工作早就不满意了。他对着电话说:“他要转所那不是你一句话！”

郭安娜抢过话说:“喂！阳明，你可要团结大多数啊！人家到处挖注册会计师，你倒好，这么轻易就把注册会计师给放了。我告诉你，哪一天你们所的注册会计师达不到法定人数，小心我撤你的所！”

欧阳明说：“天要下雨，娘要嫁人，他要转所我有什么办法？”

郭安娜：“阳明，你不要伤脑筋了。昨天我给你做了工作，叫他不要转所，还是留在你们所。阳明，你不看我的面子，你可要看死鬼的面子啊！”

欧阳明无话可说，郭安娜这句话刺正了他的心。若是他真不关照谭建业，那真有点对不住死去的好友谭德光。他在鼻子里哼了一声：“嗯！他不转我不会要他转的！没其他事吧！”说着他挂上了电话。

刚到所里，总会计师老孟和三个注册评估师走进办公室，欧阳明奇怪地问：“怎么回来了，没找到人？”

昨天欧阳明交待孟总带三个评估师去金阳棉纺厂搞评估，金阳棉纺厂的财产要拍卖。没想到他刚去不久就回来了。

老孟说：“我们连门都进不了！”

欧阳明很奇怪地问：“怎么回事？”

老孟说：“金阳棉纺厂的门被封了，围满了工人，人山人海。他们打的口号是誓死保卫国有财产。”

欧阳明这才明白是出事了，不觉“啊！”了一声，他叫朴雪：“朴雪，咱们开车去看看！”

朴雪闻言，一声不响下楼去发动汽车。不一会儿，欧阳明和朴雪驱车来到金阳棉纺厂门口。只见金阳棉纺厂门口人山人海，工人们已把厂门堵了个水泄不通。他们怕人堵不住，又推来两部破汽车把门堵个严严实实。这样一来星星纺织厂的领导和工人都上不了班，机器开不起来，哑巴了！整个厂区一片寂静。

在厂门口，凌空挂着一条横幅，上书：“誓死保卫国有资产！”欧阳明停车刚探出头，就有人大喊：“就是他，就是他带人搞的破产！”吓得欧阳明不敢下车，朴雪连忙掉转车头一溜烟走了！

一路上，欧阳明心里难受极了！虽然这破产不关他的事，但至少他做了帮凶。回到事务所，办公室里已经有人在等他。他一进门，客人们便站起来，正在陪客的孟总介绍说：“这就是我们的阳所长。”

欧阳明一一与客人握手：“各位好！”一边问：“你们是……”

孟总忙介绍：“他们是隆科公司的，来请我们搞审计。”

欧阳明一听，忙说：“好呀！隆科公司？是不是北京隆科公司？”

客人中的一位说：“我们是北京隆科科技发展有限公司的，我们方董事长派我们过来，一来是要我们代表隆科公司向阳所长表示感谢，二来想请你们对金阳子公司的账务进行一次彻底审计。”说着，他送过一张名片。

欧阳明接过名片，瞟了一眼，见他挂了一个副总经理的职，他也递过一张名片，然后说：“张总，这很好呀！谢谢就不必了，那是我们应该做的嘛！朱总理给我们注册会计师定的位是不拿工资的经济警察。我们发现这种事，当然应该履行警察的职责。”欧阳明接着问：“但不知这次审计的目的与作用是什么？”

张总说：“自从您和我们方董事长通过电话后，引起了我们公司高层的高度重视，特派我来请阳所长帮我们把金阳子公司最近五年来的账务彻底清查审计，看到底是真亏还是假亏。”

欧阳明：“行！这是我们义不容辞的事情。”

张总说：“我知道你们是经营单位，有偿服务，收费问题就按你们标准算。我们方董事长还说，审计好了，我们还要重重感谢你们。我们公司对阳所长发奖金。”

欧阳明忙说：“那倒不必！按标准应该一年收三万五，五年是十七万五千元。”

张总说：“行！只要按标准算，这没有话说。”

接着双方在预先准备好的统一格式的业务约定书上签了字。欧阳明要留客人吃了饭再走，客人见时间尚早，坚持不肯，欧阳明只好送客。

这天晚上，欧阳明刚吃过晚饭，不一会儿手机响了。欧阳明打开手机，电话里传出谭建业的声音：“阳所长，我这里有一个客户，他说非要跟你谈不可，你能过来一下吗？”

欧阳明问：“什么业务？”

谭建业说：“我也不太清楚，他说硬要跟你谈。”

欧阳明心想，这小谭又搞什么鬼，自从上次郭安娜跟他打过招呼之后，虽然他口头上没有承诺郭安娜什么，但实际上在心里对谭建业有点另眼相看了。听他说接到了业务，自然不好不给他面子，便问：“在什么地方？”

谭建业说：“在水上威尼斯。”

欧阳明说：“好吧！我十分钟后到。”

十分钟后，欧阳明开车到了水上威尼斯茶楼。他按照谭建业说的地点找去，却不见谭建业的影子。他拿起手机拨谭建业的手机，手机却关机了。他在心里骂道，这个鬼东西又在玩什么鬼？他正准备返身离开，一个大腹便便的中年男子拦住他说：“是阳所长吧！幸会幸会！”

欧阳明觉得奇怪，此人从未谋面，怎么认识他是阳所长。可是他转念一想，这事也不怪，如今业务做宽了，大小单位去得多了，也就成了一个小小名人了。于是便伸手和他握了一下，问道：“您是……”

中年男子说：“我是无名小辈，无足挂齿，这里有位先生要会您，请您赏光。”说着他手指一个包厢，欧阳明心想，这大概就是要和他谈业务的人吧！该死的谭建业到哪儿去了？他只好按那中年男子手指的方向进了一间包厢。推开门，只见里面坐着一男一女，见欧阳明进门，连忙起身让座，说道：“阳所长，请坐请坐！”

欧阳明在一张沙发上坐下，主人吩咐服务小姐：“沏壶上等的人参乌龙茶，再上四个碟子。”

服务小姐走了，不一会儿服务小姐进来，端上一只紫红色的紫砂茶杯，里面冒着热气，她把茶杯放在欧阳明面前，然后摆上四碟茶点，却是腰果、大红炮、瓜子之类。

主人启口说道：“阳所长很忙啊！真不好意思，晚上还惊动您的大驾。”

欧阳明说：“别客气，你有什么事就说吧！吃我们这碗饭，白天黑夜接着干是常事。”

主人朝那坐在一旁的小姐一使眼色，小姐提起一个提箱放在桌上，主人对欧阳明说：“这里有一点小意思，请阳所长笑纳！”

欧阳明心里吃了一惊，他想这箱里至少有几十万吧，他们送这么重的礼，意欲何为？便问：“无功不受禄，对不起，实在不敢收！你们有什么业务要做，就直说吧！只要我帮得上忙，一定帮忙。”

主人说：“那好！阳所长快人快语，有你这句话就好！听说你们在审金阳子公司的账，我受人所托叫我拜托阳所长多关照关照！”

欧阳明一听，顿时警觉，在心里说道：“哦！原来是为了这事，我们审计还未开始，就有人找上门了，看来这事肯定有蹊跷，我得多长一个心眼。”他在心里这样说着，心想我倒要摸摸他们的底细，便问：“您是……”

主人忙说：“不足挂齿！不足挂齿！我也是受人所托，其实与我一点关系都没有。阳所长若肯帮忙，就请你将它收下，日后还有重谢。”

欧阳明说：“你不说个来龙去脉，清楚明白，我怎好帮这个忙呢？”

主人说：“刚才我已把话挑明了，阳所长是‘洞庭湖的麻雀，久经风浪’，肯定是个明白人，何须我多说呢？”

欧阳明想套出他的身份，又问道：“你在哪家公司或者是哪个部门工作？”

主人说：“这更没必要了，我想您不是第一次做这种交易了吧！其中的规矩您难道不懂？”

欧阳明说：“我的确不懂，这样吧！既然你什么也不说，我也什么都不敢做了，你还是留着自己花吧！”说着欧阳明起身欲走，主人忙拦住说：“阳所长，请坐下，我们有话好商量嘛！”说着他打开提箱，提箱里是白花花一箱票子：“阳所长，难道世界上有不喜欢钱的？办好了，他们还有双倍。”

欧阳明拱手连声说：“谢谢，恕在下无福消受，告辞！告辞！”说着，他不顾阻拦，夺门而出。

坐到车上，欧阳明的心还在扑通扑通地跳。他想，的确是没有不爱钱的，可是“君子爱财，取之有道”，如此横财，必遭横祸，尤其是注册会计师，有职业道德管着，有《注册会计师法》管着，各种准则管着，岂能乱来，稍有乱来，就要负法律责任。可是拒绝了他们，是否就了结了这桩事呢？看来并不会这么简单。敬酒不吃吃罚酒，他们会不会对我采取什么行动？欧阳明心中又蒙上了阴影。

回到家，阿美见他情绪不正常，心里也有些着急，他们夫妻间有着一种默契，一种心灵感应。于是便追着问道：“出什么事了？”

欧阳明不愿阿美同他一块儿担惊受怕，便说：“没什么，别这么疑神疑鬼的。”

过了一会儿，朴雪打电话过来问他上哪儿去了，并嘱咐他出门一定小心，她隐隐感到有种危险在向欧阳明逼近，但她并没有将与谭建业交谈的情况告诉欧阳明。欧阳明怕朴雪为她担心，也没有告诉她去水上威尼斯的事，但听朴雪这么一叮咛，联想到水上威尼斯的情形，心上便更添了一层阴影，朴雪叫他出门注意一点，难道她也听到了什么风声？明天可得好好问问，还有谭建业，这家伙搞什么鬼？约他去谈业务又不见他人影，明天可得好好剋他一顿。想着这些，欧阳明在床上辗转难眠。待他刚刚入睡，时针已指向早上六点。阿美不忍叫他，她知道昨晚他有心事没有睡好，她也陪着一晚没睡好。但是她知道欧阳明的脾气，此时若不叫醒他，让他迟到了，肯定会有一顿好埋怨。当时针指到七点半，她不得不叫醒他。欧阳明起床一看，已经是七点半了，不免大吃一惊。他赶紧漱洗穿衣，连阿美给他准备的早点都来不及吃了，抓了两个馒头便出了门。到办公室时正好八点，朴雪走过来开玩笑说：“昨晚过夜生活去了？嘻嘻！”

欧阳明横了她一眼说：“过什么夜生活？！我被气昏了，谭建业来没有？”

朴雪说：“来了，刚才我看见他在楼下。”

欧阳明生气地说：“你去把他叫来！”

朴雪说：“好！”说着便下楼去了。一路上她在心里琢磨，发生什么事了？这么大的火气，是不是与她那晚跳舞有关？她不便多问，领导心中的事，多问显得她管得太宽，太放肆了。朴雪什么事都讲分寸。她到楼下，见谭建业正在上网。朴雪走过去叫了声：“谭主任，阳所叫你。”

谭建业一听，自然心中有数。他慢吞吞离开电脑，对坐在一旁的小曾说：“你不要动我的电脑哦！”说着便跟着朴雪一块儿上楼。

到所长办公室，刚进门，欧阳明劈头盖脸问道：“小谭，昨晚你演的什么戏呀！”

谭建业早已胸有成竹，不慌不忙地说：“阳所，真对不起，昨晚我接到一个电话，叫我通知你去谈业务，后来我被小曾他们几个死拉活拽去唱歌，不信你去问小曾，我一直跟他们在一块儿。”

欧阳明在心里嘀咕，你把我引到那儿，你当然会跟小曾他们在一块儿，这有什么好问的。他单刀直入问道：“你知道那些人是什么来历吗？”

“哪些人呀？是约你谈业务的人吗？”谭建业故意反问道。

欧阳明气恼地说：“不问他们我问谁？”

谭建业显出一种十分抱屈的神态说：“阳所，我真不知道那是些什么人？我是接到电话后才给你打电话。”

欧阳明知道他在撒谎。但他不想戳穿他，他想既然他是这么个态度，再问也是无益，便挥了挥手说：“你去吧！”谭建业见欧阳明挥手要他走，如释重负，慢慢走了。

此时欧阳明心中像一锅暴开的沸水，他隐隐感到这其中似乎有一种什么阴谋，但到底是什么？一时却说不出个所以然来。站在一旁的朴雪见此情景，也大生疑惑，她问欧阳明：“阳所，昨晚到底出什么事了？”

欧阳明见问，他的心稍许平静。他对朴雪说："真是莫名其妙！"于是把昨晚他如何接谭建业电话，如何在水上威尼斯见到两位神秘人物，如何拒贿等等情况一五一十给朴雪说了。最后他说："此事肯定与金阳子公司的审计有关，看来金阳子公司真不是一些简单人物，真得好好查一查。"

可是朴雪听后，心情十分沉重，她联想到这几天一连串的事情，这使她对谭建业的怀疑更加重了。她心中这么想，但并没有给欧阳明明说，她只对欧阳明说："阳所，这几天你可要多加小心。"

"丁零零……"不一会儿电话铃响，欧阳明拿起电话，一听，是市政府办的电话。电话中通知欧阳明下午到政府办会议室开会。欧阳明感到很奇怪，政府办很少通知中介机构开会，这次开会不知所为何事？

下午两点，欧阳明和朴雪一块儿下楼准备开车去政府办，上车时，朴雪带着一种调皮的意味对欧阳明说："阳所，平时总是我开车送你，今天我可要你开车！让我也尝尝当老板的滋味。"

欧阳明以为朴雪在跟他开玩笑，便说："行！我来开车。"

欧阳明和朴雪同时钻进驾驶室，欧阳明坐在左边驾驶室开车，朴雪坐在副驾驶位置上。

欧阳明开着汽车驶离黎明会计师事务所不到五百米，正要转弯驶上大马路，突然一辆大货车迎面驶来，它突然违规越过双黄线迎着欧阳明的汽车开来。欧阳明急打方向盘躲避，可来不及了。只听"嘭"地一声，小车的右角撞在大货车的右角上。大货车迅速倒退几步，然后加速避开小车逃之夭夭。小车的车头右边撞扁了，小车里的欧阳明胸部猛撞在方向盘上，感到剧痛难忍，但他仍神志清醒。他来不及查看自己伤情，急忙看身边的朴雪。只见朴雪被卡在车里，身上多处受伤，血在不断往外喷流，人已昏迷不醒。欧阳明一见，可急傻了。他不知朴雪是死了还是重伤？他不顾自身痛楚，急忙负痛打开车门，走到右边欲将右门打开，可右门已经变形，无法拉开，这时围观群众中上来两个年轻人，三人费了很大力气才把车门拉开,可朴雪卡在车内,一时弄不出来。此时来往的汽车受阻,前后停了一长串汽车,喇叭声响成一片。交通警察赶来,一名交警指挥疏导汽车,另一名交警指挥几个围观群众帮助欧阳明把朴雪轻轻地搬出车外。“嘀呜……嘀呜……”一辆救护车闪着蓝灯鸣着急促的喇叭飞速驶来。众人七手八脚将朴雪抬到救护车上。欧阳明也随车一块儿住进了医院。

晚上,欧阳明躺在 108 号病床上。窗外,狂风夹着暴雨,暴雨带着狂风,肆无忌惮地肆虐着大地,拍打着门窗,“呼呼呼”发出一阵阵令人心惊胆战的呼号,好像要将一切摧毁干净方得甘心。欧阳明的心境比室外的天气还要坏。想着这些日子所里发生的一连串事件,他意识到今天的事故完全是一场有预谋的谋杀,而遭殃的不是他,却是朴雪,这叫他十分痛心和颓丧。这时他才知道朴雪早有预感,她所谓要尝尝当老板的滋味,其实并不是开玩笑,完全是有意保护他。想到这一层,欧阳明内心更加痛苦不堪。朴雪啊!朴雪!你为什么这么傻啊!你为了救我,这么轻易地献出自己,你还是个未出阁的姑娘啊!你还有很长很长的美好的人生道路要走啊!我,我真该死!他颓丧地躺在病床上不住地捶着自己的后脑勺。他受伤并不太重,只是胸部软组织严重挫伤,医生说住几天就可出院。坐在一旁守候他的阿美见他如此模样,也无从劝说。良久,欧阳明才问了一句:“朴雪怎么样了?”阿美说:“她还在手术室。”

朴雪的手术一直进行了六个多小时,她除了浑身许多处受伤之外,右腿还粉碎性骨折,而最令医生头痛的是,她脑部深度脑震荡,至今昏迷不醒,要是她四十八小时不醒,她不死也会成为植物人。

深夜,朴雪被医生从手术室推了出来。欧阳明和阿美以及事务所的同事,都在手术室外等候。见她被推了出来,一齐迎上去询问。医生挥手叫他们让路,大家这才纷纷后退。欧阳明见朴雪仍然昏迷不醒,便焦急地问医生:“医生!她的伤怎么样?”

一位医生对大家说道:“你们不要吵,她还没脱离危险。”大家目送着朴雪被推进了病房。

大家跟到病房门口，医生拦住大家说："你们不要进去，这是高危病房，需要安静，你们这么多人进去，岂不成了菜市场了。"

欧阳明挤上前对医生说："医生，我是所长，是她的领导，我能进去看看她吗？"欧阳明万不得已露出自己身份。

医生朝欧阳明点了点头，侧身将欧阳明让进病房。

朴雪仍然深度昏迷，浑身缠着绷带躺在病床上像一尊石膏像。欧阳明望着她，禁不住眼泪潸然而下，情绪稍许平静，他轻轻地叫了声："朴雪！朴雪！你醒醒！你醒醒啊！……"

可是朴雪毫无反应，仍然是一尊石膏像。欧阳明见状，心头更加痛楚，眼泪像断了线的珠子，滚滚而下。

医生见状也深为感动，他没见过哪位领导对下属会如此关切，如此情深。他拍了拍欧阳明的肩膀，轻轻安慰他说："让她好好休息吧！她会醒过来的。"

欧阳明知道医生的意思是叫他出去。他只得又看了朴雪两眼，然后不忍地悄然离去。这时欧阳明才想起要通知朴雪的家人，他吩咐刘细妹去找朴雪家人的电话号码，刘细妹从朴雪身上找到一本被鲜血浸透了的电话本，很快与朴雪的姐姐取得了联系。

第三天副所长刘正国带着所里几个同事来看他，刘正国告诉他，肇事的货车已经找到，是造纸厂被盗的一辆货车，开车的司机已弃车逃之夭夭，公安局正立案侦查。

欧阳明闻言心中倒很坦然，事情越发明朗了，这的确是一桩谋杀，这桩谋杀肯定与金阳子公司的审计有关，金阳子公司的审计还未进场就发生了这么严重的事件，看来金阳子公司的审计真不简单，他下决心即使天塌地陷，也要把这场审计审到底。

待其他同事走后，刘正国单独留下来告诉欧阳明一个消息，这个消息更加使欧阳明吃惊。

在欧阳明和朴雪受伤之后，黎明会计师事务所像开了锅的沸水沸腾开了。首先发难的是谭建业，他说欧阳明被压扁了，活不成了，所里不可一日无主，他纠合几个对欧阳明不满的人开了个会，组织新的领导班子，要夺所长的权。

欧阳明听后一声冷笑，说："哼！幸好我还没死，他要夺权，他还嫩着呢！我正要找他算账，看来这场谋杀很可能与他有关。"欧阳明不觉脱口而出。

"什么？谋杀！这次不是车祸？是谋杀？"刘正国惊讶地反问。

"不！你别乱说！"欧阳明突然发觉自己失言，连忙否认。他是个十分成熟老练之人，在没有充分证据之前，他决不能乱下结论。接着他对刘正国说："我没事，你去给我办出院手续，我马上出院。"

阿美担心地说："这……这行吗？"

欧阳明对阿美说："你看我不是好好的吗？一时三刻我还死不了，你陪刘所长一块儿去办手续。"

阿美知道拗不过欧阳明，便打开床头柜拿出有关手续一块儿去找医生。

刘正国和阿美走后不久，郭安娜拎着一袋水果进来了。她进门就问："怎么啦？我听到你出了车祸，真把我吓死了。你可不能有个三长两短啊！伤在哪儿？要不要紧？"郭安娜一边说着一边将带来的水果放在床头柜上，然后在床沿上坐下。

"你看我不是好好的，我没伤，我马上就出院了，真不该把你也惊动了。要你来看什么啊！"欧阳明说着起身去搬凳子给郭安娜坐，郭安娜连忙起身说："你快躺下！我自己来。"她抢过欧阳明手中的凳子坐下："唉！没事就好！没事就好！怎么阿美没来？你们所里没来一个人？"

"他们替我办出院手续去了。"欧阳明说着仍又躺到病床上。

"要是不舒服还是多住几天好。如今啦，什么都是别人的，惟有身体是自己的，你可要多注意身体哩！"郭安娜说得深情款款，要是换了另一个人，一定会让欧阳明十分感动。可是欧阳明无动于衷，此时他心中仍然在沸腾着，他恨不得马上回到所里，所以郭安娜说得再好听，他什么都听不见。

郭安娜从自己带来的袋子里拿出一只苹果，然后问欧阳明：“你吃苹果吗？我给你削一个。”不待欧阳明表态，郭安娜掏出一把小刀削起苹果来。一边削着苹果，郭安娜又问：“听说小朴也受伤了，伤得怎么样？”

欧阳明听她问到朴雪，他的思绪才又转到朴雪身上，不禁表示出一种难以明状的痛楚与忧郁。他说：“她伤得很重，还未脱离危险。”说着不禁声音颤抖。他忽然意识到自己不该在郭安娜面前流露出这种感情，他只得强忍着把心情平复下来。郭安娜却早已看在眼里，心里不无醋意。她在心里说：“我以为你欧阳明是如来佛投胎的正人君子，原来也是吃着碗里，看着锅里。有这样年轻貌美的秘书在身边，自然不把我这黄脸婆放在眼里。真是老天有眼，该有今日之祸。”现在她真想去看看朴雪那可怜模样。她问：“她住在哪间病室？带我去看看！”

欧阳明说：“她在高危病房。走！我们一块儿去看看。”

欧阳明和郭安娜一块儿走进高危病房。朴雪仍在昏迷之中，苍白的脸上毫无表情，鼻孔内插着氧气管，头上缠满绷带，床边挂着几个点滴瓶。欧阳明走进病房，在一旁看护的刘细妹轻轻和他打了个招呼，朝郭安娜点了点头。欧阳明轻轻问道：“醒过来没有？”

刘细妹难过地摇了摇头。

郭安娜走到床前仔细端详朴雪，她见朴雪虽在病危之中，那脸庞仍是那样端庄，那样美丽，她突然产生一个疑问：“这么一位端庄大方、美丽绝伦的姑娘为什么年过三十还不结婚，甚至连对象都不找，难道她真个儿对欧阳明以心相许？若真是这样，阳明呀阳明，你真是罪孽深重，你伤了多少女人的心！欧阳明走过来，他示意郭安娜让开。郭安娜离开床沿，欧阳明走到朴雪身边，看着朴雪脸庞端详良久。他看着朴雪那苍白呆滞的脸，感觉到她就要离他而去似的，禁不住眼泪簌簌滚落。他不禁脱口喊道：“朴雪！朴雪！难道你真要离我而去么？难道你真要留下我一个人来苦撑这个局面，独挡这份艰险么？”

欧阳明话音刚落，忽然奇迹发生了，一颗豆粒大的泪珠从朴雪眼中滚落下来，接着手指微微动了一下。欧阳明立即收泪激动喊道："医生！医生！她醒过来了！醒过来了！"

医生闻讯赶来，做了一番检查，高兴说道："是的，她快醒过来了，你们肃静。"

大家屏声静气，大约过了十来分钟，朴雪的眼睛睁开了，她冲欧阳明露出一丝苦笑，低声问道："阳所，我们怎么会在这儿？"

欧阳明走过去激动地拉住朴雪的手，说："别说话，你受了伤，要好好休息。"

朴雪的意识慢慢恢复过来，她想起了发生车祸的一刹那，她忙问："阳所！你伤势怎样？"

欧阳明说："你放心，我很好，只受了点轻伤。"

朴雪一颗心放下了，她说："只要你好就好！"说完又无力地闭上了眼睛。

此情此景，郭安娜看着也很感动。一方面她心中充满妒意，一方面她又扪心自问，她想自己若是处于这种生死关头，她定不能像朴雪一样对欧阳明如此关切，一时她也感到有几分伤感。她叫欧阳明让开，走到朴雪床前，轻轻叫道："朴雪！朴雪！"

朴雪睁开眼睛，看到是郭安娜在叫她，她要起身，郭安娜忙按住她："别动！别动！你要好好养伤，争取早日康复，帮助阳所搞好黎明会计师事务所。"

朴雪显得气力不佳地说："郭科长，你太抬举我了，我算什么？"

郭安娜："好吧！现在不说这些，你好好休息吧！"

这时，阿美和刘正国办好了出院手续回来，到病房不见了欧阳明，估计他是上这儿来了，便找了过来。他们见朴雪醒过来了，都很高兴。阿美走到朴雪床边激动地说："小朴，你醒过来了，你真把我们吓死了，尤其是阳明，整夜都没睡，这下可好了。"

朴雪没说什么，脸上露出一种满意的带有几分幸福的笑容。

欧阳明说："朴雪，所里有点事情，我要去处理一下，你好好养伤，有空我再来看你。”

朴雪微微点了点头，又无力地闭上了眼睛。

不一会儿，又有喻少清带着随从捧着一个硕大花篮和几箱苹果、梨子等食物来了，他看见欧阳明便开玩笑调侃说：“怎么？阳所你住到女病室来了。”

欧阳明见他还开玩笑，便说道：“你呀！什么时候都不正经，我们可是才从鬼门关前回来。”

喻少清见说，忙改口说：“你伤得怎么样？没问题吧？我初听你出了车祸，吓得我魂儿都飞了，我们辉煌公司可少不了你。”

欧阳明见说，又责怪道：“看来你真是个势利小人，处处都为自己打算，你不看人家朴雪，为了救我险些儿把命都丢了。”

喻少清这才问候朴雪：“小朴伤势如何？不打紧吧？”

欧阳明说：“她刚苏醒过来，还未脱离危险。”

这时医生过来了，他驱赶众人：“病人需要安静，这儿不是你们拉家常的地方。走吧！走吧！”

欧阳明只好和喻少清等人一块儿走出病房，这时病房门口已站了许多闻讯前来探望欧阳明和朴雪的人，他们都被医生堵在门外，欧阳明只好将他们带进自己病房。

欧阳明回到事务所，所里的同事们都围上来关切地问长问短，可就是不见谭建业几个。欧阳明问孟总：“孟总，谭建业他们几个到哪里去了？”

孟总回答：“他们听说你毛发无损就都不敢上班了。”

欧阳明见说，心想古人有云“见怪不怪，其怪自败”，管他呢，量他一个谭建业也掀不起什么大浪。他待大家散去，便拿起电话拨了一个号码：“喂，危局长吗？我是黎明会计师事务所的欧阳，对！正是。我想问您有没有时间？我想向你汇报一个情况。好！我马上来。”

打完电话，欧阳明打的到了F局，走进了危局长办公室。危局长见他，连忙起身迎接，他和欧阳明握过手后，便去倒茶，嘴里一边说：“阳所，该怎么谢你呢？你那四万块钱真帮我解了燃眉之急，解决了大问题。现在财政困难，给我们的缺口很大，好多案子破不了，不是我们没能力，是我们没钱。我们少不了你们的支持啊！”

欧阳明接过茶，忙说：“谢谢！危局长，我们少不了你们保驾护航，四万块钱对你们恐怕是杯水车薪，解决不了什么问题。这只怪我们单位小，拿不出太多的钱来支持你们。”

危局长坐回椅子上后，问道：“阳所长，听说你出了车祸，伤势怎样？没问题吧？”

欧阳明说：“我倒没什么，朴雪可伤得不轻，今天上午她才苏醒过来，今后能不能站起来还是个问题。”

危局长叹惜说：“哦，这么严重！真可惜了一位好姑娘，又漂亮，又落落大方，是位难得的助手。”

欧阳明也痛惜地说：“可不是！唉！她还是个未出阁的姑娘啊！”

危局长问：“阳所长专门造访，恐怕是无事不登三宝殿吧！”

欧阳明说：“我正是来向局长汇报一个情况。”

于是欧阳明将如何接到金阳子公司变更验资业务，他发现了其中有侵吞国有资产的嫌疑，因此拒绝签发报告，结果遭到恐吓。以后北京隆科公司委托他们搞审计，有人对他行贿被他拒绝，结果才发生了这场车祸等等一五一十做了详细汇报。最后他归咎这是一场有预谋的谋杀，请求贵局介入侦查。

危局长听完后，良久才说：“你说的这些情况很重要，前次朴雪也给我谈了这方面情况，想不到还没来得及布置，就发生了这么严重的车祸。这样，你到刑警队去找李队长，把情况再详细谈一下，做个笔录，我立即布置开展侦查。”说着他拿起电话拨了个号码，说：“李队吗？黎明会计师事务所的阳所长有一个重要情况向你报告，你派人认真听一下，做个笔录，晚上我们开会研究。”打完电话，他转身对欧阳明说：“你去吧！他在一楼107号房间等你。”

欧阳明依危局长所指，快步走下楼去，很快找到了107号房间，他向李队长报告了事件发生的全过程。李队长满口答应立即立案侦查。

机关算尽，美梦难成

——作者述评

第七章

当欧阳明在F局报案时，郭安娜陪阿美回到了欧阳明家。

阿美显得有些疲惫，这两日的折腾，真使她十分吃力。开始听到电话说欧阳明出车祸了，这可把她魂都吓掉了。她急忙赶到医院，看到欧阳明躺在病床上，并没受多重的伤，这才放下一颗心来。以后一连两天的服侍，晚上根本没睡多少，回到家里，她真想倒头便睡，无奈郭安娜跟她一块儿，她不得不硬撑着张罗招待郭安娜。

郭安娜嘴里嚷着："别客气，别客气，你赶快休息吧，这两天真难为你了。"说着她大大咧咧地坐到沙发上。

两天不在家，家里连热水都没有。阿美只得打开液化气灶烧水，接着又打开冰箱寻找食物。冰箱里没什么零食，她又打开碗柜找，总算找着了一包瓜子，凑合着盛到碟子里摆到茶几上。嘴里不停地说："郭科长，真对不起，家里没一点准备，真不好意思，来！嗑几粒瓜子。"

郭安娜想起了什么，问道："你家纯子到哪儿去了？怎么不见她。"

阿美说："她上英国读书去了！"

郭安娜问："哦！留学了，想不到你家出了个女秀才，纯子会有这样的出息，她是自费还是公费？”

阿美说：“像我们这种人家，哪供得起自费啊！是她自己争气，考上了奖学金，一年花不了几个钱。”

郭安娜说：“你怎么哭起穷来了？你们这样的人家供不起自费生，还有谁能供得起喏？只怕你们供两三个都没问题吧！”

阿美抱怨说：“不瞒你老同学说，阳明他是名声在外，其实并没有挣多少钱。你看我们这个家，一个电冰箱还是十年前买的，连个VCD都没有，你看能有多少钱。”

郭安娜挖苦说：“只怕你们是过去的土财主不露富哩！”

阿美是个老实人，在这方面真不是郭安娜的对手，她实话实说：“你别说笑了，我说的是真话。说实在话，纯子在国外虽然要不了多少钱，但总比在国内花销大，我们那点钱都供给她了。”

郭安娜说：“我们别说这些了，家家都有本难念的经。我倒想问你，你觉得朴雪怎么样？”

“你问朴雪哦，这姑娘很不错的。听阳明说，这次要不是她主动要求换了位置，今天躺在医院里的不是朴雪，可是我家阳明哩！”阿美心地纯真，她从不往坏处设想别人。昨天她听欧阳明说，是朴雪主动和他换了位置才救了他，她感动得流泪了，心中十分感激朴雪。今天听郭安娜问到她，她便率直把心里话说了出来。

“你看，她是不是好得有些过分了？”

阿美一时脑子没转过弯，没听出郭安娜话中有话，傻乎乎地问道：“什么叫有些过分呢？好就是好嘛！”

郭安娜盯着阿美挺认真地说：“听说朴雪对这次事故早有预料，你说有什么人愿意拿自己的生命去换人家生命？如果你是朴雪，你会吗？”

“我会。”阿美说得很肯定，“我常想，假如有一天阳明有生命危险，我一定会替他去死的。”阿美说得十分坦诚，使人看不出有半点做作和虚伪，使人相信如果真有那么一天，阿美一定会义无反顾地挺身而出。这倒使郭安娜心中有几分惭愧。但她说：“可是你们是夫妻啊！你有这种想法自然在情理之中，情到真处，自然会用自己的死去换心爱之人的生，可朴雪她……”

郭安娜的话虽然说得含蓄，这一次阿美立即感觉到了什么，她心中不觉一痛，反问道：“难道你是说朴雪和阳明……”阿美不愿说出口，这种事实在太让她伤心了，她怔怔地望着郭安娜。

郭安娜说：“可不是吗！你说一个七尺男儿能轻易地为一个红颜落泪吗？所谓‘男儿有泪不轻弹，只因未到伤心处’，我两次看到阳明说到朴雪就热泪盈眶，那种真情切切，那种情致殷殷，真叫人费解呢！”

“不！你……你不能这么说！你……你不能往阳明身上泼脏水！”想不到阿美闻言大为激动，她根本不相信阳明会背叛她去爱另一个女人，她不能忍受别人往阳明身上泼污水，她不许有人挑拨和割断她和阳明的感情。所以她听到这话之后，觉得这是对她也是对阳明的极大侮辱，这是她绝对不能容忍的。她万分激动，只觉得五脏六腑都受到了震动。她浑身发抖，血往上涌，不觉一阵昏眩，倒在地上。

郭安娜这时又恶毒地加了一句：“我可不是说他的坏话，这是事实，你说，一个是有钱有势的老板，一个是年轻貌美的熟透了的姑娘，经常双飞双宿，出入成对，阳明他即使是唐僧转世，也不可能不干出事来。”

阿美闻言，心中如烈火焚烧，她一只手指着郭安娜含糊不清地说：“你……你胡……胡说！……”她再也说不出话来。

郭安娜一看阿美的模样，估计她可能中风了，装着惊讶地说：“怎么，你……你有高血压，……这……这怎么办呢？”她弯腰竭力想把阿美扶上床，可她势单力薄，费了老大的劲才把阿美拖到床边，将她上半身子搬到床上，然后再将她的腿搬上床。接着她拿起电话拨打 120，拨后又给欧阳明打了电话。欧阳明听到阿美昏倒了，直吓得魂飞魄散，急忙开着车赶回家。

当欧阳明赶到家时，医生已在给阿美看病，此时阿美已气息奄奄，医生忙了一会儿，立即给她打了一针，然后七手八脚将她抬下楼，抬上救护车抢救。

阿美住进医院以后仍然昏迷不醒，通过医生的反复检查，已经确诊为脑溢血，最多可活三天，留在医院只不过是尽人事而已，叫欧阳明赶快准备后事。欧阳明听后如雷灌顶，想不到事出突然，阿美竟会如此匆匆地离他而去。这几天，这么几桩惊人大事接踵而来，几乎要把他完全击垮。他的心脏本就不好，这些打击一件件都像一把把尖刀刺进他的心脏，他只得强撑着才没有住进医院。他打电话告诉了纯子，可纯子远在天涯，赶不回来，只能在电话里泣不成声地告诫爸爸不要太悲伤，一定要保重自己身体。听着纯子的话，欧阳明禁不住老泪纵横，也在电话里泣不成声，父女俩在电话里哭作一块儿。朴雪那边虽然病情有所好转，但最后是个什么结局还未知分晓。事务所一大堆事情等着欧阳明去处理，尤其是金阳子公司的审计正在紧张进行，随时等着他的指示，可阿美这儿他一刻也不能离开，阿美随时都有可能离他而去，他的心简直要碎了。这天晚上，病房里静悄悄的，只有他和阿美两人。他坐在一条小凳上，头伏在阿美的身边不住地饮泣，他又想起那场瓢泼大雨，又想起了阿美说的话："我怎么能走？我若一个人走了，岂不是同去不同归了。"而如今她果真要走了，我们不能白首同归了。想到这儿，欧阳明不禁一阵揪心般的痛楚，禁不住独自一人又呜呜咽咽哭了起来。

"阳明，你哭干嘛？"欧阳明的哭声把阿美惊醒了，她用手摸着欧阳明的头问。

欧阳明闻声一惊，抬头一看，阿美真醒过来了。他不由心中一阵高兴，破涕为笑。有点不好意思地说："我……我没什么。"

阿美安慰欧阳明说："你不要伤心，你不是说过，我们要白首同归吗！我怎能甩下你走呢？我们还要活一百年，我不会有事的。"

欧阳明听到阿美又说到百年之约，而且反过来安慰他，不由心中又一阵悲痛，他不能在阿美面前流露出自己的悲伤，强忍着眼泪颤抖着声音说:“唔!你不会有事的,我们……我们要活到白头。”说到最后,他实在控制不住,转过身迅速擦干眼泪,按了按壁上的传呼铃。

不一会儿,医生护士都过来了。医生给阿美检查一番,接着把欧阳明拉到一边轻声说:“阳所长,我告诉你,但你不要难过,这可能是回光返照。”

欧阳明闻言一惊,心头一酸,一抹眼泪又涌了上来。他连忙擦干眼泪,强忍着悲痛走到阿美床边。阿美伸出一只手,欧阳明赶紧抓住。

阿美困难地说:“阳明,只怕……我真要……走了!我……我舍不得你,舍不得……纯子……我们……活……活……不到……白头……”阿美一句话还没说完,头一歪便去了。

“阿美——”欧阳明伏到阿美身上失声痛哭:“阿美!你不是说我们要同去同归的吗!你……你怎么就一个人走了啊!呜……阿美!阿美!”欧阳明痛苦地声嘶力竭地哭喊着阿美名字,那哭声撕心裂肺,一个大男人哭得如此伤心,闻之令人泪下。整个病房的医生护士都哭了,而且哭得十分伤心,竟没有一个人来劝慰欧阳明。

当朴雪听到阿美死去的消息,她禁不住也放声痛哭。她想欧阳明和阿美那般恩爱,此时欧阳明定是悲痛欲绝,她真想到阿美的病房去痛哭一场,可是她还不能离开病床,只能独自一人在病床上哭泣。

阿美死后,欧阳明简直变了一个人,他像掉了魂儿似的,整天浑浑噩噩,什么事也不会想,什么事也不会做,完全失去了往日的生气与活力。他不会哭,更不会笑,精神已全部崩溃。阿美的丧事全靠郭安娜在操持。郭安娜倒是表现出了无穷活力和组织才能,她像个家庭主妇似的把丧事办得井井有条,办得既风光又不失俭朴,既热闹又不铺张。在做这些事中,她呼风唤雨,如鱼得水,真是个少有的当家人,使人想到若是给她治理一个县、一个省,甚至一个国家她都不会逊色。可惜命运的安排使她无法施展自己的才干,婚姻的挫折又使她心中蒙上了沉重的阴影。尤其是她对欧阳明的爱屡遭拒绝，更挫了她的锐气，命运使她无意仕途。尽管她当了市里监管注册会计师的科长，名义上她似乎管着全市数百名注册会计师，十来家会计师事务所，实际上在她心中很知道自己的分量，她的话，那些注册会计师，那些会计师事务所的所长们可听也可不听。但是她总想表现自己的才能，也想显示自己的权力，只要有她使权的地方，哪怕是签个字盖个章的小事情，她都要把这权使得淋漓尽致。这一回阿美死了，她自己心里明白，对阿美的死她要负很大的责任，甚至可以说她是有意为之。但是她没有丝毫的自责与愧疚，相反她的内心深处有着几分得意和庆幸。阿美不是欧阳明心中最心爱的人吗？阿美不是她和欧阳明之间的最大障碍吗？如今阿美死了，障碍没有了，这不是给他们创造了一个再续前姻的机会吗？欧阳明不至于那么无情吧！所以她趁欧阳明悲痛欲绝之际尽量来表现自己才能，尽量把丧事办得尽善尽美，叫欧阳明满意。几天下来，她确实也累得够呛，将阿美的骨灰送上山之后，她同欧阳明一块儿回到欧阳明家时她才松了口气，疲惫地倒在阿美的床上。欧阳明一进门，不见了往日里阿美亲切的呼唤；不见了阿美关怀备至的问候；更不见阿美那美丽可人的笑靥，真是人面不知何处去？刹时间只觉得屋子里空空荡荡，完全没有了往日的生气，他禁不住又悲从心来，好一阵酸楚疼痛，眼泪又像断线的珠子潸然而下。进门后他便疲惫地倒在沙发上暗暗饮泪。郭安娜起来拿床被子给他盖了，又从冰箱中找出鸡蛋红枣桂圆之类，她准备给欧阳明煮几个红枣桂圆蛋。欧阳明这几日几乎滴水未进，粒米未沾，如此下去如何得了，他太需要补充营养了。于是她尽起了家庭主妇的责任。

两个星期之后，欧阳明才恢复了活力，当他重回办公室上班时，黎明会计师事务所像遭了霜打的茄子，软绵绵的，办公室只有老孟和几个老同志在办公。

欧阳明一进办公室老孟就迎着他说："阳所长你来了，这下可好了！"

欧阳明不解地问:“出什么事了?”

老孟说:“你不知道,这几天谭建业快把所整垮了。他纠合几名年轻的注册会计师准备成立一个所,他说市里支持他们办所,其他几个不愿跟他走的人也都在联系准备转所,所里的业务基本上停了。”

欧阳明又问:“刘正国呢?难道他不出来主持工作?”

老孟说:“哎哟你不要说他了,他被谭建业鼓动着也要跟他们走,他们要他当所长。”

欧阳明问:“金阳子公司审计搞得怎样了?”

老孟说:“哪还有心思搞审计?早停了!”

欧阳明听到这儿不想再听了,没想到他离开所里这么几天就会发生如此变故,他联想到早些日子有人要给黎明会计师事务所停业整顿一年的处罚,他感觉到是有人有意要搞垮这个所,可到底是谁呢?难道真是她?可从表现来看又不像,而且她也没有任何理由搞垮这个所呀!如果仅仅是感情上他拒绝了她,她要伺机报复,那么这个女人太恶毒太可怕了,你憎恨我欧阳明可以,你怎能置这么多注册会计师的命运而不顾呢!他又想到阿美的死,阿美发病的时候只有她在场,鬼知道她对阿美做了些什么呢!想到此,他不由牙齿咬得格格响。经过一阵长久的思索,欧阳明从牙缝里蹦出一句话来:“要走的都让他们走吧!老孟,只要我们坚持住,黎明这杆大旗就不会倒。”

欧阳明心中始终难咽这口恶气。这个谭建业,他到底在搞什么鬼?先是千方百计把他往邪路上引,现在又趁他住院与悲痛之际要搞垮黎明会计师事务所,他到底是受何人操纵与指使?凭他的本事,小小一条泥鳅绝掀不起如此大浪。他想一定要和他谈谈,揪出这幕后黑手。他打了几个电话他都关机了。后来他又打刘正国的电话,刘正国的手机倒没关,他在电话里很不好意思,声音软软地说:“阳所长,你找我有什么事吗?”

欧阳明心里有些窝火,气愤地说:“刘所,平日我有什么地方对不起你，黎明会计师事务所到底有什么不好？”

刘正国说：“阳所长，真对不起，我给你添麻烦了，其实我对你并无意见，我是听谭建业他们说你快不行了，变糊涂了，黎明会计师事务所要散伙了，不如我们自己去办个所。”

欧阳明说：“你真傻，我不行，你不能把这个班接下来吗？”

刘正国抱怨说：“阳所长，你不是不知道，所里复杂得很。你要我接班，老孟他们会信我吗？还有刘细妹他们会跟我走吗？我想谭建业说的也不错，找几个年轻人一块儿搞个所也好。”

欧阳明以一种苦口婆心的口吻说：“你说的不无道理，但是你要为黎明会计师事务所着想，你还是回来吧！有什么困难我们共同来克服嘛！”

刘正国说：“既然你没事当然好，你让我想想再答复你好吗？如果我就这么回去，老孟他们会怎么说？”

欧阳明说：“老孟他们的工作我来做吧！喂，你知道谭建业在哪儿吗？我拨了几次电话都不通，我很想找他谈谈，你若看在我们过去的情分上，你看见他便给我来个电话。”

刘正国说：“好，他现在真不敢见你。”

欧阳明说：“我又不吃人，有什么不敢见的？你告诉他，他若愿意回来，我仍然欢迎，我想把几个问题弄清楚。”

刘正国说：“好喏，我一定转告他。就这样。”

接着一连几天欧阳明都在找所里的注册会计师谈话，通过做工作，大家仍旧恢复了信心，尤其看到欧阳明并未灰心丧气，并未糊涂，思维仍是那样敏锐，大家又都充满希望。一些原来准备转所的注册会计师打消了转所念头，刘正国也与谭建业分道扬镳，带领几个年轻人回到了欧阳明身边。更可喜的是朴雪经过一个多月的治疗，基本上恢复健康，在欧阳明身边又时时出现了朴雪的身影。由于有前段的优良表现，黎明会计师事务所赢得了北京隆科科技发展有限公司的高度信赖，他们始终不渝地将金阳子公司的审计工作交给黎明会计师事务所，并预付了一笔可观的审计费用，这对欧阳明来说无疑是雪中送炭。因为欧阳明这段时间离开了岗位,加上谭建业这么一闹腾,黎明会计师事务所几乎两个月未做业务,经济上正十分拮据，所以北京隆科科技发展有限公司预付的审计费用帮了欧阳明的大忙,使欧阳明不至于捉襟见肘。同时使欧阳明坚定了一定要把金阳子公司一审到底的决心。经过两个月的惨淡经营,黎明会计师事务所又恢复了往日的繁荣。

对于郭安娜来说,她的心情复杂极了,矛盾极了。早些时候,她真难容忍欧阳明的那种态度，她一个女人，能不顾廉耻，不顾羞辱委身于他竟遭拒绝,她真伤心透了。那天她一个人躲在家里哭了许久，哭得两眼红肿，第二天竟不敢上班，只好独自躲在家里伤心落泪。她想不到欧阳明竟如此无情无义,一点不顾昔日的情分。莫说他们昔日有过一段恋情,就是没有那一段恋情,只要你欧阳明是个男人,你也该逢场作戏,了却她的心愿。那段时间她对欧阳明真是恨之入骨。她想他之所以那么傲气,无非是有几个臭钱,无非是办了这么个会计师事务所。如果我把你这个会计师事务所搞垮,看你能嚣张几天?那时我叫你乖乖地跪在我的脚下来求我。所以当陈科长、戈科长提出要把黎明会计师事务所搞垮时，她是欣然同意，于是合议出那么一份停业整顿一年的处罚。停业一年,一年之内不做业务，你黎明会计师事务所不垮也得垮。她原以为自己机关算尽，欧阳明一定难逃厄运。谁知事与愿违，世界上也还有主持公道之人，最后省里只给了一个停止签字注册会计师验资业务一个月的处罚。黎明会计师事务所不但没垮,而且越办越兴旺,越办越强大,这是她始料不及的。一计不成,后来她又生一计,利用她几个媒体上的朋友在报上大肆造黎明会计师事务所的谣，甚至说黎明会计师事务所因失去诚信被扫地出门。欧阳明的确是个人物,他有百折不回的毅力与意志,在这强大压力面前他举起了法律武器,要与媒体对簿公堂。结果媒体反过来赔礼道歉,为黎明会计师事务所大唱赞歌。如此一来，更加提高了黎明会计师事务所的知名度与信誉度,业务越做越宽。偷鸡不成蚀把米,她真不甘心。后来,她看到了阿美，以后又见到了朴雪，心里才豁然明白，欧阳明心中容不下她，那是他既有娇妻相伴，又有小秘相陪，她们两个一个比一个强，比起徐娘半老、人老珠黄的她，真是自愧不如，自然欧阳明不会把她放在眼里。虽然她自知貌不如人，但她是个妒意醋意都很浓的恶毒女人。她仍不甘心，她把心中的怨恨迁怒于阿美和朴雪。她真想除掉这两个女人而后快。当谭建业向她谈起金阳子公司要做掉欧阳明的时候，她觉得机会来了，于是对谭建业面授机宜，虽然只淡淡的几句话，却是入木三分，起到了推波助澜的作用。当时她对谭建业说：“既然他们要把欧阳明做了，那黎明会计师事务所岂不是你的了，你要好生把握哟！”这一句话，才促成了以后一系列事情的发生。虽然欧阳明未死，她既感庆幸又感遗憾，但朴雪身受重伤，接着阿美去世，欧阳明心力交瘁，几乎殒命，黎明会计师事务所岌岌可危。这又使她那恶毒的心里有几分快意，这些事情不能不说有她一份功劳。尤其是阿美之死，幸而没有第三者在场，无法指证，否则她真难辞其咎。

如今阿美死了，朴雪重伤虽愈但落下一身病症，她的确是高兴了一阵子。但是反过来她又觉得自己十分可怜，当她看到欧阳明因为悲痛而变得那样痴痴呆呆像个活死人的时候，她心中不由滋生一种怜爱，过去的情爱不禁又从心底升起。她忽然觉得欧阳明并不是那样可恨，而是十分可爱，她甚至觉得自己是不是做得太过分了，因此她尽自己所能，把阿美的丧事办了个尽善尽美。她想障碍既已排除，她和欧阳明应该可以再续前缘了。可是欧阳明对她仍是那样不冷不热，置若罔闻，对她视为无物，自己一番心血付之东流。想到这些她真想大哭一场。

这天下午，郭安娜给欧阳明挂了个电话：“喂，阳明吗？你好吗？”声音十分柔和悦耳。

欧阳明以一种很生气的口吻问道：“我很好，郭科长有什么指示？”

郭安娜佯装生气说：“看你，怎么如此生气，我早说过，我们之间不要讲什么指示嘛！喂，我问你，今晚有空吗？”

欧阳明淡淡地说：“说不准，这时候没事说不准一个电话来我就有事了。”

郭安娜说：“你不要耍贫嘴，我是给你说正经的。”

欧阳明说：“我也是说正经的，这是实际情况嘛。”

郭安娜说：“今晚陪我跳场舞怎么样？我可是真心真意相邀，可不准推辞啊！”

欧阳明说：“这可真有点难度，你说我现在有心情跳舞吗？”

郭安娜：“我给你说嘛！你应该从阿美的阴影里走出来，老是这么为她悲伤恐怕也不是办法。若是阿美在世，我想她也不会赞成你长时间为她悲痛，出来跳跳舞散散心，这也是一种解脱办法。”

欧阳明为难地说：“哎呀，这……”

郭安娜：“什么哎呀哎呀的，七点半我在霓裳舞厅等你。要不，你上我家来吃饭，或者我们去找一个清静地方吃饭，怎么样？”

欧阳明说：“说到吃饭，这些天真没胃口，你就饶了我吧！”

郭安娜说：“不吃就不吃，说好了，七点半在霓裳舞厅门口，不见不散！”郭安娜说得没有半点商量余地，她挂机了。

没有办法，欧阳明还真不敢得罪她，七点半，他准时到了霓裳舞厅门口。郭安娜早在那儿等候，见面郭安娜冲欧阳明嘻嘻笑道：“我知道你不敢不来，我们都是自由人，以后我们……嘻嘻！”说着便伸手挽住欧阳明胳臂，欧阳明没有过分拒绝。郭安娜紧紧挨着欧阳明，轻声款语说：“我的天，我真怕你不来！”

走进舞厅，两人拣了个比较偏僻的地方坐下。

不一会儿，音乐响起，欧阳明起身邀郭安娜跳了一曲舞，但欧阳明一直沉默寡言，落落无欢。郭安娜竭尽全力曲意迎逢，却始终提不起欧阳明的兴趣。跳到第四支曲子的时候，灯光慢慢暗了下来，到最后全部熄灭，舞池里漆黑一团。郭安娜伏在欧阳明肩膀上轻轻说：“你今天怎么啦，像木头人似的。”

欧阳明：“……”

停了一会儿，郭安娜搂住欧阳明说："跳完舞上我家去，我给你快乐，给你满足，好吗？"

欧阳明轻轻推开郭安娜说："阿美尸骨未寒，我哪有心情作乐。"

郭安娜无言以对，又跳了一会儿。郭安娜嗔怪地说："你呀！还是那死脑筋。我理解你，我等你，等到你这花岗岩脑袋开窍。"这时灯光渐渐复明，两人分开走出舞池。此时欧阳明已毫无兴趣，便说："我到办公室有点事，对不起！实在不能奉陪了。你继续跳吧！我提前走了。"

郭安娜闻言十分恼怒，好一个欧阳明，你真是太无情了，难得邀你跳一回舞，你竟要提前走，你走了我跟谁跳，便没好气地问："你又有什么事啊！就不能多陪我一会儿？"

欧阳明说："的确有大事，你知道棉纺厂的工人在闹事吗？我得回去准备准备。"

郭安娜说："这件事与你们事务所有干系吗？"

欧阳明连忙否认："没有，有备无患，早准备比无准备要好。"

郭安娜说："你走了我有什么味，一块儿走吧！"说着，两人一前一后离开了舞厅。

郭安娜碰了个小小的钉子，心里头很不是滋味，她想发火，却无从发起，她想大骂一场，却又不敢当着欧阳明骂。她和欧阳明分手后，回到家里思来想去，最后只怨自己命太苦，是谭德光这个死鬼害了她一辈子，要不是他从中插这一杠子，她和欧阳明早就比翼双飞了。想到此，她又恨又恼，不由躲在家里又痛哭了一场。

欧阳明上班时精神怏怏的，这一连串的事情给他的打击实在是太大了，他只得用鲁迅先生那句"命交华盖欲何求"来安慰自己。

朴雪在受伤之后，神情也大不如以前那般鲜活爽朗了，而是变得沉默老成多了。欧阳明不好用什么话安慰她，他知道他无法安慰她。

这天上午，B 局的有关人员来通知说，经过查账，要黎明会计师事务所罚款加补税共计四万多元。欧阳明给他们好说歹说，不知哭了多少穷诉了多少苦，最后同意减一点罚款，减多少，还要回去研究研究，请示请示。欧阳明心里明白，他们是在卖关子，无非就是要去送礼，如今社会上有句话，所谓研究研究就是烟酒烟酒。等 B 局的人走后，他便吩咐朴雪买两条烟、两瓶酒给张科长送去。欧阳明心里盘算，如果花几百元钱减得几千元罚款，这个交易还是划得来。如今社会上送礼成风，大抵都是这种心理，我花几百元，减得几千元甚至几万元损失，得到的收益成十上百倍，这何乐不为呢？所谓舍不了孩子套不住狼，人家为了套狼孩子都舍得，我为什么这几个钱就舍不得？因此送礼之风屡禁不止，而且愈演愈烈。闲话少说，言归正传。且说欧阳明刚打发走 B 局的人，接着又来一拨人，他们提出要调 328 号验资报告，而且带着介绍信，首先就亮出了执法证。欧阳明见这阵势哪敢怠慢，连忙吩咐朴雪找档案。不一会儿朴雪把 328 号验资报告的工作底稿送了过来。欧阳明忐忑不安地接着报告，自己先躲在档案室看了一遍，觉得这份验资报告没有什么遗漏，该取证的都取了，该进行的审验程序都进行了，这才放心地将报告交给来人，任他们去鸡蛋里头挑骨头。来人看了许久，对欧阳明说："你把这几页复印了，我们带回去调查调查。"

欧阳明叫朴雪赶紧去复印，复印后还要签字盖章。欧阳明都一一照办，这些人这才拿着资料走了。不一会儿，桌上的电话铃响了，欧阳明拿起电话，电话里传出一口流利的普通话："喂，是欧阳明所长吗？我是老江啊！你还记得吗？"欧阳明一听，脑海里立即闪现出林氏集团的三个人。他心头一乐，心想他们是否真来投资了？便兴奋地说："记得记得！是江经理吗？"

江经理说："是呀！是呀！是这样，我们在贵所咨询之后回来向我们林董事长说了，林董事长听后很感兴趣，他想到金阳办一个大型的物流中心，专门向国外发送土特产品。他把这笔业务都交给贵所办，他很想和你面谈一下，你能过来一趟吗？"欧阳明一听，心中不免又是一阵高兴。他想如果这笔业务成功,这又是一个大客户。看来会计师事务所要培养和造就一些大客户，有了几十个固定的大客户,就不愁没有业务。也许这林氏集团就是这样的大客户。想到此,他便应道:“好！我可以来一趟,不过我得先把所里的事情安排好。”

江经理说:“不行,我们林董事长从香港过深圳来就是为见你,他很忙,不可能等太久,你今天下午就过来吧！”

欧阳明说:“这么急,我可没有半点思想准备。”接着欧阳明转念一想，还是答应为好，免得把这笔业务搞黄了，于是便应道:“好！今天下午,我到什么地方找你?”

江经理:“你坐飞机过来,我开车到机场来接你。”

欧阳明觉得有些不对,稍许犹豫了一下。但想到这是一笔难得的大业务,千万不可丢掉。便说:“行,我马上去买机票,买了机票再和你联系。”

放下电话,欧阳明便吩咐朴雪去买机票。可事后一想,他觉得这事还是有些蹊跷，一般的外商投资，总是先找招商部门投石问路,从来没有外商直接找会计师事务所咨询投资的。再说,一个号称为林氏集团的董事长，会这么轻易地会见内地一个会计师事务所的所长吗?但是他到底压不过大客户的诱惑,他想如果这是个骗局,他们的目的是什么呢?他们将他骗到深圳干什么呢?他想不入虎穴，焉得虎子，不管怎么凶险也得去看一看才会明白，也才放心。他在心中嘱咐自己多长一个心眼。

欧阳明决心已下,只等朴雪拿机票回来。大约过了半个小时,朴雪急匆匆回来了,说:“本来没有票了,正好碰上一个退票,这才把票搞到手。”

欧阳明说了句:“管他怎么到手,有票就好。”

朴雪不安地问:“要不要我和你一块儿去?”

欧阳明觉得她的提议有一定道理,两个人总比一个人强,至少有个照应,出了事,也有个报信的,但是他想上次已经连累了她一次，这次再也不能带她去涉险。他摇了摇头说："没必要，深圳我去得多了，何必大惊小怪。"

五个小时后，欧阳明已坐上了飞往深圳的南方航空公司的航班急飞深圳。

欧阳明到深圳机场后，江经理果然在机场出口处等他，他领着欧阳明走进停车坪钻进一辆宝马汽车。

汽车驶上深南大道，沿着深南大道走了很长一段距离，进入车水马龙的街市。汽车穿街而过，然后驶进一条两山夹峙的山间公路。欧阳明认识这是开往沙头角的公路，心里便有些生疑，他问江经理："江经理，怎么这么远，林董事长到底在哪儿？"

江经理一边开车一边回道："你少问，我会让你和林董事长见面的。"态度显然大不如以前恭敬，甚至有些生硬。

汽车继续往前飞奔，走过小弥沙之后，驶进一条简易的山间公路。走不远，终于停在一座荒凉的水泥房子的前坪。这是一间尚未竣工的别墅，房子的屋架基本已经建成，只剩下墙面没做粉刷了。车刚停下，从屋内走出四个彪形大汉，他们走到欧阳明身边，一人架着一只胳臂把他往屋里拖。事起突然，欧阳明不知发生了什么事，他反抗道："你们……你们这是做什么？江经理！你……"江经理已不见人影。此时欧阳明心中方才明白，他被绑架了。他只好任凭他们施虐。

他被拖进屋内，突然看到朴雪被绑在屋内的一张椅子上。朴雪见他被拖了进来，便放声大喊："快跑，这些人是绑匪！"

欧阳明不明白朴雪怎么会绑在这儿，继而一想，他明白了，定是这傻姑娘为了救他自身涉险。一时间百感交加不由心头一热，一腔热泪夺眶而出。他奋力挣脱绑匪，扑到朴雪身边，喊道："朴雪呀朴雪，你为什么这么傻，你为什么不顾自身安危替我涉险！"

他一边喊着，一边热泪纵横。一个绑匪挥起一根木棒朝欧阳明头部打去，欧阳明头部遭击，顿时晕倒。朴雪心如刀绞，痛心疾首地喊道："阳所！阳所！"接着她大骂绑匪："你们这些遭千刀的强盗、土匪，你们不得好死！”

一个匪徒威胁道：“别叫了！再叫老子剥掉你的衣服。”

这时江经理从里屋走出来，将一部手机送到朴雪面前，说：“你快说！叫你们所里送一百万来，否则你俩都没命了。”此时的江经理变得凶神恶煞，完全不是原来那副模样。

朴雪轻蔑地说：“呸！你别妄想，莫说所里没有一百万，有一百万也不会给你。”

江经理：“好！我看是你狠还是我狠！把他绑起来！”

绑匪们把昏死的欧阳明绑在椅子上。

江经理拿出一把小刀对着欧阳明心窝，对朴雪说：“你说不说！不说我一刀结果了他。”

朴雪一见，心里急了，她真怕这家伙说到做到，只要他一用劲，这小刀就刺进了欧阳明心脏。她心中一急，倒是急中生智，忙说：“别！别！我说我说！”她心中盘算，尽量给他们拖延时间，拖住他们就是胜利。

江经理又把手机放在她面前吼道：“快说！”

朴雪说：“我胆子小，你把那小刀收了，我才说。”

江经理：“臭娘们！你真难缠。”江经理果真把小刀收进怀里。

朴雪不依，说：“不行，你随时都可以把它拿出来，我叫你把它丢了！”

江经理：“不丢怎么样！”

朴雪：“你若不丢，就先杀了我，你们不要杀他，他是我们一所之长，由他来给所里的人说话，更有效。”

江经理觉得她说得有理，便说：“他妈的，你不看他死过去了吗？他妈的！老子就依你，看你说不说！”说着他真个走到外面把小刀扔了。他又把手机拨通，送到朴雪面前：“说，叫他们送一百万来。”

朴雪扑闪着一双美丽的眼睛，装着一副傻相问道：“你只说要他们送一百万，你要他们往哪里送呀？”

江经理说:“你叫他们把钱准备好,我会告诉他们送往哪里。”

朴雪说:“那不好吧! 一百万现金可不少,放在办公室,若是有人知道了,有人黑吃黑把它抢了怎么办? ”

江经理不耐烦了,怒道:“快说,臭娘们,你要老子,老子把你舌头割了。”

朴雪不理会,嘻皮笑脸说:“你的刀都丢了!你拿什么割我的舌头? ”

江经理:“他妈的,你真难缠。快说! ”

朴雪好像又想起了一件事,问道:“喂! 江经理,若是我帮你拿到了一百万,你给我多少回扣? 我们那里是兴回扣的哦! ”

江经理明知朴雪在戏弄他,气得暴跳如雷,对朴雪骂道:“他妈的,你要回扣!老子给你什么回扣?老子就叫你死!”说着扑向朴雪,双手掐住她的脖子。朴雪摇着脑袋,扭动身子拼命挣扎,忽然外面有人大喊:“快跑! 条子来了! ”

众匪徒闻声大惊,顿时如鸟兽散,四处逃窜。

江经理朝朴雪猛击一拳,骂道:“臭娘们,你敢报警! ”

朴雪顿时昏了过去。

当欧阳明和朴雪醒过来时,他俩已经躺在医院的病床上。

欧阳明首先醒来。他坐了起来,焦急地问身边照顾他的警察:“朴雪呢? 同志,你知道朴雪到哪儿去了? ”

警察说:“她住在隔壁病房。”

欧阳明挣扎着从床上站起,猛觉一阵晕眩,几乎又要倒下。他撑着病床坚持站着,不让自己摔倒。大约过了五分钟,他才恢复过来。他来到朴雪的病房,看到朴雪脸色苍白,昏睡在床。他不由一阵心痛,陡生一种怜爱之情。朴雪呀朴雪!你为救我,几乎两次失掉性命,你这是何苦呵? 他悄悄地坐在朴雪的病床上,那位看护他的警察说:“阳所长,你有病在身,还是过去休息吧! ”

欧阳明回答说:“没事,我只是轻微脑震荡,吃点药就没事了。麻烦你跟医生说说,不惜代价,一定要把她救活。”

警察说:“你放心,你们是有功之臣,我们会尽力的。”

大约过了两三个小时,朴雪终于醒过来了。她睁眼一看,见欧阳明坐在身边,心情十分激动,便问:“阳所,你没事吧?”她挣扎着欲坐起来,欧阳明连忙按住她:“别动。我没事,你放心好了。”

朴雪见欧阳明果然无事,脸上不由漾出一丝微笑。

这时医生过来了,她对朴雪做了检查后对朴雪说:“恭喜你,你没事了。休息两天就会好。”

欧阳明闻言,也不由一阵高兴,忙问:“医生,果真这样吗?”

医生说:“我会骗你?”

看护他们的警察给局里挂了个电话,很快,公安局长和刑警队队长都来到了病房,他们见欧阳明和朴雪果真好了,都很高兴。局长握着欧阳明的手说:“阳所长,谢谢你们,你们帮我们除掉了一个穷凶极恶的犯罪团伙。”

欧阳明想应该是我们感谢他们才对,是他们救了我们的命,怎么反说感谢我们呢?他瞪着一双疑惑的眼睛问局长:“王局长,是你们及时赶到才救了我和朴雪的命,应该是我们感谢你们才对,怎么反过来感谢我们呢?”

王局长说:“这件事你问朴雪吧!”

朴雪低着头抿着嘴笑。

原来当欧阳明决定赴深圳的时候,朴雪心中就有了疑虑。趁买机票之机,到网吧上网查询了香港林氏集团。从网上看出,这个集团公司的规模挺大,有六千多员工,是生产电器产品的一个财团,根本不搞什么土特产物流业务,这使朴雪心中疑虑更深。她根据网上查到的电话号码,打了一个电话到香港查询,结果林氏集团根本没有这个江经理,那个副总和财务总监也无其人。她又用江经理名片上的电话号码拨了江经理的座机,结果根本不是什么办公室的电话,而是电信人工秘书台的电话。这一来朴雪全明白了,这完完全全是一场骗局,是骗欧阳明到深圳去。可是骗他去干什么呢?她一时琢磨不透,她想把自己的疑虑告诉欧阳明,叫他取消深圳之行，可是她又没有十足的把握。如果万一搞错了，影响所里丢掉一个大客户，那她怎么也难原谅自己。情急之下，她突然决定，自己先去会会那个江经理，看他捣什么鬼，这样便可及时通知欧阳明，叫他不要去会什么江经理。再说此时若把自己心中的疑虑告诉欧阳明，他未必肯信。于是她在买机票的时候动了一个心眼，买了一张先欧阳明三个小时的机票，比欧阳明先三个小时到了深圳。为了防止万一，她在会江经理之前先去了一趟公安局，把发生的事情和自己心中的疑惑报告了公安局刑警队的李队长。不想李队长听后十分高兴，他说："朴小姐，你报告的情况十分重要，目前我们这里有一个犯罪团伙，专盯着你们会计师事务所犯罪，你们注册会计师是高收入者嘛，他们认为你们有钱。我们这里已发生过三起绑架案，有两个事务所不敢报案，被他们搞了一百多万，有一个事务所报了案，被他们撕了票，这是一个穷凶极恶的犯罪团伙。我们抓几次都未得手，你愿意帮助我们吗？"

朴雪说："当然愿意。"

李队长拿出一个跟踪器，对朴雪说："你把这个带上，大胆去见他们。"

朴雪会意地点头："好！"

临走李队长嘱咐朴雪："你一定要把它放在最隐秘的地方，如果被他们搜出来了，你就没命了。"

朴雪怀着一种为民除害的心情上路了，她先和欧阳明联系，欧阳明关机了，估计他已上了飞机。接着她和江经理电话联系上，谎说阳所长要她先来一步，阳所长本人下一班飞机到。江经理信以为真，便派人先接了朴雪，自己在机场口等候欧阳明。接着便发生了被绑架一幕。待到欧阳明被绑架时，其实警察早已跟踪而至了。

欧阳明这才知道，其实又是朴雪救了他的命，他不由感到一种由衷的敬佩和爱意。但当着这么多人，他不好说什么，只简单地说："朴雪，回去真该给你好好记上一功。"

王局长："不！应该由我们来给朴雪记功。今晚我们为东，为朴雪举行一次隆重的庆功宴。”

朴雪满脸涨得通红，忙说：“别别！我最怕见人了！请饶了我吧！再说这都是李队长的锦囊妙计，我算什么！”

王局长：“李队，你赶快筹备，请二位一定赏光。”

欧阳明和朴雪在深圳好好地风光了一下。由于所里有事，庆功宴后，他们不得不辞别王局长，急匆匆回到了金阳。不想回到所里，欧阳明又陷入泥淖之中。

为了黎明会计师事务所，是龙潭虎穴也要去闯一闯

——欧阳明的心声

第八章

金阳子公司的审计工作在紧张进行，前段由于谭建业的干扰，审计工作曾一度中止。欧阳明认为金阳子公司的审计决不能停。他想越是有人处心积虑地阻挠，就越看出其中有鬼。他想决不能姑息养奸，一定要把这鬼揪出来。他派出了强有力的班子进入金阳子公司，在北京总公司的支持下，审计工作进行得比较顺利。从审计的头一年来看，所谓金阳子公司的亏损完全是假的。他们把应该分五年摊销的开办费一年摊入了成本，把应该分十年摊销的无形资产也分两年摊入成本，还有诸如应酬费多得出奇，用虚假发票或非法单据虚增成本，套取现金，原材料高进而产品低出等等情况，真是令人咋舌。尤其是有许多资金去向不明，有待深查。金阳子公司的几个头头化公为私，侵吞国有资产的罪行也渐露端倪。因而这些人与黎明会计师事务所的矛盾也到了不可调和的地步，形成了剑拔弩张的局面。

实际上控制金阳子公司的是一个带黑社会性质的团伙，为首的是神州大酒店的总经理莫学剑，就是二十年前拦劫阿美的那个流氓头头。当时他因拦劫阿美被派出所关了一个多月，后来又被欧阳明毒打一顿。虽然他再不敢拦劫阿美，但不知怎地他心中留下了阿美的身影，渐渐暗恋上了阿美。他几次看到阿美和欧阳明一块儿

逛街，当时他的眼睛几乎要喷出火来，心中愤恨难消。可是他尚有自知之明，他知道以自己现在的身价去找阿美，只会自找没趣，自取其辱。因此他痛下决心，老子一定要混出个人样来，我叫你欧阳明跪在我脚下将阿美让给我。

白驹过隙，光阴荏苒，一晃三年过去。这三年来莫学剑并没有混出个人样，仍然是混混一个，而欧阳明却已和阿美结婚，建立起一个和美的家庭，莫学剑心中只有愤恨而已。

这一天，莫学剑在街上闲逛，看见路边有一摊黑香蕉，一个歪戴着帽子的小青年正在兜售。莫学剑想，这东西大概是从哪个垃圾堆里捡来的吧！也能卖钱？他从地上拿起一根看看，然后剥掉皮。别看黑香蕉外面黑，里面却是白的，还挺新鲜。他咬了一口，味道也还正。于是他掏钱买了一堆，一边吃一边突发奇想，我何不也捡些黑香蕉来卖。于是他问那小青年："这黑香蕉是从哪个垃圾堆捡来的？"

小青年不满地说："你说鬼话，垃圾堆里哪有香蕉捡？"

莫学剑一听便来了火，他一把抓住小青年的衣领厉声喝道："你小子去打听打听我是谁？我是剑哥！你说不说？"

小青年见他如此霸道，不敢得罪，便老实说："在水果仓库捡的。"

莫学剑放开小青年喝道："算你老实！下次不许这样！"

小青年连连称是。

第二天莫学剑到水果仓库去了一趟，果见那里有许多黑香蕉无人过问。他找了一部板车拖了一车到街上去卖，竟然销得不错，他第一次尝到了挣钱的滋味。以后他天天去拖黑香蕉，并把黑香蕉批发给他的那些流氓兄弟卖。如此下来，他生意越做越大，把所有水果仓库的黑香蕉都包了。几个月下来，他积累了一笔资金。有了资金他不再卖黑香蕉，改为贩运水果。他有那帮流氓兄弟帮忙，强买强卖，生意做得很红火。开始他用汽车一车一车从广西广东贩水果过来，后来发展到用火车一车皮一车皮运。几年下来，他竟成了当地的水果大王。他最先捡黑香蕉的水果仓库生意都被他抢了，日薄西山，一天不如一天，最后只得破产。这基本上是中国许多中小企业的缩影。

在改革浪潮来临之时，当许多人为铁饭碗困惑之际，他们依仗自己无牵无挂、无衣无食、无法无天的特殊条件，在卖水果的基础上大胆地堂而皇之办起了一家中华贸易公司。在那种饿死胆小的撑死胆大的年代，他们靠钻国家政策空子，倒卖钢材，一跃成了"万元户"。肚皮胀了，口袋里的钱多了。他们什么都敢干，哪种行业能挣钱，他们就干哪一种。例如一段时间流行跳舞，他们就办歌舞厅，开办了一家太平洋歌舞厅。太平洋歌舞厅办得很有规模，不但装修豪华，开间很大，面积达一千多平米，而且地理位置很好，处在金阳最热闹最繁华的地段。他们的人缘关系也很好，便靠社会上的狐朋狗友到处招揽生意，靠请客送礼买通各大企业的办公室主任，故各大企业凡是有庆典活动或公关请客都到太平洋。一时间，太平洋舞厅名噪金阳，太平洋门前车水马龙，场场爆满。更有甚者，他们在行业内欺行霸市，谁也不准超过太平洋的规模。有一家夜巴黎舞厅规模刚刚接近太平洋水平，莫学剑便派出一帮流氓打手到那里去打架斗殴，警察时时登门，直搞得夜巴黎舞厅不得不停业关门。当吃喝风起，他们就办酒店，在金阳办了一家神州大酒店，人们的兴趣转向洗脚按摩，他们就办了一家蓝色海洋，几乎垄断了金阳市的餐饮娱乐业。后来发展成结伙成帮，私藏枪支，嫖娼卖淫，坏事做尽。十年下来，他们聚资千万，莫学剑成为金阳一大名人，什么商会会长、政协委员、人大代表种种桂冠纷至沓来。

莫学剑功成名就之后，虽然过着天天喝喜酒、夜夜做新郎的荒诞生活，但他仍念念不忘阿美。他自吃了欧阳明一顿拳脚后，不敢再拦劫阿美，但打听到欧阳明是红都机电厂的财务科长，自此他记住了欧阳明的名字。在他心中留下了仇恨的种子。

后来莫学剑听到欧阳明办了一家黎明会计师事务所，这一天，他带了两个随从来到黎明会计师事务所。他看到黎明会计师事务所那豪华的装修、现代化的办公条件，心中不由暗暗佩服欧阳明还有两下子。走进欧阳明所长办公室，办公室里不见一人。正准备呼叫两声，朴雪从档案室出来，问道："老板，有事吗？"

莫学剑闻声一望，突然眼睛一亮，惊呼道："啊！这么美的女人，怎么尽被他欧阳明占了。"他自顾自在沙发上坐了，对朴雪说："无事不登三宝殿，当然有事啰！"

朴雪说："老板有什么事？可以跟我说吗？"

莫学剑说："欧阳明在吗？我找欧阳明！"

朴雪见他直呼其名，不知他是什么人，便又问道："今天阳所长不在，你有事可以跟我说吗？我一定给你转达。"

莫学剑大大咧咧地说："不行！我非见他不可！"

这时莫学剑的随从忙介绍："这位是神州大酒店的莫总。"

原来他就是莫学剑，在金阳无人不知、无人不晓他的大名，只是朴雪尚未见过。朴雪泡了三杯茶，将一杯放在莫学剑面前的茶几上，说："莫总请喝茶！莫总若有要事找他，我帮你联系一下。"说着，朴雪拿起电话拨了一个号码。电话通了，朴雪说："阳所吗？神州大酒店的莫总来了，他说有事找你。"

欧阳明听说是莫学剑找他，心里就没好气，他不想见他，便对朴雪说："我不想见他，你给我挡驾吧！"

朴雪放下电话，十分抱歉地对莫学剑说："莫总，真对不起，阳所在外有事，实在离不开。你要找他，改日行不？"

莫学剑一听，气便不打一处来，他说："好大的架子！比见毛泽东还难。毛泽东还八次接见红卫兵哩！你告诉他，我有一笔大业务想请你们黎明会计师事务所做，他要感兴趣，叫他明天上午上我办公室来。"

朴雪见有业务，便连连说："好！好！我一定转告。"

朴雪话没说完，三人已同时起身朝外走。临出门，莫学剑回过身来问："小姐贵姓？对不起，我还未问你芳名。"

朴雪说："我们小老百姓一个，不必挂齿。"朴雪巧妙地回避，故意没有将姓名告诉他。

莫学剑说："哪里哪里！小姐既不愿以芳名相告，是瞧我不起了。你可能还不知道我莫学剑是什么人！放心！你的芳名我会打听到的。明天请你随欧阳明一道来好吗？"朴雪没有回答，三人扬长而去。

不久，欧阳明回所。朴雪将实情相告。这倒使欧阳明犯愁了。

二十年前，欧阳明为保护阿美，跟莫学剑打了一架，当时他并不知道他叫莫学剑。他想他既是流氓，教训教训也就算了。不想后来他又碰上莫学剑。那是在他和阿美结婚之后，阿美正怀着阳纯，厂里给他们分了一套房子。欧阳明搬完家什之后，见阿美走路不方便，便用板车拖着她去新房，路上正好撞着莫学剑。当时莫学剑已卖过了黑香蕉，正在卖水果。他用板车拖着一车水果正好经过，路不宽，两部板车撞在一块儿。两部车都停了下来，莫学剑望着阿美说："哟！美人！怎么被糟踏成这样了？！你要跟哥们，今天可不叫你坐板车。"

欧阳明当时年轻气盛，一听这话也火了，便话中带刺地说："你这是说人话还是说鬼话？！"

阿美怕极了，她忙向欧阳明使眼色。欧阳明没理会，她便走下车附在欧阳明耳边说："别理他，他就是那流氓莫学剑。"

那天晚上两人虽然打了一架，但黑暗中看得不太清楚，故欧阳明并不认识莫学剑。他听阿美一说，才知他便是当地有名的流氓头头，心想不便与他计较，便主动将板车拖到一边，让出另一条路。

此时不少好事者已围了上来。莫学剑在众目睽睽之下也不好怎么欺侮一个孕妇，再说他也知道欧阳明的拳脚厉害，也不想把事情闹大，便神气地拖着板车走了。边走边丢下一句话："小子！我看在阿美的份上今天不找你麻烦，咱们后会有期！"

想不到今天他找上门来了，而且是以一个大客户的身份，到底是祸是福？他是真有一笔大业务要做？还是有意来寻衅？经过再三考虑，欧阳明痛下决心，为了会计师事务所，是龙潭虎穴也要去闯一闯。

第二天上午，欧阳明和朴雪如期来到了莫学剑的办公室，一时倒叫莫学剑显得有几分慌乱，忙起身喊请坐，叫秘书小姐倒茶。

欧阳明和朴雪落座后，莫学剑从抽屉里拿出一盒烟来，抽出一支递给欧阳明。欧阳明摇手说不抽。他又把烟递向朴雪，朴雪也笑笑摇了摇头。他把烟仍旧放到盒里，放进抽屉，自己从口袋里拿出一盒蓝盖芙蓉王，抽出一支叼在嘴上，一边说："你们不抽，这烟很贵的，我还舍不得抽。"一边说着，一边打火点着了烟。

欧阳明端起茶杯喝了口茶，然后望着莫学剑，意思是你叫我们来有什么事。

莫学剑仰着头望着天花板，吐出一个烟圈，良久没有说话。

见他这种表情，欧阳明心里就有些生气，便问："莫总，你叫我们来……"

没等欧阳明将话说完，莫学剑阴阳怪气地说："你就是欧阳明吧？！我们应该是认识的。"说完，他把两只脚搁到老板桌上，神气地一口接一口吐着烟圈。

对他这种不礼貌行为，欧阳明真想发作或者拂袖而去。但为了事务所，他不得不忍气吞声说："我们认识那就更好，请莫总多多关照！"这是会计师事务所接业务的行话，但此时从欧阳明口中说出来不知忍受了多大的痛苦。

莫学剑望着天花板说："好说，好说！我叫你们来做什么？哦！你看我这记性！"停了一下，他问："你们会计师事务所是做什么的？"

欧阳明不想和他详谈，便简单回答说："验资、审计、评估都搞。"

"你们搞评估！？"莫学剑像发现了新大陆，忙将脚收回去，正面对着欧阳明问："那好呀！你们把我的财产评一评，看有多少。"

"你是想搞一次整体评估吗？整体评估可是我们的强项，市里好几家大型企业改制破产都是我们搞的。"欧阳明信以为真，认为这可是一笔大业务，便认真和他谈起来。

莫学剑问："你说说看，你们怎么收费？"

欧阳明说："收费嘛，这里有省物价局的文件，反正按标准收。不知大致有多少资产？"

莫学剑随便说道："一两个亿吧！"

欧阳明说："按标准两个亿要收……"

莫学剑打断他的话："你不要说标准，我知道你们收缩的幅度是很大的，就三千块钱吧！"

欧阳明一听，不知火从哪里来，两个多亿的资产评估，至少要好几万，他说三千块钱，简直是在开玩笑！便说："莫总，虽然我们是服务单位，但我们又是经营单位，我们的注册会计师和注册资产评估师都是有身价、有地位的，你这是开玩笑吧？！"

莫学剑鄙夷地说："什么地位？什么身价？在金钱面前你们比狗都不如。来！你舔舔我的脚，我给你十万！"

欧阳明一听，顿时怒火中烧，骂道："你这流氓，真是本性难移！"说着，站起来同朴雪一块儿拂袖而去。

"哈哈哈……"莫学剑在他们身后哈哈大笑，接着冲朴雪说："朴小姐请留步，我有事和你谈。"

朴雪说："现在不谈了，晚上再说吧！晚上你约我。"

欧阳明横了朴雪一眼，气呼呼地钻进汽车，准备开车便走。朴雪急忙跑过来钻进汽车。

路上朴雪对欧阳明说："我怀疑那支烟是毒品，真该接下来留做证据。"可此时欧阳明怒火填膺，没搭理朴雪，两人闷坐着一直回到所里。

晚上，朴雪果然接到了莫学剑的电话："喂！朴小姐，在神州大酒店北京包厢好吗？我在那儿等你。"

朴雪说："不行！那是你开的酒店，你想以主压客，我不去！"

莫学剑口气十分柔和地说："行，不去就不去。那就去金阳大酒店的夜来香包厢行吗？"

朴雪爽快地说:“行！七点钟你在那儿等我。”

七点过五分,朴雪又接到莫学剑的电话:“喂！朴小姐,你真不守时啊！现在七点过五分了,还不见你的影子。”

朴雪说:“哎呀！真对不起,我手头有点事离不开,到金阳大酒店太远了。这样吧！改一个离我近一点的地方吧！”

莫学剑问:“你在哪里？我开车来接你。”

朴雪说：“不要，我在乡下，你一时找不到，我坐出租车来算了。”

莫学剑说:“说好了七点见面的,你怎么又到乡下去了？！”

朴雪抱怨说:“是喏！我正准备去,忽然接到一个电话有急事,就到乡下来了。真对不起！你先到苗家寨等我,一个小时后我一定到。”

等到九点过十分,朴雪又接到莫学剑的电话:“朴小姐,我在苗家寨足足等了你一个小时,怎么样？快到了吧！”

朴雪着急地说:“哎哟莫总！真把我急死了！这里一直等不到的士,我真恨不得插上双翅飞到你身边。真是老天不遂人愿啊！你还是来接我吧。”

莫学剑问:“你怎么不早说！你在哪儿？”

朴雪说:“我在落霞山荷花村,你到村口打听我的名字,人人都知,他们会给你指路。”

莫学剑想,深更半夜载着美人在那乡间小道上飞驰,或者停在某个暗处……那岂不美极了！想到此,他心里怪痒痒的,于是急忙驾着车赶到了落霞山荷花村。他到村头已是晚上十一点多钟,找人一打听,谁也不知道有个什么朴雪。这时他才猛醒,他被戏弄了！顿时气不打一处来,牙齿咬得格格响,心里发恨:“朴雪呀,朴雪！我叫你知道我莫学剑是什么人！你敢戏弄我，我一定会叫你付出代价的！”

第二天上班时,欧阳明见着朴雪仍是气鼓鼓地不理不睬。

朴雪有意走到他面前挑逗说:“怎么样,不高兴了？”

欧阳明叹了口气说:“唉,只要你高兴就行了。难怪别人说女大不中留,越留越成仇。我支持你去找一个与自己相配的,可你……”

朴雪扑哧一笑,说:“我才不找呢!我要找就找个大款。”

欧阳明挺认真地问:“莫学剑这种流氓大款,你也要?”

朴雪又扑哧一笑:“你呀!小肚鸡肠。难道就只准他戏弄咱们,就不许我戏弄他?!”

欧阳明闻言,顿时明白。心里说道:“这朴雪,真是个鬼精灵!”可脸上仍是不依不饶模样。

真是无巧不成书,这一次黎明会计师事务所负责审计的金阳子公司正是莫学剑暗中操纵的一家公司。

近几年,莫学剑看到国有企业分崩离析,改制的改制,破产的破产,国有资产一股股流向了私人腰包。他们想这可是最后一道晚餐,是最好的发财机会,此时不从国有资产中分一瓢羹更待何时。当时北京隆科科技发展有限公司金阳子公司由于内部领导班子闹矛盾,几乎难以维持。在此情况下,他们便把眼睛瞄向了这家公司。当金阳子公司领导班子闹得不可开交之际,北京总部来了个快刀斩乱麻,将所有领导全部调走,在当地招聘能人来管理这家公司。这个举措正好给莫学剑一个极好机会。这一天莫学剑在报上看到了金阳子公司招聘总经理的消息,他将他的助手郝志道叫到办公室。

莫学剑问郝志道:“志道,你有没有兴趣去管一个公司?”

郝志道思维缜密、办事干练,他见莫学剑问他这个问题,知道莫总定是有所差遣,但他故意反问道:“莫总您有什么好主意?”

莫学剑举着手中报纸说:“你看报上这条消息,这可是个极好的机会。”

郝志道接过报纸粗略看了一眼说:“这消息我看到了,但没想到莫总会感兴趣。”

莫学剑说:“别看它只是个子公司,可是有上亿的资产哩!”

郝志道猜到了莫学剑的心思,但他仍故意问道:“您的意思是叫我去应聘？”

莫学剑心有城府地说：“对！但你只说对了一半，我是叫你代表我去应聘，你在前，我在后。”

郝志道彻底了解了莫学剑的心思，他迟疑一会儿，接着说：“这……当然可以。但能否聘得上，恐怕不是你我决定得了的。”

莫学剑十分自负地说：“你只管去报名，能不能聘上这是我的事。”

郝志道沉吟良久，最后说：“行！我去试试。”

莫学剑对郝志道有所戒备，他知道郝志道不是好对付的角色，见郝志道同意去应聘，于是便说：“不过我们丑话说在前，你小子不要得了儿子忘了娘，得手后就把我给甩了。你知道我的为人，我们利益均等，少不了你的那份。”

郝志道说：“莫总放心，我不是那种人，我们兄弟一场，自然是有福同享，有难同当。”

莫学剑说：“好！你这话我信，我想在三年之内必将这上亿的资产转过来。”

自这次谈话之后北京隆科科技发展有限公司金阳子公司从此走上了厄运。

在莫学剑的多方钻营、多方使钱的情况下，郝志道当上了北京隆科公司金阳子公司的总经理，郝志道在走马上任之后，不久便把他那些哥们兄弟韦一鸣、吴有才等人安排到金阳子公司的要位上。

与此同时，莫学剑立即筹备设立一家宏大科技发展公司，其经营范围与金阳子公司一模一样。这天，他将办公室秘书小赵叫到总经理办公室，他对小赵说：“小赵，我想办一家科技发展公司，工商登记手续由你去办，一个星期拿下来，你先去工商局咨询一下。”

小赵说：“行！下午回您的话。”

小赵受命去工商局，下午转回来对莫学剑说：“莫总，我去咨询了，他们说先要准备好公司章程，提出核名申请，经工商局核名后，要到会计师事务所验资，验资后再到工商局办理注册登记。”

莫学剑反问道：“只要一个章程就办得了？”

小赵说：“当然还有许多资料，像股东身份证明、公司办公场地证明等，这些都好办，恐怕主要是验资报告难办。”

莫学剑说：“这些都交你去办吧！有什么困难再来找我，下月八号公司要开张。”

小赵见说，欣然领命去了。

过了两天，小赵向莫总汇报：“莫总，其他资料都办好了，就差个验资报告。”

莫学剑说：“有什么难的？花一千块钱买一个得了。”

小赵为难说：“莫总，你可不知行情，莫说是花一千块，花一万块恐怕也买不到。”

莫学剑有点吃惊说：“这会计师事务所这么厉害。”

小赵接着说：“我去了两家会计师事务所，说起来这验资还挺复杂。他们说要到银行开一个临时账号，先将两千万打到临时账号上才能验资。”

莫学剑闻言后不觉一楞：“啊！要将两千万打到账上？我一时到哪里找这两千万？”他沉吟良久后问小赵：“你找了哪家会计师事务所？”

小赵回答说：“我先找了黎明会计师事务所，后来又找了国泰会计师事务所。”

莫学剑说：“黎明会计师事务所你不要去找，选一家比较滥的。”

小赵说：“听说天泰比较滥一点。”

莫学剑说：“你明天把天泰所的所长请到酒店来，我和他谈。我就不信这个邪，只有想不到的事，没有办不成的事。”

小赵说：“好！我去约他！”小赵领命去了。

晚上六点钟，莫学剑在神州大酒店的菊花厅等候天泰会计师事务所所长侯光明。

六点过五分，小赵陪同侯光明进了菊花厅，侯光明后面跟了个二十多岁的年轻女子。侯光明进门，莫学剑起身相迎，他握着侯光明的手说："侯所长，久闻大名，一直没有机会见面，今日我们可要好好喝几杯！"

侯光明谦逊地说："莫总，你有事尽管吩咐，哪要你请什么客？应该我请你才是道理。"

莫学剑说："自己的酒店，随便吃个便饭，谈不上请客！"

寒暄之后，莫学剑请侯光明在对门的上座坐了。服务小姐过来附在莫学剑耳边问点什么菜？莫学剑眼睛一瞪说："问我干什么？拣最好的上四五样。"

服务小姐点头走了。不一会儿，服务小姐给每人端上一份木瓜血燕，一份鲍鱼鱼翅，另外上了一个银丝飞燕，一个熊掌火锅，一盘金钩肉，外带一盘银条伴青。

菜上齐了，莫学剑问侯光明喝什么酒？侯光明说："随便！"

莫学剑望着侯光明说："随便？我这里没有随便卖，就来瓶五粮液吧！"

酒菜上齐，莫学剑以东道主身份先敬了侯光明一杯。接着莫学剑与侯光明套起了近乎，他问侯光明："侯所，听口音您不是金阳人吧？"

侯光明说："不是！我是湖南人。"

莫学剑故作惊讶说："啊！湖南人！我们可是老乡。不知侯所家住湖南什么地方？"

侯光明回说："湖南益阳。"

莫学剑又故作惊讶说："哎呀！我们是正宗老乡，我家住在沅江草尾。"

侯光明说："沅江属益阳市，我们的确是正宗老乡。"

莫学剑不无感叹地说："在金阳我们益阳人不少！俗话说'老乡见老乡，两眼泪汪汪'，不瞒侯所说，在外地要干点事真不容易，少不了要老乡帮忙。"

侯光明说："谁说不是。可像莫总这样干出大事业的还不多呢！"

莫学剑摇着头说："什么大事业？你别听人家瞎说。现在我可有点焦头烂额。"

侯光明在心里想："俗话说：'酒无好酒，宴无好宴'，他今天请我，必有所求。"便问道："莫总有什么为难事？尽管开口。"

莫学剑见问，知道火候已到。便说："侯所，真人面前不说假话，我真有点事要你了难。"

侯光明说："您说！"

莫学剑说："我有个朋友想办个公司，现在'万事齐备，只欠东风'，就差一份验资报告。"

侯光明说："验资这是我们的本行。他们打算验多少？"

莫学剑说："两千万。"

侯光明闻言，心里不觉一阵高兴。他想这可是一笔大业务，便说："好呀！他们准备用什么验资？是现金还是实物？"

莫学剑说："难就难在这钱上面，没有钱能不能验？"

侯光明为难了，没有钱验什么资，这岂不是开天大的玩笑！但他不便把话说绝，便婉言说道："只怕有些难，如今工商局抓得很紧，虚假验资要承担法律责任的。"

莫学剑以一种轻蔑口吻说："法律？在中国有什么法律？你看有谁为虚假出资和虚假验资判过刑？那是吓白菜鬼的。能不能验还不是你侯所长一句话。"

遇上这么个人，侯光明实在有些为难，但他也不得不承认他说的是事实，一时间他真不知怎么反驳他。良久，他才摇着头说："你说的我无法否认，但我实在不敢冒这个风险。"

莫学剑见他把门关得很死，便想用钱来开路，他想有钱不怕做不成事。他说："侯所长，说起来我们还是小同乡，你帮了我这个忙，我决不会亏待你。费用嘛，你说多少就多少。"

侯光明见他如此说，便有点动心。他问道："你们没有一点资产吗？我看这神州大酒店就值两千万，你不是还有太平洋，还有蓝色海洋吗？”

莫学剑马上跟进，他说：“你说财产我多得很，可是我不喜欢搞得这么复杂。我是个爽快人，喜欢一锤子买卖，明天就给我报告，你说要多少钱？”

侯光明碰上这么个不讲道理之人，实在没有办法，心想这些人被拜金主义泡坏了，以为钱能通神，可以买通一切，便说：“莫总，你出多少钱也买不到验资报告，没有钱肯定不能验资，不信你另请高明吧！”侯光明酒没喝完便起身告辞，走出了神州大酒店。莫学剑呆若木鸡，坐在那里纳闷，他没想到这会计师事务所还真难对付。

其实莫学剑并不是不知道可以拿神州大酒店去验资，他用神州大酒店到银行抵押贷款也能贷上两千万。可是他不想拿老本去冒这个险，他心知他要干的这桩买卖风险很大，他不想落个血本无归，倾家荡产。他靠玩空手道把国有资产给揽过来这才合算，只有这样才叫做无本买卖。可是这验资报告上哪儿去弄呢？后来他想，这会计师事务所金阳有十多家，总不会家家都是侯光明这个态度，鸡蛋上总会有苍蝇叮的缝。想了许久，他把小赵叫进来问道：“金阳有多少家会计师事务所？”

小赵说：“大概有十六家。”

莫学剑说：“好！从明天起你每家会计师事务所都去一趟，看哪家能为我们办。费用嘛，可以不惜代价。”接着，他又向小赵交代说：“你先去找那些越小越滥的所。”

“好！”小赵又一次领命去了。

过了两天，小赵回来向莫学剑汇报：“莫总！好消息！找到门路了。”

莫学剑听说，心中也有几分高兴，忙说：“快说！”

小赵倒是卖起了关子，他不急不慢地说：“通过了解，这验资的门路有三条。第一条是筹两千万资金打到临时账号上马上可以验资，这条虽然快可您是不想走的；第二条是您拿出少量不动产，譬如用蓝色海洋去评估，三百万的资产会计师事务所可以给你评到两千万；第三条是找咨询公司，它们可以代办营业执照，也能代办验资，而且还能垫资验资，可是收费相当昂贵，那真是狮子大开口。”

“他们要多少？”莫学剑问。

“二十万。”

“他娘的！”莫学剑闻言陷入沉思。他想后两条路当然可取，但同样要付出昂贵代价，离他的期望值太远，他是想玩空手道，既不拿出资金，又不要花太多的钱，他总是从那奸商的角度考虑问题，所以他对这三条路都不以为然，他问小赵：“你小子还不懂我的意思，还有其他路没有？”

小赵满以为莫总会表扬几句，没想到莫总不以为然，他有几分失落，摇了摇头说：“没有！”

莫学剑在屋内踱了几步，突然转身问小赵：“十六家事务所你都跑到没有？”

小赵歉疚地说：“没有，还有一家最小的合伙所没有去。听说这家所只有三个人，搞多少算多少，没有一点信誉，我没去找。”

莫学剑突然发话：“去！你马上去找他们，你给他们说只要肯出验资报告我给五万。”

这一次小赵有点不高兴地走了。

过了两个小时，小赵打来电话，他高兴地说：“莫总！他们同意了。你叫郭会计送五万块钱来就可拿报告。”

莫学剑说：“嗯，我说嘛！有钱使得鬼推磨。好！我马上叫郭会计送钱过去。”

不久验资报告送来了，莫学剑翻着这份费尽心思才得到的报告，非常佩服这家会计师事务所有手段，他们把两千万银行询证函复印件伪造得天衣无缝。

验资报告得手后，宏大科技发展有限公司如期开张营业了。

郝志道的确是个能人，他不负莫学剑所望，上任不到三个月，他把金阳子公司经营得铁桶似的，针插不进，水泼不进，而实际在后面操纵的是莫学剑，金阳子公司和莫学剑新开的宏大科技发展有限公司甚至和他的神州大酒店、蓝色海洋、太平洋之类都有着千丝万缕的说不清道不白的联系，像一条条无形的血管，从金阳子公司的机体上吮吸着血液和营养，尤其是宏大公司，它像一只依附在牛背上的牛虻，不停地吸着金阳子公司的血液。原材料低价进高价出，由宏大科技发展有限公司卖给金阳子公司。产品又从金阳子公司低价销往宏大公司。如此一来，莫学剑的那些私人企业越办越红火，金阳子公司却越办越不景气，连年亏损，到最后资不抵债，净资产出现巨大赤字，成为北京总公司的一个沉重包袱，北京总公司的确也有甩掉这个包袱的意图。莫学剑看到火候已到，便想用假改革真并吞的办法把金阳子公司的财产全部转到个人名下。想不到好梦难圆。欧阳明从中作梗，使他阴谋不能得逞。旧恨新仇使莫学剑对欧阳明更加恨之入骨，一定要除之而后快，这才导演了前面的那场车祸。没想到欧阳明没死，只撞伤了朴雪，虽然使朴雪付出了代价，但终究没有撞死欧阳明，难解心中之恨。机关算尽终成泡影，随着审计的深入，金阳子公司连年亏损的原因渐渐露出了水面。他再次下决心一定要除掉欧阳明，可是他又不能太露痕迹，决不能把自己搭进去。在用车祸未将欧阳明除掉后，已经引起了公安局的关注，如今正追查得紧。他想这是走了一着险棋，要除掉他，必须要寻找一只无形的手将欧阳明扼杀。

最近莫学剑听到社会上纷传金阳棉纺厂工人闹事，而金阳棉纺厂的破产清算是欧阳明承办的，金阳棉纺厂的职工对欧阳明恨之入骨。他想这倒不失是一个好机会，这时他想到了那位注册会计师谭建业。

谭建业是他在水上威尼斯偶然遇到的，那天他和喻少清在水上威尼斯喝茶，喻少清向他介绍了在邻桌喝茶的谭建业，说他是黎明会计师事务所的注册会计师，很有水平。谭建业出于职业的本能，他送了一张名片给莫学剑，请他关照业务。如此两人接上了关系，才发生了以后一系列事情。

自从谭建业另立会计师事务所的行动被挫败之后，他心中一直郁郁寡欢。虽然他的注册会计师关系仍放在黎明会计师事务所，可是他再也不敢到黎明会计师事务所上班，他不敢面对欧阳明，更不敢面对朴雪。欧阳明派人找了他几次，他都避而不见，他游离于注册会计师队伍之外，整天无所事事。他几次找郭安娜诉苦，郭安娜觉得这事是办砸了，一时也没办法。于是他便想去沿海发展，可是他又没这个勇气，沿海的会计师事务所目前都已成气候，要到那里去闯一番天地不是那么容易，到那里同样是当个一般注册会计师，受那些股东们控制。何况要背井离乡，在那儿孤身一人生活上也不是个味儿。虽然每月搞得四五千元的工资，但要用去大半，所剩并不太多。何况他对朴雪仍是余情未了，只要朴雪未结婚，他就存有一线希望，如此倒不如在本地找个会计师事务所干干。可他有黎明会计师事务所的劣迹，虽有郭安娜做后台，但其他会计师事务所都敬而远之。到最后他只有听从郭安娜的告诫等待时机，伺机而动。

正在谭建业无限苦闷之际，这天他接到了吴有才的电话，吴有才约他到水上威尼斯见面。

晚上八点，谭建业如约到了水上威尼斯，财务总监吴有才已在那里等候多时，见谭建业进来，连忙起身相迎。他亲切地握住谭建业的手说："来来来！谭所长，请坐！请坐！"

谭建业说："别开玩笑了，我哪是什么所长？"

吴有才说："现在不是，很快就是了。"

谭建业说："什么意思？"

吴有才说："只要你能把欧阳明拉下来，你不就是所长了！"

谭建业说："这简直是天方夜谭，即使欧阳明下了台，也轮不到我头上。"

吴有才说："我们莫总想帮你的忙，不知你愿不愿干？"

谭建业问："怎么帮忙？"

吴有才说："莫总愿出一百万帮你把黎明会计师事务所买下来，你来当所长。"

谭建业说："按照规定，非注册会计师是不能买会计师事务所的。"

吴有才说："你没领会我的意思，莫总的意思是给你一百万，由你来买。"

谭建业有点惊讶地说："有这等好事？"

吴有才说："你要相信莫总，他决不会食言。"

谭建业说："恐怕不会白送吧！你们有什么条件？"

吴有才说："条件嘛，很简单，你把金阳子公司的审计做好。"

吴有才说得十分含蓄，可谭建业是个明白人，他自然领会其中奥秘。他迟疑了一下，心想这需要冒很大的风险，搞得不好还要坐牢，便说："这恐怕有些难度。"

吴有才说："当然，我们一百万也不是个小数字。"

谭建业一时没有说话。此时谭建业心里十分矛盾，要达到他们的目的风险固然很大，但一百万的确也不是个小数目，如果能把黎明会计师事务所买下来，那么他就是最大的股东，他只要拉一个注册会计师入伙，给他百分之一的股份就可将黎明会计师事务所改造成为合伙所，那么实际上这个所就归他个人所有了，这是多么大的诱惑力啊！但是他还是下不了决心。

吴有才似乎看透了他的心思，便说："我也知道你的风险很大，我们莫总也想到了这一层，他准备再给你五十万，给你办一个秘密账号，即使出了事，你这一辈子衣食无忧。"

谭建业听了这话，心中像注射了一支强心剂，但他没有充分表现出来，因为能不能把欧阳明拉下来，怎么才能把他拉下来，他心中还没谱，便说："好吧！容我想一想！"

吴有才说："行！你想好后给我个电话，但一定要快。"

谭建业踌躇满怀地离开了水上威尼斯，他那阴暗的心里已经在盘算着如何设计陷害欧阳明了。

欧阳明这几日度日如年，整日价如坐针毡。虽然他心中无病，但总有一种不祥之感。这一天他办公室来了一位客人，这位客人原是黎明会计师事务所的注册会计师，叫李天行。三年前李天行跳槽到北京一家大会计师事务所工作，这次到湖南执业特地到黎明会计师事务所来看望老领导。欧阳明热情接待了他，顺便打听北京会计师事务所执业情况。他问："你们所去年做了多少业务？"

李天行说："七八千万吧！"

欧阳明惊讶问道："这么多？这么多业务，是你们自己去找，还是客户找上门？"

李天行说："我们不要去找业务，都是客户找上门。更多的是政府部门委托。例如国资委就搞招标，中一个标就是几百万的业务。"

欧阳明羡慕不已，无限感慨说："唉！能这样多好，你们已到了社会主义社会，我们可还在原始社会。"接着欧阳明又问："你们那里有注册会计师被抓没有？"

李天行："怎么没有？听说有个事务所伙同企业搞假破产，真逃债，抓了三个注册会计师，两个签字的，一个法人代表。"

欧阳明不由倒吸一口凉气，半天做声不得。

欧阳明送走李天行之后心情坏透了。他只好横着想，唉！听上天去安排吧！

人是有责任心的，决不可因爱成恨，也不可为片刻的欢愉而淫乱。

——作者述评

第九章

在谭建业的计划中，首先想到的是他的婶婶郭安娜，他想只有她才最清楚怎样才能把欧阳明拉下来。她终究是监管注册会计师的科长，她最懂得注册会计师的奖罚升免了。

可是当谭建业向郭安娜提出这个问题时，郭安娜心里矛盾极了。她对欧阳明又爱又恨。但真要把他搞下台，她又于心不忍，可不把他搞下来她又心不甘。

自从那次被软软碰了一回钉子之后，郭安娜对欧阳明始终不能忘怀。她并不是找不到伴侣，给她做介绍的人不少，直接向她求爱者也曾有过，可是她总解不开她与欧阳明的情结，人们常有一种特殊的心理："越是得不到的东西越珍贵。"想吃而吃不到的东西才是最好的，所以欧阳明越拒绝她，越使她爱得更深，越来越不可自拔。她想一切障碍都已排除，应该是他们再续前缘的时候了，你欧阳明这个榆木脑袋怎么还不开窍呢？在海南，同学们那么给他劝合都没见他点一下头。

三个月前，位居某省建设银行行长的胡长青这日偶然起了思念同学之情，他做东邀请全班同学到海南聚会。郭安娜和欧阳明同时接到了邀请，两人双双飞抵梅兰机场，然后坐的士到了海南华天大酒店。同学们已经到了十多个，见他俩来，便陆续前来探望。刚见面时，一时间互相都不认识，男的两鬓挂霜，有的已是满头银丝，还有的谢了顶。女的要么是花白头发，要么是佝了背，大不似以前那般如花似玉。刚见面，个个感慨不已，都说岁月不饶人，人生苦短，转眼已过半百，惟有郭安娜身材依旧，照样是花儿一朵，女同学羡慕不已，连连问她有何良方，保养得这般好。男同学则跟她打诨，说真想休了老婆和她结婚。同学们相见最是亲热，没有什么长幼尊卑之分，再大的官儿，此时都是平民百姓，说话非常随便。郭安娜被安排和一个叫谢小芳的同学同房，在学校时，她俩玩得最好，所以郭安娜特意要和她同房。郭安娜行李刚一放下，谢小芳就逼着郭安娜问："听说欧阳明的老婆死了，你们是不是又在谈恋爱？"

谢小芳一句话，倒把郭安娜问得如同倒了五味瓶，酸甜苦辣一齐涌上心头，她真不知怎么跟谢小芳说，她只得没好气地说道："呸，你呀！刚见面就没有一句好话，老太婆一个，还谈什么恋爱！"

谢小芳说："说真的，你和欧阳明是天设地造的一对，谁知月老捉弄人，不把你们安排在一块儿呢。"

郭安娜装着不耐烦说："去去去！说点别的好不好！快帮我倒杯水来，哎哟，真累死了！"郭安娜在学校时就常对谢小芳颐指气使，今日见面，仍不改那种脾气。

谢小芳泡了杯茶端到郭安娜面前关切地问："听说你独身好几年了，难道就没找到一个相好的？哎！女人就是有个家才好，累死累活也心甘情愿。"

一句话触动了郭安娜的痛处，不由心中一酸，眼泪几乎下来。可是她是个好强之人，她不会在弱者面前流露出半点真情。她强忍着，装着累了，倒在床上没理谢小芳的唠叨。郭安娜嘴上没说什么，心里却像一锅滚开的沸水。谢小芳的话自然勾起了她对欧阳明的情爱，是呀！谁不说我们是天设地造的一对呢？欧阳明呀欧阳明！你为什么这样不懂味，不知道我对你的爱呢？

下午四点多钟，全班同学大约有三分之二陆续到了海南。晚上，胡长青举办酒宴欢迎同学们的到来。酒席间，胡长青做了一篇简短的欢迎词，然后全体起立，共祝友谊与健康，互相碰杯，干了一杯酒，女同学不喝酒便以奶代酒。

郭安娜和欧阳明坐在一桌，她挨着欧阳明的下首坐了。这时不知是何人提议，请学生会文体部长、我们的老班长讲话。欧阳明连忙挥手说："别别！现在还有什么老班长，免了！免了！"

可是大家不依，郭安娜带头鼓掌，于是大家报以热烈掌声。

欧阳明盛情难却，只得站了起来，说："各位同学，实在很抱歉，我没有准备讲话，也没话好讲。我祝同学们这次聚会玩得痛快，玩得开心！"

不知是哪个调皮鬼说："你怎么没有话说呀！你就讲讲你和郭安娜发展得怎么样了！你们这对金童玉女什么时候请我们喝喜酒？"

大家齐声附和："是呀！快说！快说！"

欧阳明涨红了脸，坐下后一言不发。倒是郭安娜是见过风浪的，她端着酒走到那个调皮鬼跟前说："你们说欧阳明就说欧阳明，怎么把我给捎带上了，该罚！我要罚你一杯！"

众人觉得有趣，又都反过来齐声附和说："该罚！该罚！"

郭安娜催促道："同学们都认为你该罚，快喝！"

调皮鬼拗不过，豪气陡生："喝就喝，一杯酒怕什么，不过你要陪我喝！"

郭安娜不依："是我罚你，怎么要我陪你喝，你先喝！"

调皮鬼没奈何："喝就喝！"一仰脖子将一杯酒喝下。众人齐声喝彩。

郭安娜欲走，调皮鬼拉住郭安娜说："别走！你还没喝！"

郭安娜满不在乎地一仰脖子，也将一杯酒喝下，众人又齐声道好。

这时有一位绰号叫"文曲星"的站起来说："我们都是知识分子聚会，我们来点雅的怎么样？"

有人问:“怎么个雅呀?你先出题吧!”

文曲星说:“我先出个上联,求对下联怎么样?我们人多,不便一人对一联,一桌对一联,对不上的,全桌罚酒,怎么样?”

有人反对:“不行!这是你文曲星的拿手戏,我们对不上。”

有人赞成:“好!以桌为单位,你对不上总会有人对得上,文曲星你出上联吧!”

文曲星喝了一口酒,慢慢念道:“住旧屋办旧事新油漆装点旧家具。”

大家一听,这对子可有点棘手,新的旧的都要对上的确不是件易事。一时间大家都沉默不语。

大家冥思苦想一番,都想不出个好句子来。突然欧阳明站起来说:“我来试试。”接着他便说道:“穿新衣做新郎老办法解决新问题。”

“好!”大家一阵惊呼:“对得太妙了!”有人便往邪路上想,对欧阳明说:“老办法解决新问题,真是只可意会,不可言传,含蓄、深刻,欧阳明,真有你的。”

其实欧阳明并无邪念,他只是就新老二字来对,没想到人家一点拨,老办法解决新问题,这是洞房花烛夜之常事,岂不是的确有点邪乎。经这么一点拨,许多女同学也明白了其中深意,都低着头窃窃私笑。

接着又有人站起来:“老班长对得好,我不才也来学习一对。”接着他也念道:“上高山爬高坡低沟壑脚踩高山石。”

大家听后,也有点头的,也有说一般的。须臾,又有人站起来说:“好!我也对一对试试。”接着便道:“常将人病如己病,救得他生似我生。”此对一出,立即哗然,有人叫道:“狗屁,字数都不对,这算对什么对子?”又有人叫道:“你这是捡得人家的,我在哪个诊所门前见过。这个不能算,该罚酒!”于是同桌就有人埋怨:“狗屁,你不会对对子你就不要对啰,害得我们一桌人都要罚酒。”这一桌人倒还自觉,每人喝了一杯,不喝酒的女同学则喝了一杯奶。接着又有人对了几对，但都不如欧阳明的恰切工整，于是又有两桌人挨了罚，大家举起酒杯，喝了个不亦乐乎。

这场酒一直喝了两个多小时，男同学喝了个天昏地暗，胡言乱语，女同学则喝得频频上厕所，来了个奶足饭饱，饱嗝连连。

第二天，大家结队而行，乘坐一部大巴向三亚行进。一路上游览了高峰聚会的博鳌，参观了红色娘子军的故乡琼崖县，拜了东山寺，去了天涯海角，游了鹿回头，最后上了南山。一路上郭安娜都跟欧阳明走在一块儿，可是欧阳明心不在焉，情绪不高，不但落落寡欢，而且沉默不语，对郭安娜视而不见，充耳不闻。虽然有不少同学插科打诨，拿他俩当笑料开玩笑，更有那好事者想从中劝说撮合，可欧阳明始终以一种苦笑对之，这使郭安娜非常伤心。这次海南之行大家都玩得十分开心，可郭安娜却玩得十分寒心。

还有一件事更令郭安娜伤心。那次全省主任会计师赴上海国家会计学院进行后续教育，名为后续教育实际是召开主任会计师年会，作为市里监管注册会计师的科长自然也在参加之列，故郭安娜和全市的主任会计师一块儿坐飞机到了上海国家会计学院。上海国家会计学院是朱总理倡导建立的三所国家会计学院之一。三所会计学院中，以上海国家会计学院为最，整个学院是借鉴西方模式，建筑群落都是一栋栋独立的别有风情的楼房。从校门进去，一根公正柱高高耸立，公正柱的后方，是一条笔直的走廊直通一个半圆形广场，所有建筑便分落在走廊两旁，规划设计颇具匠心和深意。尤其是校门口有一块巨石，上面刻着朱总理对会计师们的寄语，上书："诚信为本，操守为重，坚持准则，不做假账。"听说朱总理很少题词，这是惟一的一幅，这说明朱总理对会计工作是何等重视。这几句话虽寥寥数字，却寄托了他对会计师们的深切期望，每一位注册会计师来这里进行后续教育，看到这几句话无不动容，都在想想我做得怎么样？目前做假账，是我国会计界的通病，已经严重地扰乱了我国经济发展，所以朱总理才对会计们约法三章，才将不做假账几个字深深刻在国家会计学院的门口。欧阳明刚下汽车便看到这几个字，不觉怦然心动，检查自己工作，所里最大的任务是对金阳子公司的审计，他心里很清楚，这项审计任务干系重大，前一段发生的一系列事情，恐怕都与这项审计有关。他想决不能姑息养奸，一定要查个水落石出，将那些做假账侵吞国有资产者暴露于光天化日之下。

"走呀！"和他同时进校的郭安娜推他一下。欧阳明缓过神来，两人提着行装一同去报名处报了到。按照安排的宿舍住了下来。

上海国家会计学院的宿舍与大学宿舍不同，不是几个人住一间房，而是一人一个小天地。虽然房间很小，但卫生间、沙发、办公桌、电话一应俱全。郭安娜的房间恰好安排在欧阳明隔壁，这样便给了他们常在一块儿的机会，上课下课、吃饭出行都走在一块儿。

学习和开会结束后，学院照例要组织一天旅游观光。这一天学院安排汽车将大家送到了上海市人民广场。郭安娜和欧阳明下车后到外滩观光游览一番后，然后渡江到了浦东。他们首先登上了号称中华第一亚洲第二高度的金茂大厦，然后又登上了上海的标志性建筑东方明珠。欧阳明被东方明珠中那些琳琅满目的艺术品深深吸引，每到一层，他都感受到一种强烈的艺术享受。欧阳明在心中深深佩服这些能工巧匠的高超技艺，深深为我们中华民族所创造的人类文明而自豪。他本来就十分喜爱艺术，对塔里珍藏的各种艺术品细细品赏。郭安娜对艺术一窍不通，她对这些东西索然无味。此时她只对欧阳明感兴趣，她觉得能够这么近距离地单独和欧阳明在一起游玩，这本身就是一种幸福。他们在东方明珠滞留了三个多小时，渡江回到外滩时，天已黑了，外滩上灯火辉煌，各式各样的路灯争奇斗艳，各种各样的霓虹灯闪烁着夺目的光彩。那从高楼顶上直挂下来的，气势恢宏；那横空出世、悬挂当街的，如同天上的彩虹；还有那勾画出人物花鸟山水等各种图案的，更是巧夺天工。此时回首浦东，更叫人惊讶不已，只见耸立江那边的东方明珠散发着五颜六色的光芒，使人感受到这是一颗真正的明珠。还有东方明珠附近的高楼群也是光芒四射，五颜六色，争奇斗艳，美丽极了。那一座座如彩练般横跨黄浦江的大桥，更叫人心旷神怡，使人仿佛觉得这不是在人间，而是在群星璀璨的天河街市。大上海呀！大上海！今日才见到真正的大上海。欧阳明心中有种说不尽的新奇感受。两人相携沿街观光，时针不觉已转到了十点，郭安娜对欧阳明说："看到这个你就感叹不已，那边还有更美的哩！你看那南京路步行街，比这儿更热闹。"

两人快步离开外滩，来到南京路上。南京路上的步行街，这又是一道引人入胜的风景线。那成群成群的霓虹灯比外滩更为热闹不说，更有那形形色色的林立的店铺和那川流不息的人流。这儿马路宽阔平坦，更奇的是平坦的马路上不时增设一处引人入胜的艺术景点，既给游人观赏，又给游人一个个休息的场所。时间已是十点多，可是这儿仍然是人流如织，一个个店铺里人进人出，熙熙攘攘，川流不息，一派繁荣景象。上海号称"不夜城"，大概就是如此。

"人说到上海若不买东西，那就不算到了上海，阳明，你陪我买点东西去！"郭安娜说着，扯着欧阳明进了一家服装店。

欧阳明向来不喜欢逛商店，平常和阿美一块儿逛街，总是她进去买东西，他站在商店门外等候，家里的衣服食物全是阿美采购。阿美过世后，他还没进商店买过东西，所以并不愿意进去，站在商店门口说："你肚子不饿吗？这么晚了，我们还没吃晚饭呢！"

欧阳明一说，郭安娜忽然觉得肚子果真饿了，便说："好好！听你的，先吃点东西再说。"

附近有一家日本料理的小吃店，两人一同走了进去。迎客的日本小姐十分恭敬地站立两旁深深鞠躬，公式化地像背台词似的用中国话齐声说："欢迎光临！先生、小姐好！"

欧阳明和郭安娜没理会迎宾小姐，径直走进客厅，选一处干净位子坐了，一人要了一份日本豆腐，又叫了两份小吃，无非是填肚子的食物。两人肚子的确饿了，不一会儿所有东西都风卷残云似的消失了。吃完饭，郭安娜对欧阳明说："走吧！我想买一件风衣，看这儿有没有？"

郭安娜又把欧阳明拉到了服装店门口，欧阳明说：“你进去吧！我在这儿等你。”

郭安娜佯装生气说：“你……你这人真怪，好！你站这儿不许走啊！你要是把本科长丢了，有你好看的！”其实郭安娜是在说笑话，她是久经风浪的麻雀，上海已经来过多次了，怎么就会轻易丢了呢？但她心里倒真有点担心欧阳明扔下她走了。

郭安娜进商店不一会儿便出来了，她对欧阳明说：“那儿有一件风衣，你穿最合适，去试试吧！保证你要年轻十岁。”说着她不由分说把欧阳明往商店里拉。街上人很多，欧阳明怕人笑话，只好随她进了商店。店主拿着一件风衣正在等他，欧阳明进来，她便将风衣披在他身上，欧阳明只得将风衣穿上。不错，他自己也觉得帅气多了。郭安娜朝欧阳明左左右右、前前后后看了个够，说：“不错吧！我的眼光还会错吗？这件风衣穿在你身上真是太合适了，太帅气了，简直就是天设地造，天衣无缝，满意吧！这是我送给你的生日礼物。”

欧阳明一听，这才恍然大悟，今天竟是自己的生日，自己早就忘了，亏她还记着，原来她要自己进来是早有所谋。欧阳明不由怦然心动，深深感到郭安娜对自己是真心实意，一颗滚烫的心几乎触手可及。真是的，她这么对我何所求呢！论资格她是我的上司，论学历，我们是同班同学，论人品相貌，她也可算是百里挑一，有哪一点配不上我呢？她如此对我，无非我是她的初恋。过去阿美在时，阿美是横在我们之间的障碍，如今阿美走了，我们是应该走到一块儿了。如此一想，他感情的堤防全线崩溃，不禁深情地望着郭安娜发愣。郭安娜此时正在和店主砍价，从开价一千已经砍到五百，郭安娜还在砍，两人像打仗似的拉来砍去，最后以三百五十元成交。店主唉声叹气，说是亏了。郭安娜也在后悔，说是上了大当。欧阳明看她那神态，真是砍价的老手，真不知她什么时候学会了这一手。这商品经济真是个鬼，它可以把人变成鬼，也可把鬼变成人。欧阳明在心里想，要是我，只要适用，我一千元钱早就买了，想不到其中有这么大的学问。

店主将风衣折好包好，扯下一个塑料袋装了。欧阳明争着要付款，郭安娜抢着把钱付了。欧阳明挟着风衣拉着郭安娜从商店出来。

这一折腾，几乎花去了半个多小时。郭安娜还想逛商店，欧阳明拉着她说："还去！我们回不去了！"

郭安娜淡淡地说："回不去更好，我们去开房，怎么样？"

欧阳明未置可否，郭安娜拉着欧阳明说："走！我们去疯狂一夜，也过过上等人的生活。"

郭安娜拉着欧阳明来到上海GP饭店门口，欧阳明止步不前："嗳，别进去，这是全上海最有名的饭店，很贵的。"

郭安娜嘿嘿笑道："嘿嘿！我花两个月工资也要住它一晚。"郭安娜不由分说，拉着欧阳明进了大厅。来到登记处，先交了三千元押金，服务小姐带他们走进一间富丽堂皇的客房。这间客房也真够气派，有单独的会客室，里面有沙发茶几电灯电话，一应俱全，而且都是极高档位。就说那沙发吧，除了一色真皮外，还罩着针织的、做工十分精美高雅的面罩，面罩中穿插着金线绣的各种图案。桌上的电话机是镀金的古典式的，显得十分典雅。走进住房，这儿一应家什俱全，件件都是珍品，室内弥漫着一种温馨、祥和、高雅的气氛，用什么形容词来形容都不过分。

郭安娜抱着欧阳明倒在一张豪华的双人床上，伏在他身上一阵狂吻。开始，欧阳明被动地接受着郭安娜的爱抚，后来他也一时性起，抱着郭安娜一个翻身，将郭安娜压在身下。郭安娜急不可待地脱掉衣服，显露出一个鲜活的胴体。她虽是四十多岁年纪，但未曾生育，其体态形同处女，果真是风韵犹存。只见那胴体丰腴，体态匀称，肌如瑞雪，皮肤光滑柔韧，胸部高高隆起，两朵鲜红湿润的带雨桃花在乳峰上微微颤动，直叫人销魂落魄，即使是如来佛祖转世，此时恐怕也把持不住。郭安娜在欧阳明身下不停地哼哼唧唧，扭动着躯体，浑身香汗津津，宛若带雨梨花，欧阳明禁不住在她红唇上，细脖上，酥胸上狂吻。忽然，在欧阳明眼前鬼使神差般出现了朴雪的身影，他不觉一怔，刚刚涌上的激情突然间消退。他爬下床来，系好刚才被郭安娜扯开的衣服。

郭安娜惊讶地坐起，问："怎么？你有病呀？"

欧阳明没有理她，径自走进了卫生间。

欧阳明从卫生间出来，郭安娜还躺在床上哼哼唧唧。欧阳明在沙发上坐下，发现茶几上有盒精美的香烟，还有一只精美的打火机。他拿起打火机把玩着。本来他不吸烟，这时也忍不住拿起香烟抽出一支叼在嘴上，然后"啪！"地一声打燃了打火机，点着香烟。他吸了一口，发觉这烟的口味极好，又猛吸一口，吐出一股浓烟。

郭安娜此时欲火难禁，在床上翻滚着叫道："阳明，你快来呀，你怎么不来？我……我受不了啦！……嗯嗯！你快来呀！"

郭安娜叫了一会儿不见欧阳明动弹，便赤裸着身子从床上下来，抱着欧阳明狂吻。可欧阳明仍像木头人似的无动于衷。郭安娜在欧阳明耳边哼哼说道："嗯嗯！你怎么啦？你说过的，我是你的爱人，难道你就忘了！"

欧阳明闻言，一时真想不起什么时候说过这种话，便问："哪有这种事？"

郭安娜附在欧阳明耳边轻声款语说："你！想要赖！你不记得了？在三亚……"

欧阳明闻言，这才想起在三亚发生的荒唐事。

那还是在红都机械厂工作时，有一个夏天欧阳明受命到三亚出差，在三亚不期遇到郭安娜。郭安娜在三亚参加一个财政会议，两人都住在三亚大东海一家大酒店。他乡遇故人，自然两人都欣喜异常，那种意外，那种高兴，当然难于言表。晚上两人结伴游三亚，在大东海听涛声，在三亚街头逛夜市，两人说不出的甜情蜜意。那时候谭德光尚在，郭安娜并不像现在一样过着清苦孤独生活。所以虽然两人互诉前情，但都并无非分之想，更无越轨行为。

晚上十一点多钟，两人分手各自回房休息。欧阳明进房不到五分钟，就听“嗒嗒嗒”敲门声。欧阳明以为是郭安娜找他，便去打开房门。不想房门一开，两个小姐站在门外问：“你要按摩吗？”

欧阳明忙说：“不要不要！”说着便欲关门。那两位小姐把门抵住，从门缝里挤了进来。欧阳明无可奈何，只好退身躺到床上。

两位小姐进门后，一位很不客气地坐到床沿上，一位像主人似的倒了一杯茶自顾自喝上了。坐在床沿上的小姐说：“老板！出门在外，最怕寂寞，我们陪你说话，给你按摩，其乐融融，价钱便宜得很，何乐不为喏？”

欧阳明无奈地说：“我不要按摩，我请你们出去！”

这时，那位坐在沙发上喝茶的小姐走过来坐到欧阳明身边，半截身子伏在欧阳明身上嗲声嗲气说：“莫喏！在这人生地不熟的地方，我们能相逢也是一种缘分。你没听说‘百年修得同船渡，千年修得共枕眠’吗？机缘难得，何必错过美好姻缘喏！”

欧阳明推开小姐，起身坐到沙发上。欧阳明在心里笑道：“这也算是美好姻缘吗？”那位小姐索性躺到欧阳明的床上，那位坐在床沿上的小姐走过来靠着欧阳明坐在沙发上。欧阳明只得站起身来，站在房中间向两位小姐讲好话叫她们出去，可是任凭他怎么说，两位小姐就是不出门，真叫欧阳明哭笑不得。欧阳明没法，突然他想到一个主意，他对两位小姐说：“我老婆就住在隔壁，我怎么能干那种事？”

小姐不信，说：“你骗我们，你老婆怎不和你住一块儿呢？”

欧阳明硬着头皮说：“不信，我把她叫过来。”说着，他给郭安娜拨了个电话：“喂！郭安娜吗？这里有两个小姐跟我纠缠不清，你过来一下吧！”

郭安娜在电话里给他开玩笑：“好哩！你艳福不浅嘛！得行乐时且行乐，你好好受用吧！哈哈哈哈……”

欧阳明见郭安娜不肯帮忙，反而幸灾乐祸，心里有点不好受，暗暗埋怨郭安娜不够朋友。这时那两位小姐笑道：“咯咯……，我知道你在骗我们吧！还不如让我们跟你做一晚老婆实在。来嘛！老板。"说着,她们便动手欲脱欧阳明衣服。欧阳明吓得连忙躲闪,口里叫道:"别!别!别这样!"

这时,门被拍得山响,欧阳明赶紧跑过去开门。门开了,郭安娜怒气冲冲地冲进门来吼道:"你们要干什么?你们给我出去!"其威势十分吓人。

欧阳明趁机说:"她就是我老婆,我没骗你们嘛!"

两个小姐见这阵势,急急如丧家之犬跑了。

"哈哈哈……"郭安娜一阵好笑。

"那晚若不是我帮你,那两个小姐可要破你的童子身了。你今晚难道不能……"郭安娜用一种娇滴声哀告道。

可是还是不能打动欧阳明的心,他仍像木头人似的任凭郭安娜摆布,毫无反应。

不知是那香烟具有催眠作用,还是夜已深了,过了不久,欧阳明竟酣然入睡。

听着欧阳明那均匀的鼾声,郭安娜伤心透了。她又想起自己的命真苦,为什么会爱上这么一个不通人情的男人,为什么老天这么不公平,竟让谭德光早早地离开了自己,使她寂寞孤独一生。她忍不住又蒙着被子暗暗哭泣起来。一边哭,心里却对欧阳明恨得咬牙切齿,她在心中暗暗发恨:"毁掉他!毁掉他!我一定要毁掉他!"

第二天一早起来,她再没理欧阳明,梳洗一番之后,早早地离开了 GP 饭店,一个人回到上海国家会计学院。

郭安娜百思不得其解,她弄不清欧阳明为什么会如此对她,难道他不是个男人,难道他真的有病?可是她很快否定了自己的猜想,如果真是这样,他为什么能生育?他为什么和阿美生活得那般恩爱,那般和谐美满。最后她把疑点落在了朴雪身上。对!是朴雪,是朴雪这个狐狸精妨碍了她和欧阳明的感情,她在心中做出了充分的肯定。

回金阳的第二天,郭安娜打电话到黎明会计师事务所办公室。正巧欧阳明不在,朴雪接了电话。

郭安娜问："哪位？哦，是朴雪吗？你好！"

朴雪问："郭科长，您好！您有什么指示？"

郭安娜说："什么指示！你呀，跟你阳所长一个样，总是什么汇报呀，指示呀，我们就不能平等地聊聊。"

朴雪说："我哪敢呀，郭科长，你有事吗？是找阳所长吧？"

郭安娜忙说："不不！我不找他，我找你。"

朴雪奇怪地问："找我？有什么事吗？"

郭安娜问："晚上有空吗？我想跟你聊聊。"

"跟我聊聊？"朴雪感到十分意外，也更加感到奇怪。她本想借故推辞，但她不知道郭安娜要和她聊什么？万一是工作上的事，岂不要误事，便说："我们小老百姓一个，有什么事可聊啊？"

郭安娜说："我们都是女人嘛！女人在一块儿总有聊不完的话题。"

朴雪听郭安娜如此说，没理由再拒绝。她说道："郭科长看得起我，我还有什么可说的，我只有感谢的份儿。你说在哪儿会面？"

郭安娜说："我们不去坐什么茶馆，那样太俗气。晚上我们找个僻静地方，你看就到湖心亭怎么样？好，晚上八点钟我在湖心亭等你。好！再见！"

在金阳市有一个颇有名气的公园叫明公湖公园，明公湖公园的明公湖中有一个小岛，小岛上有一座亭子处在湖的中央，故名叫湖心亭。湖心亭有铁索桥与陆地相连，故去这个亭子游玩的，谈情说爱的人不少。这个亭子不大，却颇有些来历。其历史悠久不说，亭子中还有一段动人故事。那是说金阳城中曾有过一对姐妹，两人长得天仙般美丽，真有沉鱼落雁之容，闭月羞花之貌。当时城中知府有一个衙内，他见姐妹俩长得天仙般美丽，便想霸占。可是姐妹俩誓死不从，最后被逼得在明公湖双双投湖自尽。故野史上称为双璧无瑕，如今在湖边有两姐妹投湖的雕像可以佐证。有这么一段情结，这儿便成了情人幽会的地方。郭安娜约这么一个地方，不知有何深意？

八点钟，朴雪如约来到铁索桥旁。这晚月光不明，星光暗淡，但她仍可见桥对面有一个人影，她估计可能便是郭科长。她走过桥去，果然是郭安娜迎了上来，说："你倒很守时，正好八点正。"

朴雪说："对郭科长的指示我敢不遵？"

郭安娜说："你又来了，我们姐妹一般，说说我们女人的悄悄话，你何必客气。"

朴雪也不是省油的灯，见她这么神神秘秘，又这么亲切和蔼，大不似坐在办公室里的那副尊容，她这样做究竟为了什么？便说："我哪敢和您姐妹相称，岂不降低了您的身份。"

郭安娜叹了口气说："唉！你呀！"她停了一下问道："今年多大年纪啦？"

朴雪实话实说："三十一啦，老姑娘一个。"

郭安娜故作惊讶："哎哟！真看不出来，看样子你还不过二十五呢！"

朴雪说："那敢情好，如果真是这样，明天我请客。"

郭安娜说："那还有假，我这个人不喜欢奉承人，这个客你请定了，不信，有个人可以做证。"

朴雪说："您太会说笑了，还有人可做证？你说是谁？"

郭安娜说："阳所长呗！他常夸你年轻貌美。"

朴雪说："郭科长，想不到你还很幽默，阳所长他会说这种话吗？他常叫我老姑娘才是真哩！"

郭安娜说："那是言不由衷吧！我看他挺欣赏你。"

朴雪说："欣赏！他是要我为他做事，为他卖命。"

郭安娜说："你不说我还不想说，你不是为他卖过一次命了吗？你不知道，你受伤时阳所长多伤心，多难过啊！简直就要发疯了。那种感情根本不是一个上级对下属的感情，情之所系，世间少有。可惜你在昏迷之中，未曾看到。朴雪，我真羡慕你，能有一个男人对你如此关切，若换上我，我死而足矣！"

朴雪听她话中有音，便在心中琢磨难道今晚她约我来就是为了这个。她对阳所长情有独钟，一直纠缠不清，今晚我倒要使她清醒清醒，于是反唇问道："郭科长，有一个传言不知实与不实，如果不对，您别生气，有人说，你是阳所长的初恋情人是不是？"

想不到郭安娜坦然承认："是的。但不仅是初恋，是有过一段恋爱史。"

朴雪问："为什么后来又分手了呢？"

郭安娜感慨万千地说："命运，这是命运的安排。朴雪，我也问你一个问题，你很爱你们阳所长，是吗？"

郭安娜也没想到，朴雪回答也很坦然："是的，我很敬他，也非常爱他。我敬他的事业心，为了把我们所搞好，他含辛茹苦，呕心沥血，什么苦都能吃，甚至把性命搭上都在所不惜。"

郭安娜又问："你爱他什么呢？"

朴雪坦然回答："我爱他的人品，我爱他感情专一。我还爱他的才华，爱他的工作能力。"

郭安娜单刀直入说："哦！这么说你打算以身相许了？"

朴雪说："可惜我还未考虑这个问题，我们从来没谈过这类问题。"

郭安娜说："我不信，你们如此双进双出，双飞双宿，形影不离，难道就那么圣洁？俗话说，'猫不吃咸鱼是假的'，你如此美丽的姑娘常在他身边，他能不动邪念?你们就没有……"

朴雪急了，她不想别人玷污她和欧阳明的感情，她不让郭安娜把话说完便打断她的话说："你别污人清白！我们可是清清白白的。阳所长人品高尚，从来不对我无礼，连手指头都没碰过我。"

郭安娜："你急什么？如今这样的事平常得很，包二奶带小秘养干女儿的事多得很，何况你们一个鳏夫，一个独女，从道德从情理上也不违常理。"

朴雪听她说得如此难听，心中不由升起一团怒火，她本想反唇相讥："你和阳所长关系那么亲密，为什么不做他的二奶？"可她转念一想，那样还不够厉害，郭安娜追阳所长追得那么紧，我给她一个迷魂阵，那才是一把钢刀插在她的心窝里，便说："那敢情好，既然郭科长叫我去做他的二奶，我会按照您的指示去做的，恐怕不是做二奶，我要做就做所长夫人。"朴雪这句话把郭安娜噎得半天说不出话来。今天晚上，她本来是想告诉朴雪她和欧阳明是什么样关系，他们已经发展到了何种程度，劝朴雪知趣而退，想不到自己一句话倒导出了相反的结果，我郭安娜真是个大混蛋、大傻瓜。一时间，真像有把刺刀刺进她的心窝，她伤心透了。她发懵了，真不知说什么好。这时朴雪说："郭科长，你还有事吗？时候不早了，我这个人有早睡早起的习惯，没事我就走了。"不等郭安娜回答，朴雪"噔噔噔"跨过铁索桥走了。把个郭安娜晾在亭子里，哭也不是，骂也不是，心中的那种嫉火，那种怨恨，那种失落真是无法言表。她挥腿将一块石头踢进湖中，心里暗暗骂道："这个娼妇，我叫你不得好死！"

郭安娜每想到这些事，她牙齿咬得格格响。当谭建业提出要搞垮欧阳明时，其实正合她的心意，她在心里暗自说："是该他下台了！"

谭建业反复问郭安娜，到底怎样才能把欧阳明搞下台，郭安娜漫不经心地说："从经济上、作风上都不可能搞倒他，惟独在业务上，才能使他身败名裂。"

谭建业不解地望着郭安娜，郭安娜见他不懂自己的意思，便说："你是个注册会计师，难道还要我来教你。"

谭建业似乎明白了郭安娜的意思，点了点头说："哦，哦，好！在业务上，在业务上搞垮他！"

谭建业起身欲走，郭安娜叫住他："建业你慢走！"

谭建业闻言停了下来。郭安娜关心地问："听说你与朴雪挺要好，不是在谈恋爱吧！"

谭建业见说不由叹了口气说："唉！哪有这种事啊？要说有，那也是剃头挑子一头热。"

其实郭安娜早就听说谭建业在追朴雪，可是朴雪不理他的碴儿。于是她唆使说："最贞节的妇人也敌不过死缠的冤魂，软的不行，难道就不能来点硬的？只要生米煮成熟饭，还怕她不是你的？”

谭建业不置可否，默默走出了郭家，但“生米煮成熟饭”这句话却深深印进了他的脑海。

第十章

金阳棉纺厂的事情越闹越大了。职工的行动不但引起了省府的重视，而且还引起了北京有关领导的关注，下令严查此事，一追到底。于是省府派了专员督办此事。

其实这件事情最简单不过了。本属破产安置职工的财产，竟被几个人霸占成立了一家公司，这完全是化公为私，侵占他人资产的犯罪行为。可是由于这件事的背后有着深刻复杂的背景，所以尽管金阳棉纺厂的职工多次上访也得不到解决，最后不得不采取过激行动，并且将告状信送到了北京，这才引起了上至中央、下至市委的重视，成立专案组进行调查。

金阳棉纺厂是黎明会计师事务所清的产，在清产中欧阳明已经发现了问题。那几个人用金阳棉纺厂的设备和资金办起的另一家星星纺织厂，其中的一部分现金，是用全厂职工的应付工资，所有厂房设备，都是转移的破产财产。发现这个情况后，欧阳明曾向金阳市政府打了专题报告，可是由于有着复杂的背景，并没有引起有关当局的重视，甚至法院也视而不见。在破产成功后，这些人更加肆无忌惮，他们打着重组的牌子，把本来是分给工人做安置费的资产又并入了那家新厂。他们委托一家会计师事务所验了资，将几千万资产变成了几个人的资产，这几个人堂而皇之地当起了老板。在摆脱了巨额负债，又摆脱了厂内的沉重包袱后，这个厂获得了飞速发展，厂容厂貌有了根本变化，效益蒸蒸日上，被评为市里的明星企业。市长们成了厂里的常客，他们出国出洋的费用都是在这个厂报销，市长们那些无法报销的休闲费用也塞进了这个厂的成本。如此一来，可苦了这个厂几千名职工，除了一千多人继续上班外，其余都下岗回家靠领低保过日子。有门路的，还能维持温饱，没门路的，有的只能捡菜叶子当饭。更有那年轻姑娘们，只能靠自己的青春挣钱过活。在这儿有着公开的暗娼。在这种情况下，便有那激于义愤的不怕死的勇士出头，带头闹出了惊动京城的大事。

谭建业参加了金阳棉纺厂破产清算的全过程，他对金阳棉纺厂几个头头侵吞国家资财和侵吞全厂职工的安置费了如指掌，对欧阳明给市政府的报告他也曾过目。当他听到郭安娜的暗示后，他便想到了那份报告，如今金阳棉纺厂的事情越闹越大，自然矛头将会指向黎明会计师事务所，这份报告将是欧阳明的开脱责任的有力证据，如果欧阳明失去了这个证据，那么他跳到黄河也洗不清了。可是怎么才能毁掉这个证据呢？他苦思许久终不得良方。黎明会计师事务所的业务档案装了几大柜子，要拿到这份报告，如同大海捞针。他想只有朴雪去拿，那才能手到擒来。她对那些档案太熟悉了，她对每份档案的年份编号、放在什么位置心中都有一本册。看来惟一办法是贿赂朴雪，叫她找出那份报告。可是要朴雪去坑害欧阳明，那简直是异想天开，比登天还难。为了欧阳明她肯献出生命，还在乎那几个钱，惟一的办法也就成了不是办法的办法了。难道就此罢手不成？真要罢手谭建业实在不能甘心，一百五十万那可不是一个小数字，那所长的位置可是他多年以来梦寐以求的位子。他想了许久，最后他想起了郭安娜“生米煮成熟饭”的启示，他想只要达到这个境界，朴雪自然就会有求必应了。

这天晚上，他悄悄来到朴雪宿舍的窗下，探头往里一望，见朴雪正躺在床上看电视。他不敢贸然进去，蹲在窗下蹲了一个多小时。后来他听到朴雪将电视关了，他想朴雪可能要睡了，站起身朝里一看，果见朴雪脱了衣服，全身只穿了一套紧身睡衣，那轮廓十分分明，线条十分优美，该起的起，该伏的伏，宛如行云流水，尤其是朴雪那俊俏的脸庞，此时虽然头发蓬松，满脸倦态，却更叫人想入非非。谭建业不觉血脉贲张，欲火难禁。欲火使他忘乎所以，不顾一切。他爬上窗台纵身一跃，飞过窗去站在朴雪跟前，把个朴雪吓了一跳，惊呼："谁！"

谭建业不顾一切扑上去紧紧抱住朴雪一阵狂吻，一边说道："别怕！朴姐，是我。"

朴雪认出了谭建业。她用力一挣，挣脱了谭建业的拥抱，声色俱厉地喝道："你要干什么？"

谭建业扑地跪到地上哀求道："朴姐，你知道我的心。我……我……求你，就……就一次……"

朴雪一听，不知从哪儿冒出一股无名怒火，她朝谭建业脸上"啪！"地一个耳光，怒吼道："出去！你给我出去！"

谭建业被朴雪那种神圣不可侵犯的神威镇住，一时不知所措，嘴里喃喃念道："朴姐，你知道我多爱你！只一次行不?你解了我的渴，我一辈子都感谢你！你要什么我都给你！"

朴雪感到受了极大的侮辱，她更加怒不可遏，大声喊道："出去！你不出去我就打110了！"说着，她拿起电话要拨号。谭建业见朴雪来真的，吓得连连后退，说道："别打！别打！"一边说着，一边退了出去。

谭建业偷鸡不着反受一场惊吓，要不是朴雪还讲几分情面，没有打110，也没声张，他才逃过一劫，否则他将身败名裂，在黎明会计师事务所，甚至在注册会计师行业都无地自容。事后他心中懊恼极了，后悔极了。他悔恨自己不该色迷心窍，做出如此不齿之事。同时他也怨恨婶婶不该叫他去将"生米煮成熟饭"，使他落入如此进退两难的境地。可是事情没有做成，那份报告仍然拿不到，一百五十万将要落空，这又怎么办呢？想来想去，他仍将聚光点落到了郭安娜身上，他想婶婶出马去取这份报告应该是轻而易举的事。

谭建业第二次去找郭安娜,请她亲自出马。郭安娜一听,对谭建业吼道:“你好大胆,你把我看成什么人了,我不参与你们那些肮脏事。”

谭建业求道:“婶婶!你不是告诉侄儿只有从业务上才能把他搞垮吗?不采取这个办法就别无他法了。”

郭安娜说:“我只是说说,谁叫你去干!”

谭建业说:“哎哟我的婶婶哩!不干又怎么将他搞垮呢?侄儿求求你!侄儿给你跪下了。”

谭建业真要跪下,郭安娜一把拉住说:“别别!你少来这一套,我又不是南海观世音,你一拜我就动心了。”

谭建业见郭安娜水火不进,他想古人说:“重赏之下必有勇夫!”他痛下狠心将吴有才许给他的五十万拿出二十万,不怕她不动心。于是便说:“婶婶,事成之后我给你二十万养老,叫你后半辈子衣食无忧。”

谭建业这么一说,郭安娜有几分动心了,但她对谭建业并不放心。斜着眼望着谭建业说:“你小子胡说,你哪来那么多钱?”

谭建业说:“有人许我五十万,我分给你二十万,保证说话算数。”

郭安娜说:“有这等好事你还瞒着我,我信不过你,你给我写条子来!”

谭建业一听她肯帮忙,心里特别高兴,忙说:“我写我写!”谭建业很快拿出纸笔写了一张条子:“事成之后,我付郭安娜人民币二十万。”

郭安娜接过一看,“你这是写的什么狗屁东西,什么事成之后,你这明明是把我卖了,这是一纸空文。”

谭建业不解地望着郭安娜问:“你说要怎么写?”

郭安娜说:“就写本人欠郭安娜人民币二十万元。”

谭建业有点为难,他想若是事情搞不成,我岂不要欠她二十万。五十万未得反而要背上二十万债务,他迟疑着不肯下笔。

郭安娜看透了他的心理，说："不写事成之后有什么可怕呢？若是事情不成，你拿不到五十万，杀了你你也拿不出二十万呀！即使到法庭上也是执行不了的，你怕什么！"

听郭安娜这么一说，谭建业觉得也有道理，我拿不到五十万，自然也付不出二十万，杀了我只有几斤肉，怕什么。于是他又重写一张：本人欠郭安娜人民币二十万元。

郭安娜拿到条子后，粗略瞟了一眼说："众目睽睽之下，我也不能就把那东西毁了。我只能告诉你那东西在什么地方，下面怎么办就靠你自己了。"

谭建业一听，便觉有些上当，可是条子已在她手，不好和她翻脸，她能做到这样，已算不错了，下一步自己再想办法吧！走出郭安娜家，他在心里嘀咕："人说她心黑，看来真黑到家了。"

郭安娜没有违背许诺，第二天她就到了黎明会计师事务所。欧阳明见她突然来访，不知何事？心中有点诚惶诚恐。

欧阳明说："今天怎么不来个电话？搞突然袭击？"

郭安娜微笑着说："我哪敢袭击你阳大所长，我是来帮你。"

欧阳明说："哦！帮我，有什么事？"

郭安娜说："你没看电视吗？最近金阳棉纺厂职工闹得厉害。"

欧阳明说："早知道了，与我们有什么干系？"

郭安娜说："金阳棉纺厂的破产不是你们搞的吗？"

欧阳明说："是呀！"

郭安娜说："你就不怕左查右查查到你们头上吗？"

欧阳明说："查到我头上也不怕。当时我已向市政府打了专题报告的。"

郭安娜说："市里有关领导几次要我来查查，我也是这么想，你欧阳明一向办事谨慎，还会出什么事情，所以就一直拖着。昨天市里又催了，没办法我只好来看看，你把金阳棉纺厂的档案给我看看。"

欧阳明说："郭科长要看档案，那还有说的。朴雪！你把金阳棉纺厂的档案调出来给郭科长看。”

朴雪应道:“好!不过金阳棉纺厂的材料有好大一摞,还是叫郭科长到档案室来看吧!”

这话正合郭安娜心意,郭安娜答道:“好吧!我就到档案室去看。”

郭安娜花了整整一个上午还未看完这份报告的工作底稿,但她如愿以偿,发现了那份黎明会计师事务所给市政府的报告,她把这份报告打了个折,算是做了个记号。吃中饭的时候到了,欧阳明在张记海鲜楼请郭安娜吃饭。吃饭后,郭安娜回到家里立即把谭建业叫来面授机宜。

当天,谭建业约见了吴有才。

没过两天,黎明会计师事务所发生了一场重大事故。那天晚上,小偷用千斤顶将防盗门顶开,把所里的东西翻了个遍,就连档案室也翻了个乱七八糟。为了防盗,办公室一般很少存放现金。至于电脑之类的东西,小偷不易销脏,一般不要,所以从经济上损失并不大,糟糕的是业务档案被搞得稀里哗啦,满地狼藉,而最要命的是乱纸堆中,不见了那份要命的报告。欧阳明闻讯,几乎晕倒。正当大家在慌乱中清理什物的时候,金阳棉纺厂事件调查组的人进了黎明会计师事务所。

调查组共来了三个人,为首的一个高个是A局的戈科长,欧阳明跟他打过多次交道早就认识,他向欧阳明介绍另外两个:“这位是W院的尹科长,这位是C局的邓科长。”欧阳明与他们一一握手:“久仰!久仰!欢迎欢迎!”心里却在说:“好大的阵营,全都来了!”

邓科长说:“你们这是怎么搞的?满地狼藉?”

欧阳明说:“真对不起,昨晚我所被盗了。”

戈科长关切地问:“损失大不大?”

欧阳明说:“初步清点还未发现大的损失。我们办公室原来就不放现金的,最大损失是把业务档案搞乱了,初步检查,有份重要资料丢失了！”

邓科长却持怀疑态度说：“有这等事，小偷要业务资料干什么？”

欧阳明说：“我也在纳闷，他们怎么会对业务档案感兴趣，看来这个小偷不是一般小偷。”

邓科长持有敌意地说：“阳所长，你不是在给我们玩迷魂阵吧！”

戈科长终究是老相识，忙出来打圆场说：“这样吧，阳所长，你赶快把档案清理一下，我们明天再来。”

戈科长一行三人扬长而去，欧阳明强留他们吃了中饭再走，可他们坚决不吃，一副公事公办的模样。

调查组走后，欧阳明心中如同灌了铅似的直往下沉。看来是来者不善，善者不来，他们肯定是为着金阳棉纺厂的那份清算报告而来，可是给市政府的那份报告偏偏丢了。看来黎明会计师事务所是在劫难逃。

欧阳明的担心果然不错，戈科长一行三人正是为那份档案而来。如今群众闹得那么凶，省府催得那么紧，市政府不拿出点行动来是不好交差了。于是他们想拿搞破产清算的黎明会计师事务所开刀，谁叫他们把资产转到那几个人名下？！戈科长一行的目的就是要从他们破产清算的业务档案中找出破绽。负责管工业的水市长说：“听说我们市里有位名人，号称是不拿工资的经济警察。你们去看看这位不拿工资的经济警察，他就那么干净？那么敬业？”戈科长一行三人就是领了这道指示去黎明会计师事务所的。这三人原想这材料是死的，只要有问题岂不是信手拈来。想不到这个厂破产清算的工作底稿有两尺多厚，这三个门外汉整整看了三天，看得头昏脑胀，看得眼冒金星也没看出半点眉目，简直就是叫化子讨米，还没入门。后来邓科长说：“老戈老尹，我看这不是办法，这些资料虽然我们都看得懂，可就是看不出其中有什么联系、有什么问题，我们应该找两个懂会计的人来看，而且不是一般会计，要资深的注册会计师，你们认为怎样？”戈、尹两人巴不得脱身，自然欣然同意。回到政府向水市长做了汇报，水市长也觉应该如此，他点了两个人，一个是金阳市监管注册会计师的科长郭安娜，一个是金阳环宇会计师事务所所长刘大兴。水市长说：“郭安娜是管注册会计师的，理应由她去。刘大兴是市里有名的老牌注册会计师，他去合适。”

邓科长说：“他们两个不错，但我担心他们会搞行业保护。”

水市长说：“不会的，你不知道他们事务所之间竞争相当激烈，他们巴不得同行出问题，哪里还会搞行业保护。至于那位郭安娜嘛，听说她上进心很强，只要她查出了问题，算她头功。”

于是乎，戈科长一行三人外加郭安娜刘大兴两位会计行家二进黎明会计师事务所。

其实郭安娜知道问题的所在，可是她怕露马脚，仍然装模作样地看了一整天资料，到下班时她将一份底稿交给刘大兴看，戈科长三人见郭安娜查出了问题，立马像苍蝇见了腐肉一样围过来。郭安娜得意地说：“你们看，这张底稿上明明写着他们挪用了职工应付工资去办公司，为什么在他们的报告中未见披露呢？”

邓科长说：“嗯！这是个问题，这就有伙同之嫌。”

戈科长说：“结论还不能下得太早，还得跟欧阳明说说，看他有什么解释。”

刘大兴说：“我也认为应该问问他再下结论。”

邓科长说：“好吧！老戈，还是麻烦你去叫他吧！”

戈科长去了，不一会儿领着欧阳明来了。

邓科长拿着那份工作底稿问欧阳明：“阳所长，这份底稿上明明写邓辉、毛志高等人挪应付工资去开办公司，你们为什么不在报告中披露呢？”

欧阳明有点啼笑皆非，他说：“我们的报告是破产清算报告，他们用应付工资开办公司这是在破产日六个月以前的事，并非非法转移，我们怎能在报告中披露？你们要追究，应该去追究为这家公司验资的安泰会计师事务所。他们明明知道这是化公为私，是侵吞他人财产，可是一纸验资报告就把他们的行为合法了，把广大职工的财产变成了他们几个人的私有财产。在这种木已成舟、生米煮成熟饭的情况下，我们是无能为力的。但是，本着认真负责的态度，我已将这事向市政府写了专题报告，可是没有引起市政府的关注。”

这时郭安娜插了一句：“阳所长，底稿中怎么不见你的那份报告呢？照理这样重要的资料是应该留档的。”

欧阳明说：“我们工作底稿中原来是有这份报告。但在那次被盗中那份报告不翼而飞了。邓科长他们看见了我们被盗的场面。”

邓科长：“阳所长，这可是天方夜谭，小偷们只偷钱财，哪有偷一纸报告的？”

欧阳明无可奈何地辩解说：“我也很纳闷，为什么这小偷不偷金，不偷银，单单偷一份报告？这个小偷可能不是一般小偷。可能是个政治扒手。”

尹科长觉得欧阳明话中带刺，便生气说：“不管是金钱扒手，还是政治扒手，没有这份报告你难自圆其说。”

欧阳明丧气地说：“怎么办呢？只有听候处置喏！”

正在这时，朴雪跑进来了，兴奋地对欧阳明说：“阳所长，找到了，找到了！”她将一份报告交给欧阳明。

欧阳明问：“从哪儿找到的？”

朴雪兴奋地说：“在我们的发文中找到的。今天我在清理发文中无意发现了这份报告，这是我们发文后留着备查的。”

郭安娜听到这儿不由暗吃一惊，朴雪将这份报告留了底，这可是她始料未及的，想不到自己精心设计的这个陷阱很快就被这丫头破了，这家伙总能在关键时刻救欧阳明的命。她从欧阳明手中接过报告一目十行看了一遍，不错，这正是黎明会计师事务所向市政府写的那份专题报告，她惊讶得说不出话来。突然，她脑海中冒出一个解救办法，她对朴雪笑了笑说：“朴雪，你真是个聪明的姑娘，关键时刻你总能想出办法来救他，你的手脚真快啊！”

众人都不明白郭安娜说话的含意，可朴雪的确是个绝顶聪明的姑娘，她立即意识到郭安娜是在说报告是假的，于是便率直说道：“郭科长，你不要血口喷人，我没做什么手脚，这份报告的的确确是当时留底的。”

郭安娜说：“你能保证这不是你刚才或者是昨天写出来的吗？”

朴雪听后十分气愤，但她仍保持着应有的风度，她辩解道：“你看这日期，你看这纸的颜色，能是刚才写出来的吗？”郭安娜似笑非笑，她说：“这很难说，你们会计师事务所是作假的行家。”朴雪一听犹如火上浇油，更加气愤不已，但一时又分辩不清，她只得赌咒道：“郭科长，若真是你说的那样，是我临时做出来的，我将不得好死，若不是这样，你也不得好死！”

郭安娜用一种不屑的口吻说：“朴雪，我们是在谈工作，用不着这套泼妇耍泼的把戏。”

朴雪刚才那话说得的确有点失态，她又气又恼，满脸涨得通红，一时竟说不出话来：“你……”

站在一旁的欧阳明看到郭安娜如此颠倒黑白，恶意中伤，他心中顿时豁然明白，原来她恨我恨得如此之深，这一切都是她在捣鬼，看来她定要置我于死地而后快。一时间不由怒火中烧，怒不可遏。他一反常态，对郭安娜怒吼道：“你这条毒蛇，我今天算是看透了你。”

邓科长这时也生气了，他对欧阳明吼道：“欧阳明，你这是什么态度？你这样能解决问题吗？走！我们不查了。”说着一行五人拂袖而去。

邓科长一行走后，欧阳明预感到决没有好果子吃。他的心脏病突然发作，感到心脏在剧烈跳动，一阵刺痛，一阵闷心。朴雪急了，要把他立即送医院，欧阳明坚持不去，他说现在的医院只收钱不治病，治好治不好他们不负任何责任，不像我们，一份报告出点纰漏就吃不了叫你兜着走。

朴雪知道欧阳明非常固执，硬要他去住院是不可能的，好在病情还不十分严重，于是便送他回了家。

来到欧阳明家，朴雪不由一阵心酸，只见满屋零乱，灰尘布满窗台、桌椅，到处摆着未洗的衣服鞋袜。只见灶上还有两个没有吃完的馒头，一碟咸菜，锅里放着没来得及洗的碗筷。朴雪没想到阳所长在事业上是那样敬业，在生活上却如此不堪，一个没有女人的单身汉，日子真难过啊！朴雪心中五味翻腾，心想他孤苦一人在家，确实可怜。她安顿欧阳明躺下之后，便立即动手收拾屋子。不一会儿，这零乱的房间很快被弄得井井有条。朴雪见欧阳明别无他人照顾，只好不避嫌疑留下来照顾他。

再说郭安娜被朴雪一顿抢白，又遭欧阳明一顿臭骂之后，心中十分恼怒和怨恨，她有生以来还没受过如此侮辱。她恨得咬牙切齿，下决心一定要把这对狗男女搞得身败名裂。在市里召开的情况通报会上，她大放厥词，对欧阳明大加鞭笞。说他骄傲自大，目空一切，为所欲为，甚至不把市政府放在眼里；说他事务所管理混乱，执业质量低下，经常为利益驱动出具虚假报告；说他惟利是图，专门为个人敛财；说他生活作风糜烂，与几个女人有着不清不白、不干不净的关系等等，她把一切脏水污水都往欧阳明身上泼。她尤其强调金阳棉纺厂的问题，欧阳明有着不可推卸的责任。

作为欧阳明的同行，刘大兴当然希望欧阳明垮掉，目前黎明会计师事务所是横在他环宇会计师事务所面前的最大障碍。然而刘大兴却颇有正义感，他听了郭安娜的发言后，心中很不是滋味，他想你郭安娜损人也太厉害了，你怎么能不分青红皂白地把他说得一无是处，甚至是十恶不赦呢？听说郭安娜与欧阳明还是同班同学，以前卿卿我我，关系很不正常，为什么今日一反常态，变得如此水火不容了，难道是郭安娜大义灭亲？但从她的言词与情绪来看，好像不是，倒是像在发泄私愤。于是他接着发言说："对于欧阳明其人，我也许比大家更了解他，虽然他是我最强劲的竞争对手，但是我十分敬佩他，所以对郭科长刚才的发言不敢苟同。我就不多说了。对于那份报告,我想是真的,从日期,从纸张的颜色都不像新做的,作为一名注册会计师和一个会计师事务所的负责人,我认为欧阳明是尽到了他的责任的。我请求大家不要一出了问题就把责任、就把罪名往会计师事务所头上栽。我想要弄清欧阳明是否向市政府报告过这很容易,按照报告日期查阅市政府的收文登记就会清楚明白,说不定那份报告正躺在市政府机要室的某个抽屉里。”

刘大兴这一番话,使在座的都十分吃惊。原来他们以为刘大兴为了把欧阳明整垮,会极力附和郭安娜的意见。想不到他和郭安娜竟圆凿方枘,说出一番迥然不同的话来。其中尤以郭安娜更为气愤,她万没想到昨天遭朴雪一顿抢白,欧阳明一顿辱骂,今天又遭一个会计师事务所所长如此不讲情面的反驳,这叫她脸面何存?威信何在?无论如何她得出这口恶气。她心知邓科长是激进派,整欧阳明决心很足,便望着邓科长说:“邓科,你看这事怎么办吧?好像我刚才说的都是有意陷害欧阳明,其实很多人都知道,欧阳明是我的同班同学,而且我们一直交往过密。正因为如此,我才不能搞自由主义包庇他,如今反说我陷害他,这话真不知从何说起,我请大家主持公道。”

邓科长听郭安娜一说,心中也有些生气,觉得刘大兴刚才的发言简直是放屁。本来是叫你来查欧阳明,你怎么反给他开脱罪责?他是工农干部出身,是个直性子,便接着郭安娜的话批评刘大兴:“刘所长,水市长叫你来一起调查,原是希望你和我们同心同德,一起把金阳棉纺厂的事情弄清楚,你怎么帮起倒忙来了?”

刘大兴想反驳:“我……”

戈科长打断他的话:“算啦算啦!我们主要是把金阳棉纺厂的事情弄清楚,不是对欧阳明其人评头品足。欧阳明这人怎么样,我们不去说他,我看还是先把那份报告是真是假弄个清楚明白。我认为刘所长的意见也对,黎明会计师事务所的报告若是真送到了市政府,市政府机要室一定有记录,也会存档。我看还是先去市政府机要室查查看。

戈科长的意见当然正确，于是一锤定音，决定由邓科长和郭安娜两人去市政府机要室调阅机要档案。

散会以后，郭安娜显得有些丧气，这不完全是因为邓科长、戈科长没有为她出气，而是会上的最后决定使她丧气。她知道市政府机要室百分之百会有这份报告，刘大兴的态度和他说出的这个意见都是始料未及的，原只想将那报告一毁，他欧阳明跳进黄河也洗不清伙同之嫌。如此一来，欧阳明就要受到惩处，黎明会计师事务所就要易主，她没有想到事情并不这样简单。刘大兴竟提出了这个办法，一旦在市政府机要室查出这份报告，那么她的二十万将成泡影，不但欧阳明将洗清罪名，黎明会计师事务所也将毫发无损。棉纺厂的破产、清算是水市长亲手抓的，如此水市长也将难脱干系。想到水市长，她心中突然一亮，她想他才是欧阳明的掘墓人，既然与他难脱干系，他就会想方设法毁掉这个证据。想到这儿，她心中又充满了希望。这天晚上，她独自来到水市长的家里。

水市长住在市政府后面的一座别院里，郭安娜通过保安才进到里面。她听说水市长很喜欢古玩，特别到文物市场买了一个马踏飞燕。虽是赝品，但制作精美，惟妙惟肖恐怕比真的还更有艺术性。谁都知道马踏飞燕那是国宝，谁也买不到，能有个赝品那也很不错，权当一件艺术品欣赏。郭安娜进门的时候，水市长正好在家，见郭安娜进门，手里还拎着东西，便叫她坐。郭安娜多次见过水市长，但这么近距离的单独见面却是第一次，她显得有几分拘谨，进门便在靠边的一条小凳上坐下，水市长忙叫她："来！来！来！过来，在沙发上坐。"

郭安娜显得很不好意思，便在水市长旁边的一张沙发上小心翼翼地坐下，水市长的老伴给她端来一碗茶放在茶几上，郭安娜轻声说了声谢谢。

水市长首先问道："小郭，今天怎么有空上我家来？莫不是检查中有什么问题？"

郭安娜见水市长单刀直入，很快切入了正题，她心中一阵高兴，说道："您真英明，我正是为此而来，有一个情况我想向您汇报。"

水市长问："哦，有什么情况？你说吧！"

郭安娜说："欧阳明说，他在搞金阳棉纺厂破产清算时，已经发现那几个人侵吞国家资产，甚至将职工的应付工资都吞了，办了现在这个公司，他说他当时给市政府写了一份报告汇报了此事，可是没有得到市政府的重视，也没有严肃处理。我想这事若真，这责任岂不在政府。因此我想他一定是在胡扯，想找一根救命稻草而已。"

水市长沉吟一会儿，问道："他说把报告交给了谁？"

郭安娜说："他说他亲自交给了您。"

水市长一反常态："笑话！谁见过他的什么报告?!"

郭安娜一听，心中窃喜，她想只要水市长否认就好，自然他会去毁掉那证据的。

此时，水市长虽然口头上坚决否认，实际心中翻腾开了。欧阳明是找他汇报过此事，并交给他一份报告。其实他对这个情况十分清楚，那几个人给了他百分之十的隐名股，当然这报告到他手上就被他吞了，根本没有存入市政府机要室。如今这事情闹大了，他当然知道这份报告的重要性，他对郭安娜说："小郭，世上的事情真是复杂得很，想不到欧阳明会胡诌出这么一份报告，你可以告诉调查组的其他同志，他根本没有向我汇报过，我也没看见他交来的什么报告，你们尽可去机要室查，查出来该负什么责任我负什么责任。"

郭安娜听水市长这么一说，心里可有底了，她说："行！我一定把您的指示向其他同志传达。唉！看来欧阳明这个人真不地道！这不光是工作上的失误，还说明他的道德品质败坏。我会向省注协打报告，要求他停职检查，事务所停业整顿。"

水市长说："你们不是搞行业自律吗？是应该好好自律自律。"

郭安娜如同领了一道圣旨，她高兴地走出了水市长家的大门。

郭安娜离开水市长家后，连夜向省注协写了个报告，再次要求对黎明会计师事务所给予停业整顿一年的处罚，并建议吊销欧阳明的注册会计师资格。郭安娜的报告刚刚发出，黎明会计师事务所被停业整顿一年、欧阳明被吊销注册会计师资格的流言就在社会上传播开了。黎明会计师事务所内立即哗然，谭建业推波助澜，逢人便说："完了，黎明会计师事务所的末日到了，欧阳明难逃此劫。"

黎明会计师事务所的注册会计师大难来时各自飞，闻讯后纷纷联系会计师事务所准备转所，有的联系单位准备找份会计工作。此时可难坏了朴雪，她对社会上的这种传闻半信半疑，她不相信处理会这么快，但她又相信郭安娜肯定做得出来。而她最难的是她还不能将此消息告诉欧阳明，欧阳明心脏病发作，正卧床休息，若将此消息告诉他无疑是要他的命。可是国不可一日无君，一个所也不可没有所长。现在群龙无首，整个事务所分崩离析，很快便有瓦解之势，不告诉阳所长行吗？往常，再大的困难也都是在阳所长的领导下都得以克服，今天若没有阳所长出面，恐怕很难扭转这个局面，所以朴雪感到左右为难，心中只有焦急。

总会计师老孟和副所长刘正国等骨干听到这个消息既感震惊，又感焦急，他们都盼着欧阳明早日康复来挽救这个局面。老孟看到谭建业在所里煽风点火，动摇军心，他斥责道："你成心要把所搞垮是不是？把所搞垮了对你有什么好处？你能捞到什么油水？"

孟总的话说得非常直率有力，谭建业只好耸耸肩笑着说："我能捞什么油水，我是叫大家早做准备嘛！"孟总说："你呀！只愿早上看见牛打架，晚上看见火烧天。"

如此一来，黎明会计师事务所的业务基本停止，金阳子公司的审计工作也无心去搞了，处于停顿状态。

过了两天，欧阳明的心脏病稍许稳定，他又按时上班来到所里，所里的人都用一种异常的眼神看他，整个所愁云惨惨，笼罩着一种沉闷忧郁的气氛。欧阳明立即觉察到出了什么事。他问孟总："孟总，出什么事了？"

孟总说:“这几天你病了,我们不好告诉你,现在C局已宣布停止接收我们的验资报告和审计报告了。”

欧阳明问:“为什么?”

孟总说:“就是金阳棉纺厂那事,听说注协要给我们停业整顿一年的处罚。”他没有讲要吊销他注册会计师资格。

欧阳明一听,心脏就嘭嘭嘭嘭狂跳不止,脑子一阵昏眩,几乎把握不住,他忍痛说道:“又是该死的停业整顿,这不是要我们散了吗?”

朴雪见欧阳明身体不对劲,赶快过来扶住他,同时用眼神止住孟总,叫他不要再说。可孟总没有理会她的意思,接着说:“此次恐怕不比以往,金阳棉纺厂的职工闹得很凶,提出口号非要抓人不可,矛头直指金阳棉纺厂几个头头和我们所,社会压力很大,恐怕省注协要保我们……”

孟总话没说完,欧阳明已完全晕过去了。

朴雪开车将欧阳明送往医院抢救。经过几个小时抢救,欧阳明才慢慢苏醒过来。可是医生背地里告诉朴雪:“你赶快准备后事吧!他顶多能活两天。”朴雪如闻惊雷,她万万没有想到,她敬爱的阳所长这么快就要离她而去了!她强忍着泪水走回欧阳明身边,欧阳明对她说:“朴雪,你不要瞒我,我知道大限已至,神仙已难救我了。黎明会计师事务所是我的生命,黎明会计师事务所完了,我的生命也就完了,要哭你就放声哭吧!”

朴雪闻言,再也忍耐不住,她“哇!”地一声大哭起来。哭了一会儿,她伏到欧阳明身上,抽泣着断断续续哭道:“老天……为什么呀……为什么这么……这么不公啊?偏不叫……好人……命……命长!却……却叫……恶人得逞!呜……”

欧阳明轻轻抚摸着朴雪的头。良久,他轻轻地说:“朴雪!别难过,医生早就跟我说过,我的命运要么是心衰而死,要么是猝死。我早有这个心理准备,老天爷没有让我猝死,让我在临死之时有机会和你说几句话,这已经是老天爷最大的恩赐了。来!你挨着我坐一会儿。”朴雪依言坐到欧阳明身边,将他的头枕在自己大腿上。

此时夜已很深,病房里静悄悄的,只有欧阳明一个病号。欧阳明深情地望着朴雪说:“我……我幸福极了!就让我这么静静死去,我比什么都值得。”

“不!你不能死!我不让你死,我敬爱的阳所,你知道吗,多少年来,你是我的惟一,我正准备和你一块儿走很远很远的路。我不能没有你!黎明会计师事务所不能没有你啊!”直到此时,朴雪才坦露心怀,说出了自己多少年来想对欧阳明说的话。

欧阳明苦笑着说:“傻姑娘,我岂不知道你的心,可是我比你大十多岁,我是你的父辈啊! 我岂能误你终身。”

朴雪说:“不!阳所,你这是陈旧的思想意识,只要两相情愿,两相愉悦,真心相爱,年龄不是我们的障碍。你不要死,你不能死啊!你快振作起来吧!一个黎明会计师事务所算什么,只要我们志同道合,我们还可以重创一番事业。”

欧阳明带着几分难过和愧疚的语气说:“对不起! 我已心力交瘁,真的对不起! 朴雪,我……”欧阳明说话的声音越来越低,最后戛然而止。

朴雪低头一看,欧阳明已安静地合上了双眼。顿时,她悲痛已极,不禁抱着欧阳明放声大哭:“阳所! 阳所! 阳所啊! 你怎么千呼万唤不回来啊!你为什么走得如此匆忙,黎明会计师事务所还有多少事情需要你来料理啊! 阳所! 阳所! 难道你就这么走了吗?难道你真的撒手不管了吗?呜……为什么该死的人不死,不该死的人偏要早死啊!”

朴雪正在伤心痛哭,“丁零零……”欧阳明身上的手机突然响了。朴雪在他身上掏出手机,打开翻盖,将手机贴到耳旁,手机里传出一个女人的声音:“喂! 是欧阳明所长吗?”

朴雪忍住哭声应了一声:“嗯! ……你说吧!”

“阳所长,在海城我跟你讲的那事你想通了吗? 我这里非常非常地需要你啊!原来答应的年薪一百万一个不少,看业绩还可往上长。怎么？你怎么不说话？”听到这儿，朴雪再也忍耐不住了，她放声哭道：“阳……阳所长……他……他死了！”说完，她无力地放下手机，又抱住欧阳明伤心地痛哭起来。那哭声，似旷野里的闷雷，直哭得秋风乍起，地动山摇；那哭声，是失去丈夫的怨妇的哀鸣，直哭得愁云惨惨，阴气森森；那哭声，是伤心的无言的控诉，直叫人闻之心胆俱寒，叫铁石心肠之人也要泪洒两行。

空空的医院里寂静无声，只有朴雪的哭声在医院的走廊里，在静静的夜空中回荡，挥之不去，经久不息，哀哀难平……

天上阴霾密布，大地漆黑一团，医院昏暗的路灯显得是那样暗淡无光，仿佛随时都可能被黑暗吞噬。没有蛙鸣，没有鸟叫，只有那秋雨在无声无息地不停地细细倾诉……

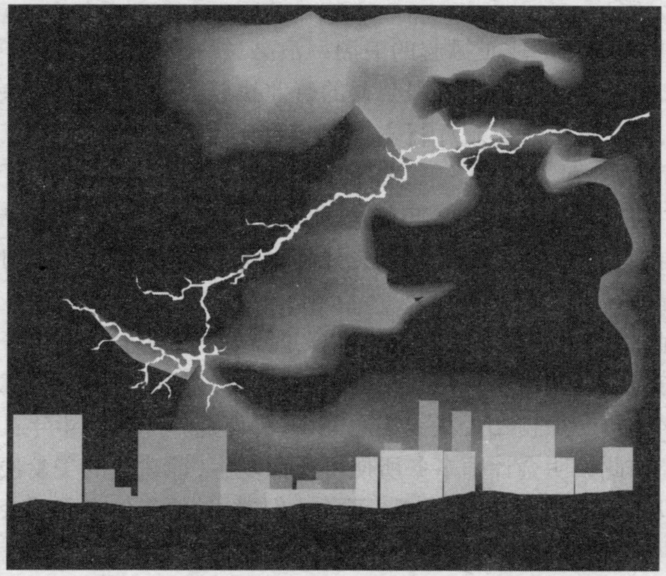

天网恢恢，疏而不漏。

——作者述评

后　记

欧阳明死后，黎明会计师事务所的员工如鸟兽散。曾经名噪一时，一个在社会上具有良好信誉和影响的会计师事务所顿时消失得无影无踪，只有朴雪和孟总等少数几个人守着那人去楼空的几间办公室。

金阳棉纺厂职工掀起的浪潮一浪高过一浪，市政府为了安抚民心，吊销了星星纺织有限公司的营业执照，并将那几个头头收监羁押，同时催促省财政厅行文处罚黎明会计师事务所。不几天，省财政厅的处罚告知书下来，黎明会计师事务所已无人主事，无力申辩。三日后，处罚决定书下来，黎明会计师事务所关门整顿。其实这些都只是官样文章，黎明会计师事务所实际上早已关门停业了。

此时谭建业蠢蠢欲动，他打算花钱买下黎明会计师事务所这个空壳公司，然后重新招兵买马，装模作样地搞搞整顿。倚靠郭安娜这个强有力的靠山，花钱买通关系，将停业一年改为半年甚至一个月，如此黎明会计师事务所便可死而复生，谭建业的美梦便可成真。没想到欧阳明在临死时留下了一份遗书，他将他在黎明会计师事务所的股份全部转让给了朴雪，并委托朴雪为代理法人代表，全权处置黎明会计师事务所的所有事宜。这就是说，虽然黎明会计师事务所已人去楼空，停业整顿，但法人地位依然存在，法人代表也依然存在。谭建业要买黎明会计师事务所，非得找朴雪不可。他多次找朴雪谈判，朴雪只有一句话："不卖！你的钱再多我也不卖！"

谭建业说："你的注册会计师不够法定人数，省财政厅会撤销黎明会计师事务所，那时候你可是所财两空。"

朴雪说："谭建业，你机关算尽，就是想得到这个所。你不想想，你能把它办下去，难道我就不能。我可以把那些股东招回来，将黎明会计师事务所办下去。即使股东不回来，我可以重新招募股东，万一招不到，我和孟总两个人可以申请将有限责任所改为合伙所，你奈我何？你以为我是傻瓜？"

谭建业傻了眼，自己空忙乎一阵子，最后是竹篮子打水一场空。

莫学剑、郝志道等人看到谭建业无力回天，只得另辟蹊径，另求门路。谭建业也好，郭安娜也好，他们想得到的终成画饼。倒是郭安娜还是从中得到了好处。由于她查处黎明会计师事务所有功，被晋升为 A 局副局长。

市政府的那位水市长安全渡过危机。由于他处置有方，金阳棉纺厂的工潮已经平息，为此他得到上一级政府部门的嘉奖。他深信那几个头头在检察院是不可能把他供出来的，若是他倒了，谁能将他们救出来呢？他大大嘘了一口气，又四平八稳地当着他的副市长。可他万万没有想到在朴雪的手中，还保留着欧阳明报出的那份报告。朴雪认为对欧阳明的处理实在太冤，她一定要为欧阳明讨回公道。她拿着这份报告，跑遍了省市有关部门，得到了有关部门的重视，派专人落实调查。通过较长时间的复杂的调查，最后真相大白，从而黎明会计师事务所和欧阳明得以昭雪。朴雪重振黎明会计师事务所，并且揭出了水市长以权谋私，侵吞国有资产和侵犯工人权益的惊天大案。通过近一年的审计，又挖出了金阳子公司侵吞国有资产的一伙硕鼠和郭安娜、谭建业一伙腐败分子。此是后话，作者将在《飘雪的日子》(暂定名)一书中向读者做详尽介绍，在此不再赘述。

二〇〇四年十月八日初稿完

二〇〇五年二月一日第一次修改

二〇〇五年六月五日第二次修改